梦回脚下

Meng Hui Jiao Xia

长篇小说

千里 ◎ 著

吉林文史出版社

自 序

　　伴随改革开放，"全民重视外语，全面走向世界"的气氛和环境在我国快速形成。外语在受到国人的重视以后便势如破竹，迅速波及生活的方方面面，强加于国人的生活以正面或负面的影响。该小说以日语的井喷式发展为主要引线，通过描写何一夫等国人在此过程中的所见、所闻、所纠结、所求索，以及三家子女留学国外的不同归宿，揭示了中国人在外语学习和留学等涉外方面是有过一些误区的。外语实非每个中国人生存的必备条件，外语好不一定前途似锦，应因人因事而有所需求或舍弃。国当如人，皆有长短优劣，再先进的国家也有不足，"梁园虽好，终非久留之地"，留学只是教育的途径之一。不要盲目崇外，更不要妄自菲薄，甚至以贬低祖国作为代价，外国并非是所有中国人理想的永居之所和最终归宿，祖国才是唯一依靠。中华民族的自豪感正在快速增强，逐梦、圆梦的地方就在脚下。国与国之间应多元交往，来去自由正常化。该小说还描写了三家两代人在情感、道德、工作、生活及交往等方面的纠葛与变化，塑造了几个"三观"有异、性格举止明显不同的人物；同时劝诫人们：人是有感情的，且三十年河东三十年河西，因果关系不是迷信，做人做事至少都应该坚守住底线。

　　以上就是本篇小说创作的初心。

　　关于文学作品中人物的塑造，鲁迅先生说有两种方法：一是以生活中的原型作为塑造基础，"专用一个人，言谈举动，不必说了，连微细的癖性、衣服的式样，也不加改变"。"二是杂取种种人，合成一个"（《鲁迅全集》第6卷），"往往嘴在浙江，脸在北京，衣服在山西，是一个拼凑起来的角色"（《鲁迅全集》第4卷）。本小说所塑造的人物是依据"杂取种种人，合成一个"的方法完成的。

　　作为一种常识，小说是虚构的。不管是用哪种方法塑造出来的人物，都不宜和

生活中的人物一一对号。本小说纯系创作，所涉及的事和人都不是取自本人的周边，也无具体的生活原型。但具有较强的典型性和普遍性，某个时期在很多地方和很多家庭都有可能会发生。赘语于此，并非"此地无银"也。

目 录

自 序 ……………………………………………………… **001**

第1章 举家迁移 ……………………………………… **001**

　　1. 大海迷茫 …………………………………… 001

　　2. 七月流火 …………………………………… 006

　　3. 不请之人 …………………………………… 010

　　4. 缘起 ………………………………………… 016

　　5. 外语起跑线 ………………………………… 018

第2章 "八嘎呀路" ………………………………… **023**

　　1. 情至深处 …………………………………… 023

　　2. "八嘎呀路" ……………………………… 026

　　3. 暴雨突至 …………………………………… 029

第3章 第三者敲门 …………………………………… **033**

　　1. 第三者敲门 ………………………………… 033

　　2. 舞场分寸 …………………………………… 036

　　3. 欢迎之余 …………………………………… 039

　　4. 要 "放电" 吗 …………………………… 042

第 4 章　封阳台 …………………………………………… **046**

　　1. 狂补外语 ……………………………………………… 046

　　2. 封阳台 ………………………………………………… 048

第 5 章　鲜花一束 …………………………………………… **050**

　　1. 新学年伊始 …………………………………………… 050

　　2. 鲜花一束 ……………………………………………… 053

第 6 章　日语异常 …………………………………………… **055**

第 7 章　日渐情深 …………………………………………… **059**

　　1. 犯点嘀咕 ……………………………………………… 059

　　2. 6 点起床 ……………………………………………… 062

　　3. 元旦到了 ……………………………………………… 064

　　4. 朋友之助 ……………………………………………… 066

第 8 章　寒假就是寒假 ……………………………………… **069**

　　1. 英语家教 ……………………………………………… 069

　　2. 寒假就是寒假 ………………………………………… 070

　　3. 孩子辛苦 ……………………………………………… 072

第 9 章　日语突起 …………………………………………… **075**

　　1. 日语启动 ……………………………………………… 075

　　2. 稍觉意外 ……………………………………………… 076

第 10 章　异味红包 …………………………………………… **079**

　　1. 异味红包 ……………………………………………… 079

　　2. 升入初中 ……………………………………………… 081

第 11 章　WC 与副教授 ……………………………………… **083**

　　1. 心神不安 ……………………………………………… 083

　　2.WC 与副教授 ………………………………………… 085

　　3. 私下议论 ……………………………………………… 087

4. 童稚之乐 ··· 088

第 12 章　日语井喷 ····························· **091**
　　1. 广受青睐 ··· 091
　　2. 破格招生 ··· 095
　　3. 别于华人 ··· 097

第 13 章　同桌继续 ····························· **099**
　　1. 重点高中 ··· 099
　　2. 异性激励 ··· 102

第 14 章　麻麻情思 ····························· **105**
　　1. 凝望背影 ··· 105
　　2. "触电" ·· 107

第 15 章　外语之盛 ····························· **112**
　　1. 就任院长 ··· 112
　　2. "电击" ·· 113
　　3. 花开两朵 ··· 115

第 16 章　双语教学 ····························· **117**
　　1. 试点班 ··· 117
　　2. 摸索中 ··· 120

第 17 章　神秘电话 ····························· **122**
　　1. 驱车宾馆 ··· 122
　　2. 神秘电话 ··· 124

第 18 章　低血糖 ······························· **127**
　　1. 贵人相助 ··· 127
　　2. 低血糖 ··· 128
　　3. 持续亢奋 ··· 132

第 19 章　大外单列 ································· **135**

　　1. 大外单列 ································· 135

　　2. 心生芥蒂 ································· 136

　　3. "墙里墙外" ······························ 139

第 20 章　媒体突访 ································· **143**

　　1. 媒体突访 ································· 143

　　2. 夫妻同醉 ································· 145

第 21 章　情已了 ································· **147**

　　1. 子女之间 ································· 147

　　2. 拐点 ·································· 151

　　3. 情殇 ·································· 155

　　4. "客人"爽约 ···························· 158

第 22 章　友谊之舟 ································· **161**

　　1. 移居别处 ································· 161

　　2. 友谊之舟 ································· 162

第 23 章　今不如昨 ································· **165**

　　1. 县长归来 ································· 165

　　2. 今不如昨 ································· 166

第 24 章　手机在充电 ································· **169**

　　1. 阴晴莫测 ································· 169

　　2. 手机在充电 ······························ 171

第 25 章　海归博士 ································· **174**

　　1. "月亮"之议 ···························· 174

　　2. 立足 ·································· 179

第 26 章　缘定日本 ································· **181**

　　1. 吻别了，美国 ···························· 181

2. 缘定日本 ··· 186

3. 情何以堪 ··· 187

4. 东京畅想 ··· 189

第 27 章　根在中国 ····································· **192**

1. 东洋来电 ··· 192

2. 昔日舞伴儿 ··· 197

3. 真人面目 ··· 199

第 28 章　河东河西 ····································· **201**

1. 租赁 ··· 201

2. 郑重宴请 ··· 205

第 29 章　电饭锅与马桶盖 ························· **209**

1. 东探日本 ··· 209

2. 狂刷存在感 ··· 211

3. 窝囊 ··· 212

第 30 章　瞬间崩溃 ····································· **214**

1. 县长失踪 ··· 214

2. 心神恍惚 ··· 215

3. 漏屋连阴 ··· 219

4. 梦在脚下 ··· 222

第 31 章　茅日学校成立 ····························· **227**

第 1 章　举家迁移

1. 大海迷茫

20 世纪 90 年代初。

烈日炎炎。

时为全国最年轻日语教授之一的何一夫作为引进人才，偕三口之家从我国的中部地区迁到了沿海城市——南江市。南江农林大学教务处的江处长亲临火车站迎接。

何一夫一家人下了火车，刚进入软卧候车室，江处长等两人就迎了过来。他们这是第二次见面了。

何一夫用眼睛扫了一下候车室，五六十人中间估计有 1/3 是外国人。白得异常的皮肤，大脸蛋，高鼻梁，颜色不一的眼睛和头发，谁都可以看出来他们不是中国人。当然也有几个中国人，他们拿着欢迎外国客人名字的牌子。多数牌子是用英文写的，也有牌子是用日文写的。

何一夫他们坐上了前来迎接的车子，出了车站广场，驶入中山大道，进入市区。大道两边不时有外语培训类的广告牌或门牌闪过，更有市中心"欢迎四海宾朋光临南江市"的巨大横幅格外醒目，刺人眼球。

江处长首先告诉何一夫他们，南江市昨天刚出梅，天气会很热，你们要有思想准备。接着对何一夫介绍说，南江市正在召开金秋恳谈会，一年一次，已经开了好几届了，每年都有可观的收获。去年的恳谈会新批外商投资项目近 1000 个，投资总额近 20 亿美元，约是前一年的 2.6 倍。江处长接着又把话题引向了何一夫。江东省和外国建立的友好城市和地区已近 100 个，和日本已经建立和有望近期建立友好城市的也有十几个。但江东省现在紧缺日语人才，正是你这个日语教授发挥特长、大展宏图的极好时机。江处长明确告诉何一夫，学校对此非常重视，开学以后就专门研究大学日语教学、日语专业申报，还有教职工日语培训等相关事宜。说到这里，

江处长指着开车的司机说，这个文师傅的女儿正在上初中，在学校学的是英语，想业余再学习一门日语，顺便想请教你一下，待会儿就请你和他说一说。

一直到学校，除了寒暄以外一路上何一夫就只是不停地重复着一句话："真是到了处处都有涉外气氛的地方了。这哪里是在内地城市能够体会得到的？"

何一夫夫妇都出生在祖国东部沿海地区的江东省。十几年前何一夫进入 L 军校学习日语，后留校任教。夫人董玉荷从部队考入 H 大学中文系，毕业后进入 L 军校工作，再后来两人便合法地住到了一个房间里。由于军队的调整和双方老人的身体等原因，也由于军转办的推荐，何一夫成了南江农林大学的引进人才，其后就是全家从内地搬往了南江农林大学所在的城市——江东省省会南江市。

改革的春风正在强劲地吹遍祖国的大江南北，吹皱江河湖海，吹过平原高山，吹起风雨雷电，吹绿禾苗树木。科学的春天来了，教育的春天来了，外语的春天来了。960 万平方公里土地上的空气里处处都弥漫着活跃异常的涉外元素，何一夫此时更是感觉到南江市的涉外空气尤为浓烈。

面向世界，走向世界。中国要学习外国先进的管理经验，不懂外语怎么行？外语是走向世界的桥梁。全民重视外语的时代来临了，与此相适应的中国学校的外语教育自然也得到了快速发展。自从进入 80 年代以来，且不说大学外语教育，几乎所有中学都从初中一年级开始把外语纳入了必修课程。何一夫作为一个外语教授，特别是搞日语专业的，更是社会急需的人才，被南江农林大学引进自在情理之中。

暑假第二天，何一夫一家三口坐了近 20 个小时的火车到了南江市，暂时被安排住在学校的招待所里。不过住房早在他们到来之前就已经安排好了，江处长把房子的钥匙也给了他们。第三天，何一夫到学校人事部门办理了有关手续，又带着孩子去附校报个到。公子何振华开学后就进入小学六年级，他们要把转学证明交到学校去。

时值暑假刚刚开始，何一夫他们报完到以后应该就没有什么事情了。何一夫开学后去外语组上班，这是明确的。董玉荷原和何一夫在一个单位，是一般政工干部。这次和丈夫一起转业来到南江市，工作由丈夫单位安排，具体工作还要待开学后学校再研究，反正不会没有工作的。董玉荷想，借着暑假把家里安排一下，熟悉一下周围的环境也是必须的。

行李通过火车托运，要一周左右才能到。虽然不多但都是辛勤攒钱买的，包括大立柜、沙发、办公桌、电视机、锅碗瓢盆等日常生活用品，他们来时只带了几件随身行李，招待所里只有电扇还没有空调。今天再回头来看真不知道当时是怎么度过火炉里的夏天的。

晚饭后他们商议是否明天就去看望一下孩子的爷爷、奶奶和外公、外婆，也是想着借机离开火炉几天。但是在孩子和董玉荷的强烈建议和要求下，对日程重新进行了调整，在去看望老人的途中先绕道海边看一看。于是何一夫给双方老人打了个电话，迟两天再去看望他们。

何一夫和董玉荷两个人的老家在一个县里，相距不远。老家离大海有 200 多里路，以前到海边不通汽车，当时连自行车也都很少。他们到了会骑自行车的年纪了，可两家都还没有自行车，再说没有事情谁会骑自行车跑 200 多里去海边呢？接着是，何一夫进了军校，董玉荷入伍后来也上了大学，再后来他们就结婚了。至于孩子何振华，自出生以后就一直在内地长大，更无缘与大海接触。何一夫虽说在数年前部队拉练时经过海边，但并未停留，充其量只能说是遥望而已。可以说这是全家第一次走近大海，大海对于他们三个人来说，都有着一种渴望了解的神秘感、新鲜感。

第四天早饭后，何一夫一家三人坐上了长途汽车。大概过了三个小时吧，他们就看见大海了。尽管太阳开始发威，但有海风吹着，海风里的太阳比南江市市里的太阳威力还是要小一些。不过何一夫他们愣住了：这就是大海？大海原来竟是这样！

何一夫他们下车后，站在海岸上突然就都停住不动了。刚开始谁都没有说一句话，思维和神情好像都一下子凝固了，只是呆呆地望着大海。他们好像都在告诉自己：教科书中、小说中、电影中或者梦中出现的大海这时就在你的眼前，并没有礁石竖在海里任由海浪撞击飞起几米高的浪花，发出令人毛骨悚然的隆隆的怒吼声；也没有海浪在赛跑，一浪紧接一浪，一浪高过一浪。不过大海就是大海，也确实像有些文人所描写的那样，远远望去，无边无际，与蓝天在远处连成一线。天空是蓝色的，大海是蓝色的，全然一片蓝色的世界，但海面是平静的。举目远望，隐隐约约可见几个小岛散落在海面上，几艘大小各异的船只漂浮在远近不同的位置，很难看清楚它们是在移动还是静止着。

再看脚下，涌过来的海水在与沙滩衔接处显现出一道白色的小海浪，然后温柔地扑向沙滩。海浪映衬着浅黄色的沙滩，掠过软绵绵的细沙伴随着温柔的唰唰声，轻轻地抚摸着光顾它们的人们，且又柔顺而平静地任凭人们戏耍。五彩缤纷的贝壳散落地镶嵌在浅黄色的沙滩上，海风清新而又凉爽。如此这般，对何一夫他们来说都是新奇的，虽在烈日之下却也不乏一种惬意的享受。

何一夫他们伫立了片刻便继续往前走。拐了一个大弯儿，就见到一个不大的港口。才知道刚才看见的应该是一个很大的海滨浴场。透过停泊港口的上百只舰船，但见大海变得更加宽阔。再极目远望，似乎又可见在遥远的海天交接处，有腾天巨浪翻滚起伏，鱼鳞般的白色浪花一层又一层地翻滚着接踵过来，在阳光下格外刺眼。到了不远处，海浪似乎又失去了威风，渐至消失。这也许是幻觉，也许是想象。反

正眼前的大海是宽阔而遥远的，海面是平静而温柔的。

才上午10点多钟，海边就已经有很多人了，但下水游泳的人还不多。一些人在海岸上走着，一些人在海边沙滩上散步、玩耍，时不时地低头捡些什么，有的还把捡到的东西又重新扔向海里。

何一夫他们在海岸上走了好长一段时间，便去浴场边上的饭店吃饭了。他们准备饭后再去海边待一会儿。

虽说是夏天，海水还是凉的，不过给人们的感觉是异常舒适的。董玉荷和孩子都不会游泳，她们也同意饭后再去海边待一会儿，等以后学会游泳了再来。好在现在住的城市离大海不远，而且交通越来越发达。何一夫倒是会游泳，小时候在鱼米之乡长大，虽说动作不能拿国际标准来衡量，但还是可以扑腾几下子的，反正没有人来检测动作是否正规、是否标准。可是，今天何一夫的心情好像不全在这里。

到附校给何振华办理转学手续时才知道，附校的学生在小学三年级时就开始学习英语了，而何振华原先所在的内地学校是初中才开始学英语的。如果是其他科目还好，各门成绩何振华始终是本年级的第一名、第二名，可偏偏是外语没有学过。一年后将面临小升初的择校考试，外语要计入总分。自己虽是外语教师，但自己是教日语的，附校孩子在学校学的是英语。

本来作为引进人才到沿海城市工作，又是回到故乡，何一夫的心里充满着兴奋、期待和担当。突然间，孩子学习外语的事情好像一下子就把自己搞蒙了。此时此刻，何一夫的内心犹如眼前的大海看似很平静，但也似远处推涌过来的海浪。他有点坐不住了，不时地站起来走走、动动。他有点后悔了。他没有详细计算过，但他知道，即将和何振华同班的同学已经学过三年英语了，加上最后一年共四年。同班同学四年学习的外语，孩子用一年时间能够掌握吗？光背诵和掌握单词就要花费多大力气？作为引进人才，自己在事业上会有新的发展，未来可期可贺，但孩子如果在小学阶段就跟不上班那可是影响一辈子的事情。何一夫越往深处想就越担心，越想就越是心烦，似乎产生悔意了。后悔自己在来之前只顾自己的事情，而没有将孩子的事情一并了解得更具体一些。不过谁又知道沿海地区和内地从小学就开始在外语学习方面拉开这么大的距离了呢？现在后悔太晚了，回不到原来就读的地方了，唯一的办法就是赶忙想办法补救，能补多少就多少，好在孩子还只是在小学阶段。

附校的老师还告诉他，附校包括小学部和初中部。不管成绩怎样，一般都可以读到初中毕业，至于高中就要参加全市组织的统考，根据成绩选报学校。附校的值班老师也很负责任，建议孩子暑假进个英语补习班，毕业时考得不好也没关系，可以继续留在本校读初中，只是本校附中不是省重点学校罢了。

何振华在从学校报完名回家的路上对何一夫说："爸爸，您放心，明天我就去补习班，我保证在明年毕业时赶上来。"

真是个孩子，他只知道盲目自信，不知道同学四年将会学习多少内容。真是有点儿初生牛犊不怕虎，狂妄过头了。

何一夫心里这样想着，却没有泼冷水，反而鼓励他说："你有这个决心很好，我相信你。世上无难事，只怕有心人。"

何振华知道儿子并不是狂妄，而是一种不了解情况、比较盲目的自信罢了，既然其他课程都能是第一、第二，英语使劲追就是了。这应该就是孩子此时此刻的真实想法。所以对这种自信还是要鼓励的，况且对孩子还是要把赏识教育放在第一位。

何一夫坐在海边的石头上，望着遥远而无尽头的大海，又望望正在海水里戏耍的夫人和孩子。他的思路渐渐变得清楚了，情绪也渐渐稳定了下来。回到学校以后马上就去找个英语补习班，其他都是不现实的。可这件事情现在毕竟压在心里头，眉头舒展不了。时代发展真是太快了，真是可以用曾经流行过的一句话"一天等于二十年"来形容了。现在是全民普遍重视外语，已经进入没有外语似乎就寸步难行的时代。外语不仅是学习外国先进管理经验的工具，而且给人的感觉就是：干什么都需要外语，只要活着就需要外语。孩子们从上小学、中学，直到大学毕业、取得硕士学位、取得博士学位都需要外语，外语不合格就是不行。不仅如此，外语的重要性也表现在社会上的各个行业中，已经走上工作岗位的成年人也有种种外语考试，譬如说工人晋级、教师评职称、干部晋升等。自己以后不会再遇到为晋升而考外语的问题了，孩子从现在开始学外语也来得及。但是，一年时间能学完别人四年学习的内容吗？这可能吗？这一年，孩子不可能投入全部精力吧？会影响其他几门课程的成绩吗？明年择校考试会怎么样？

嘻！大环境使然，小环境助然，小家庭必然。何一夫深深地叹了一口气。

这件事怎么给夫人说呢？何一夫又纠结了，不说是不可能的，不过夫人的埋怨注定是免不了的。看来孩子还没有告诉他妈妈。万一夫人提出再搬回内地怎么办？不会吧？何一夫心里没有底。但她作为部队转业干部还是有相当觉悟的，结婚多少年了，对她还是了解的。即使她提出来也是发泄发泄而已，人事关系、户口关系等都已经转出来了，是不可能再回到内地学校的了。现在要面对的是必须从"四年"和"一年"的纠结中走出来，把补习班落实到实际中去，看补习情况再想对策吧。

已经是午后 3 点钟了，太阳正烈。会游泳的都下水了，不会游泳的就只能局限在海边这个区域了。董玉荷呢，也只能在浅水里和孩子一起耍耍，在沙滩上逗留逗留，捡捡贝壳什么的。

何一夫总是不能摆脱外语补习这个结，哪有心思陪他们？恰巧前几天不小心腿被东西划破了，医生说暂时不能沾水，看来夫人也相信了，并没有多心。

何一夫就自己一个人坐在海边上望来望去，想来想去。其实，他现在真是心不在此，等以后情绪好一点儿的时候再陪他们来海边吧。

2. 七月流火

《诗经》中有"七月流火"的佳句。不管专家学者如何诠释，但至今都被人们用来形容炎炎夏季，仿佛空气中流动着一团火。

何一夫夫妇看望过双方的老人，暂时把孩子放在爷爷奶奶那里，不得已又回到了学校，因为行李这两天也该到了。

夏天亮得早，4 点钟天就蒙蒙亮了。他们坐的是早晨 5 点 10 分出发的头班长途汽车，为的是赶在 12 点左右到家。选择这个车次主要是考虑这班车到南江市时还不是一天中最热的时候。当时的长途汽车里没有空调，客人们一上车就都把窗户全部打开了。夏天毕竟是夏天。

刚过 12 点就到南江市了，他们出了长途车站就赶忙坐上了公交车赶往学校。学校门口公交车正好有一站。他们下车后就走进路边的一个小吃店，先解决午饭问题。晚饭同样是在门口饭店吃的。行李还没有取回，家里不能做饭，他们仍然暂时住在招待所里。住房是学校为引进人才准备的新房子，前几天来报到的时候他们就简单打扫了一下。明天把行李取回来，就可以住进去了。

南江市说是四大火炉之一，一点儿都不过分，何一夫全家这次是彻底体会到了。他们到单位报过到以后迅速离开，也和这个天气炎热有关系。招待所里虽有电扇吹着，但他们睡不着，始终被汗水裹挟着。他们不得不将台式电扇对着孩子的后背不停地吹，可天亮一看，除了电扇吹及的地方以外，到处都起了痱子。他们不得已只住了两宿，便在到达南江后的第三天早上前往海边了。现在他们又不得不回到这个名副其实的火炉里。

晚饭以后，他们去校园里走了一圈，回来坐在电视机前面，头顶上的电扇在转着。电视里正播着一幅画面，市郊区一条水泥路面被连续高温烤热突然膨胀爆炸，拱起的两大块水泥路面相互支撑着宛如某种建筑。他们还听说南江市去年就有个太阳能热水器被晒爆了。

电扇在吹着，但何一夫手里还是拿着一条湿毛巾，夫人手里拿着一把芭蕉扇，不时拍打一两下子。他们似乎有了一个尚未商议的约定，就是以后暑假决不在这个火炉里待着。

次日早上 6 点不到，何一夫就起来了。和昨天白天相比，早上总算有点儿凉意，不过骨子里还是暑热的空气。刚出门走了没有几步，汗水就从皮肤里往外渗透，半小时走回来，自然要换一身干衣服。说实话，换也没用，你就是坐在屋里不动，身上也会是潮乎乎、汗津津的。

校园里晨练的人大多是一些老人，再热的天气也要锻炼的，不能老待在屋里吧。年纪越老越懂得锻炼和健康、长寿的关系，白天太热就改到早上、晚上，不宜大运动量就小一点儿，外面不行就在室内。据说南江市里今年新增加了好几个游泳池，却仍然是游泳者多如下饺子，进入泳池者只能说是泳而不游，原地动动而难以前行。

早上 7 点半钟，何一夫就出发去取行李了。说是要早早去，其实去得再早也没用，还是要等到上班时间才能将行李取出来。

行李托运接收处在南江市的另一端，学校在这一端。幸亏学校派了一辆车子，带来了许多方便。

两边的楼房、梧桐树擦着车子匆匆而过，它们无惧这酷暑炎热。望着路上执勤的交通警，何一夫不由得心生几分敬意，警察同志，你们辛苦了。昨晚的电视上说省市领导看望他们时地表温度是 50℃。现在虽没有 50℃，但烈日盖在头顶，肯定是酷热难耐。再望望人行道上还有不少的人骑着自行车，有的戴着布凉帽，有的是什么也没戴。何一夫在想，他们是怎么耐得了这个高温的？估计他们是习惯了，或者是有急事，不得不如此。在火炉里生活的人们，耐热力非他处人们所能比及，看来自己不仅思想就是身体都还需要有一个适应期。

打开车窗坐在车子里有风吹着尚觉可以，从车里走出来可就像进了桑拿房。桑拿房是什么感觉，现在就是什么感觉。过去文人笔下的热得像蒸笼，用在这里似乎不太准确。干燥而滚烫的热气向你的身体全面地裹拥而来，灼热烤人，短时间并无蒸笼感可言。稍顷你就会浑身出汗，从后背到前胸，到头上，到湿透衣服，这些也是在很短时间之内完成的。何一夫他们将行李搬下车子就是 20 来分钟的事情，工人师傅就把衣服脱下来拧水了。

何一夫将行李取出后到家已经快到中午了，汗水湿透了前胸后背，浅灰色的 T 恤衫几乎全部被深颜色所覆盖。

行李进屋了，搬运工人走了。何一夫赶忙关上门，脱下汗水浸透的 T 恤，啃了几口西瓜便去卫生间里冲了半天的凉水。说是凉水，绝不是如北方的井水那么凉，

而是热乎乎的，到了下午或者晚上流出水管时就是烫手的热水了。因为这里的自来水是从长江里抽上来的，与外面的温度差不了多少，基本上与大自然的温度同高低，再加上外面露天的自来水管，自然又让水温升高不少。何一夫冲完凉以后，只穿了一件大裤衩就坐到了饭桌前。

董玉荷先将煮好的绿豆汤端到何一夫的面前，凉凉的，甜甜的，特爽口，何一夫头也不抬地喝了一大碗。这是董玉荷昨天去校门口买的绿豆，今天早上起来煮好的，同时也买了一些锅碗瓢勺、柴米油盐酱醋、蔬菜瓜果。

董玉荷这时将饭菜也端了上来，说："先吃点儿饭吧，东西休息一会儿再整理。"

行李搬回来了，似乎已经没有什么急着要办的事情了。可何一夫的心里不踏实，不得不提起另一件要急着办理的异常纠结的事情，就是孩子学习外语的事情。何一夫把情况简单地说了一遍。

我国的外语教学当时在全国基本上都是从初中一年级开始的，个别省份、个别学校也在试点前提。有的从小学五年级开始，有的从小学三年级开始，甚至有的从小学一年级开始，据说还有专家在酝酿要从幼儿园开始。南江农林大学的附校从小学三年级开始学习英语，何振华的英语现在要从零开始，而且必须要追上已经学了三年英语的同班同学。换句话说，他们的外语水平不在一个起跑线上，何振华要用一年时间学完同班同学四年学过的内容。

这是董玉荷预先也没有想到的事情，她弄清楚情况后自然是吃了一惊。

"不会吧？"董玉荷说，"小学都开英语课？走得也太快了吧？"

何一夫说："说起来也不算快。你没看这趋势？"

"什么趋势？"

"还什么趋势？英语已经从原来的副科变为主科了，英语原先在高考中占的比重不大，可是现在与语文、数学一样的150分了。还有，"何一夫停顿了一下继续说，"在当下中国，学好外语似乎已经成为个人发展的必备手段了：考中学、大学要考外语，考硕考博要考外语，出国、进外企要考外语，进国家机关要考外语，当教师要考外语，申报职称要考外语……在许多考试中，外语甚至还享有'一票否决'的特权，外语已经变得神圣化、绝对化。一句话，对孩子来说，没有外语就没有未来。"

董玉荷说："那怎么办？"

何一夫说："首先是咱们两个人得统一思想。"

"统一什么思想？"

"就是想办法帮助孩子把外语补上去。"

"你这不是废话嘛。问题是差了三年，还能补上去吗？"

"补不上也要补。还有一个办法是让孩子留一级。"

"就是留一级也只是多争取了一年时间，还是要追补上去的。再说他的各门成绩都是优秀，因为一门外语而留级，会影响孩子的情绪和其他课程的学习，甚至影响一辈子的。"

突然，董玉荷提出了另外一个问题："要是学习日语呢？"

何一夫说："这个问题我想过，也咨询过，不可行。"

"为什么？"

"我问过附校的老师，可以学习日语。但南江市除了南江外语学校开设日语课程，其他学校都不开日语课。"

"那你再去南江外语学校问问？"

"我已经去过了。一是交通不便，要转两次公交车。二是他们是中学，没有小学班。"

"要是你先教他学一年日语，明年去外语学校念初中呢？"

"外语学校是面向全市招生。他们说不在那个学区，外学区名额很少，还要交3万元赞助费。"

"怎么这样？"

"我认认真真地考虑过了。这3万元对我们来说几乎是一个天文数字。再说我们正值精力充沛，事业也正处在快速发展时期，那样势必会分散较多精力。现在我可以每天教孩子一个小时日语，如果孩子明年考不上南江外语学校，那我就要一直教他到高考。这样对孩子的素质养成肯定也是有影响的。"

"就是。他的性格有点内向，将来因此再和别人不合群就麻烦了。那市区还有学校从初中才开设外语课的吗？"

"有几所。但都在郊区，离这里最近的也有十几里路远。"

"当初你为什么不把这些搞清楚？现在多被动！早知道就不来这里了。"

董玉荷还是忍不住埋怨了起来。

"你先别急。我调研了他们英语的学习进度和教学大纲的要求，觉得用一年时间追赶学习四年的英语水平，孩子吃点苦还是有希望跟上的，只不过成绩不会很好罢了。但这对孩子的成长肯定是有好处的。"

"那就这样吧，我们也不要动用其他心思了。外语相差这么多，能跟上班就行了，以后还有初中、高中，可以继续努力。"突如其来的情况让董玉荷有点心烦，连着用扇子使劲地扑打了好几下子，"赶忙把孩子叫回来，再看看孩子的意思。我们要跟孩子说清楚，特殊情况，不能要求每门课程都优秀。"

"好。马上就叫孩子回来。从现在开始，参加个补习班，或者找个辅导老师。我也认为留级不是上策，只有一条路：抓紧补习，能补多少就补多少。"

"除了试点，全国绝大部分地区都是初中开始学习外语，没想到这里从小学三年级就开始了。"

"就是。不过你也应该看到，外语在中国正遇到前所未有的发展机遇。以后不管你是否去国外，是否同外国人打交道，没有外语是肯定不行的。"

"是啊，我也感觉到这个势头很明显，很强劲。为了走向世界，一个全民族都开始重视外语的时代已经到来。孩子学外语并不单纯是为了考大学，恐怕有一天你不懂外语在国内都会寸步难行。"

"不过有的我也不是太清楚，似乎只要是国外的什么都比中国好。"何一夫好像又扯远了，"不仅管理水平，你看连工作餐都被引进过来了，好像工作餐也是必须引进的内容之一。"

"算了，大势所趋。不议论，不争论，多学习，要与时俱进。外语学习的重要性这一点你一定要和孩子说清楚。"

"咱们两个人一起和孩子说。我马上就落实外语补习班的事情。"

董玉荷已经没有什么埋怨了，而且和自己一起想办法解决问题。这让何一夫的心情平静了不少。何一夫心里也清楚，原来的担心是多余的，只是"万一"而已。结婚十几年来，不管遇到什么事情，董玉荷首先做到的并不是埋怨，而是想对策、想办法。正是这种解决问题优先、埋怨在后或者根本不埋怨的做法使家庭和睦的气氛变得和谐、融洽。

3. 不请之人

何一夫他们坐到饭桌前面，说了半天孩子学习外语的事情，竟然手里一直拿着筷子却忘了吃饭。董玉荷说："吃饭吧。你也不要多想了，等孩子回来再决定。办法是用不完的。"好在是夏天，饭菜不存在什么凉与不凉的问题。

何一夫端起饭碗，刚把一口米饭扒进嘴里，就有人来敲门了。他们不约而同地相互对望了一下："谁？"

董玉荷说了一声"请稍等"，赶忙整理了一下衣服，何一夫也赶忙去里屋加了一件大汗衫。

何一夫和董玉荷把门打开一看，不认识。

敲门的是一个女同志，个子不高，瓜子脸，大眼睛，长头发，笑容可掬。董玉荷问道："请问您找谁？"

只听这个女同志说："你们都搬来了吗？"好一副熟人的口气。

何一夫和董玉荷一下子都愣住了，你望望我，我望望你。只见那个女同志又说："怎么了？何教授，把我忘了吗？"

看来对方认识自己。何一夫夫妇赶忙把来人请进了客厅，在凳子上坐下。何一夫说："不好意思，是有点面熟。"

只见来人说："我们不仅面熟，还一起吃过饭呢。"

"那让我想想。"何一夫怎么也想不起来，在这个陌生的大城市里，他的朋友中没有这样一个漂亮的女性。一头长发，一双友好的大眼睛望着你，同时也掩饰不住一副高傲和俗气。

董玉荷在心里一下子警惕起来：何一夫和这个女人是什么时候认识的？都找上门了，难道有什么瓜葛不成？

"早就听说你们要来，已经来了好几天了吧？我是英语老师，叫扬莘莘。我们就住在你家对门，现在就我一个人在家。我们家常副教授在外地，女儿菲菲去英国参加暑假夏令营了。我是过来跟你们打一声招呼，看看你们有什么需要帮忙的。"

看样子这是个干练爽快的人，几句话就表达了对方想要知道的主要信息。

"哎呀，是扬老师，快喝杯水。"

扬莘莘接过董玉荷端来的凉开水，又问道："孩子呢？"

董玉荷说："在爷爷奶奶家过几天，我们先回来收拾收拾房子。"

扬莘莘这时又转眼望着何一夫说：

"怎么？还没有想起来？这也难怪，都有 20 年了吧？那还是你第一次从军校回来探亲的时候。想起来了吧？"

何一夫拍了拍脑袋说："噢。那想起来了，是见过，有印象。"

说句粗话，他想起来个屁，随口应答之词。都这么长时间了，不是特别情况，怎么可能还记得？记得当时第一次回家探亲，只有十天时间。天天走亲访友，天天都会在饭桌上见到女孩子，怎么能独独还记得你？

扬莘莘的心里可还记得，她永远都不会忘记。那次见面何一夫给她留下的印象太深了。单眼皮，眼睛不大，个子不高，估计还不到一米七五。但穿着全国人民都羡慕、敬仰的军装，而且是军校的大学生，毕业后就是军官，自然也透出一种威武与神气。这次见面同样也给她留下了不可磨灭的刺激，助长了她在各方面、终身都特别要强

的性格的养成。这时，扬芊芊的话锋突然一转：

"你们先吃饭吧，好好休息一下。你们刚到这里不方便，晚上到我家吃饭，到时候我来叫你们。这栋楼住的都是有高级职称的人和引进人才，刚盖没几年。"

盛情难却，不能拒绝，加上又是丈夫的旧时相识。丈夫的朋友就是自己的朋友，就是这个家庭的朋友。刚到一个新地方，难得遇到这么一个热心肠的人。董玉荷控制住了多余的想法，再说通过吃饭肯定也会对他们之间的关系了解得更多一些。

整个下午，他们都在整理东西。何一夫没有提起和扬芊芊认识的事情，董玉荷也没有问起过。毋庸多说，唐突是唐突了点，但晚饭还是在扬芊芊家吃的。

扬芊芊家已经有空调、冰箱了，空调确实比自己家里的电扇凉快。在当时有空调的人家是不多的。扬芊芊说这些是她先生常德益去美国访问时带回来的，冰箱也比国产冰箱噪音小、制冷快。扬芊芊告诉何一夫夫妻俩说：他的爱人每年都要出访一两次，已经去了五六个国家了，家里有不少小东西都是从国外带回来的。

扬芊芊又指着另一个挂壁式空调介绍说，这是江东空调器厂即将投入市场的江东牌空调。老常有个朋友在厂里，让先试用一下，感觉比美国的空调不差多少。

董玉荷愣了一下："试用？"

"这你不懂了吧？……"扬芊芊突然觉得口气不妥，赶忙说，"你们从部队到地方，要适应、要学习的地方还有不少。现在有不少新产品在投入市场前要先试用一下，主要是请一些与企业有关系的人试用。"

何一夫说："我看过一份材料说中国产品在打入市场前质量是最好的，市场打开以后就会经常出现质量问题，有一些企业就是因此而倒闭的。"

扬芊芊说："是这样的。不少企业在把产品投入市场之前，质量把关是很严格的，有的还被用来免费试用。起初只是内部试用，后来范围扩大到企业之外的相关领导、专家、关系户等。据说有的产品在投入市场以后仍有内部优惠价和市场价。"

董玉荷说："这还真是一门大学问啊。"

晚饭是四个凉菜、四个热菜，外带冰啤酒、绿豆稀饭和煎饼，足够他们三个人吃的了。

晚饭以后，他们在沙发上坐下。

董玉荷突然注意到茶几上放着厚厚的一摞卡片，全是写着英语单词，茶几上也贴着英语单词：table。董玉荷再转头四面看看，沙发上贴着 sofa，门上贴着 door，窗户上贴着 window，椅子上贴着 chair，玻璃上贴着 glass，电视上贴着 TV，墙上贴着 wall。还有碗柜、书橱等，凡是能贴卡片的地方都贴上了英语单词。

董玉荷一脸问号地望着扬芊芊，似乎在问："这是……"

扬芊芊说："这些都是为孩子学习英语考虑的。英语单词越学越多，除了她自己死记硬背以外，还应该尽可能地为她创造一些环境和气氛。单词是不能替她背的，但可以给她提供一些方法和帮助。凡是能贴的地方我都贴了英语单词。"

扬芊芊说着就要让何一夫他们去孩子的小房间里再看一看。何一夫夫妇互相对望了一下，便说：

"孩子房间就不进去了。"

他们继续闲聊起来。

扬芊芊说："据说国外的收入比国内不知要高多少倍。就拿我老公来说吧。大学副教授，月薪只有人民币不到 1000 元，国外的同等情况最好的待遇是国内的 10 倍以上。就冲这一点，孩子的外语也一定不能放松。"

董玉荷说："相差这么大？"

"这你不懂了吧？"扬芊芊脱口而出。

"这你不懂了吧？"这是扬芊芊的一句口头禅，还有一句是"你不懂"。意思一样，但语气和对象不一样。前者是比较客气的说法，后者相反。不过后者常听到她对家人使用，对别人则较多使用前者。刚才和初次见面的董玉荷说的时候感觉有些唐突，这次再说出来好像自然多了。不过终究是她的口头禅，脱口而出，习惯了，她也就不再委屈自己了。她稍作停顿，又继续了：

"先不说美国，就说日本吧。上次一个朋友从日本回来说起这件事，副教授的月薪一般都在 20 万日元，折合人民币就是近两万元。"

"难怪许多人都往国外跑。我们知道有差别，没想到差别这么大。"

"还有呢，外国人，包括在国外定居和拿到绿卡的中国人，回到中国后的政治地位、社会地位不知有多高，政府、个人，甚至整个社会对他们都是高看一眼的。"

"也是啊，只要是沾上外国和中国港澳台边的，在 960 万平方公里大地上的走姿都不一样。"

"所以我们一定要让孩子的未来和外国联系在一起，现在对孩子的要求就是首先要学好外语，对于孩子的外语学习要不惜一切工本。"

扬芊芊特意提到，现在有的孩子在入学之前就开始学习外语，甚至刚会说话就同时学习汉语和外语两门语言。虽然菲菲外语很好，但已经是比较迟的了。你们家孩子更不能懈怠，一定要争取早点补上来。

他们一边喝着冰镇雨花茶，一边聊天，自然而然就聊起了双方的家庭、工作和生活，还有孩子。

扬芊芊的爱人叫常德益，在同一个大学教英语。他是工农兵大学生毕业留校的，

后去国外读了硕士，回来后晋升了副教授。去年应聘社会干部，到一个欠发达县出任副县长了。据说用的就是他的外语专业，说是要摘掉贫困县的帽子，就必须走向世界。女儿常菲菲在附校读小学五年级，暑假后升入六年级，正随一个中小学生夏令营去英国了，时间一个月。

他们东拉西扯，接着又回到了上午的话题，说起第一次见面时的情景。

扬莘莘脸上偶尔露出微红的颜色。何一夫的脸色好像依旧不变。

这些都逃脱不了董玉荷的眼睛。她便很自然地退出聊天的主角，任由他们聊下去。

董玉荷并不感到被冷落，偶尔也插一两句话。她两只手端着茶杯，似喝非喝，一副心不在焉的样子，可听觉器官却异常敏感，有什么新大陆的端倪她肯定会立刻抓住的。董玉荷这时的想法，在这里不说恐怕读者都很清楚。她绷紧着每一根神经，观察和体会着他们之间的每一句谈话、每一个眼神、每一个哪怕是细微的举动。

看样子他们俩很熟，弄得自己都插不上嘴。他们是从那个时候认识的吗？后来又联系没有？难怪他每年都要回来探亲，说是看望老人，与这个女人有关吗？就是自己和他一起回来，也不能 24 小时都跟着他，他们肯定可以见面的，那么他们见面了没有？你看他们现在谈得多热络。平时他不爱多说话，今天怎么这么健谈？他们中间肯定有什么猫腻吧？一定的。必须的。

董玉荷多心了，可以理解。实际情况是何一夫怕冷场，还有一个原因是话题多由对方主动提起，总不能冷了人家吧？好在是老乡，又是同时代的人，话题是不用太费心去选择的。

夕阳已经落山，房间里的光线变暗了。扬莘莘开了灯，接着说了一声："咱们出去走走吧。"

何一夫夫妇随着扬莘莘走出了房门，来到了校园里。出乎何一夫夫妇意料的是，校园里三三两两的都是散步的人群。

虽然空气热乎乎地灼人，可比白天好多了，毕竟太阳离开了。加上不时有微风拂面而过，散步却也别有一番惬意。热风中并无凉意，但让人感觉空气在流动，比不动的空气要讨喜一些。原来南江农林大学处在全市最高的地方，且在紫云山下，山里的微风可以横穿校园，此时与白天相比就显得更为可贵了。

他们走了一会儿。扬莘莘说到改日再陪何夫人去购买日常用品，还有帮公子找补习班的事，接着他们便分别跨进了自己的家门。

何一夫夫妇回到家里，看了一下时间，已经快 9 点了。

董玉荷说："今天你已经很累了，早点休息，明天再整理吧。"

何一夫也知道，如果现在整理的话，也会影响到楼上楼下的邻居们。于是他们冲了一下凉，便躺倒了床上。

钟表指向了晚上10点、11点、12点，他们依旧还是躺着，都没有睡着。

董玉荷是个胸怀很大的女人，她从来都没有怀疑过自己的丈夫有什么外遇，她对自己的丈夫在这方面是绝对信任的。出去走了一会儿，脑子也清醒多了，她在内心里为自己刚才的胡思乱想感到羞愧。

自己的先生是个古板、严肃的人，有哪一个女人愿意同一个面无表情、毫不浪漫、拒人千里的男人说话聊天呢？再加上丈夫十几年的军人生活和从小就受到的传统教育所形成的男女观、爱情观、世界观，董玉荷一直都把心放在肚子里，从没有产生过这样那样的想法。今天丈夫虽然遇到了多年前的旧相识，和她聊聊天是个正常的事情，不值得大惊小怪。况且从他们的谈话中，可以感觉到他们以前并没有什么交往，只是在饭桌上见过一面而已。即使扬苹苹还记得，可自己的丈夫好像并无印象。每年回老家探亲都是两个人一起回去的，自己并没有发现什么异常，肯定是自己多心了。

想到这里，董玉荷的心里似乎平静了不少，但内心深处还是被拨动了那根作为人妻的与生俱来的情弦。好像他们两人当初并未当面点破，现在都过去十几年了，可扬苹苹的心里好像至今仍有何一夫的位置，一见面就像久违的老熟人似的。今后对他们还是要多多关心一下。不管他们之间到底是什么状况，以后会怎样，现在都无暇顾及了，孩子的外语补习是第一位的。他们白天关于外语的一番议论更是加重了自己的忧虑，让自己迟迟不能入睡。怎么办？

何一夫呢，这几天虽然比较辛苦，可都12点了还在床上翻来覆去地睡不着。他们在军队里养成了11点前上床睡觉的习惯，今天好像也不遵守了。

董玉荷看到自己的丈夫还没有入睡，便忍不住想调侃一下：

"怎么？睡不着？是换新地方了，还是在想着和那个人的事情？男女之间的涟漪被搅起来了吗？"

说来也怪，不少人换地方的时候容易失眠睡不着，可何一夫却恰恰相反，即使在家里有时候失眠，换到沙发或者地板上马上也就可以进入梦乡。最近几天生活没有规律，天气炎热，似乎也没有失眠过。今天失眠可能是累过头了，但不否认也与扬苹苹的出现有关，他怎么也不能入睡。他知道夫人多心了，索性睁开了眼睛，赶忙说：

"你想到哪里去了？说来话长。你要是也睡不着的话就讲给你听听。"

不等董玉荷答话，何一夫便开启了话匣子：

"那还是我在军校读书时候的事情。"

何一夫睡不着，董玉荷也睡不着。反正他们都睁着眼睛不能入睡，明天也不需

要上班，干脆就听听他怎么说。这对于进一步加深夫妻之间的感情以及以后的两家相处肯定也会有好处的。

4. 缘起

漆黑的夜晚。

飞舞的大雪。

漫天飘洒的大雪带给夜晚的世界一片有限的白色，勉强把天和地能够区别开来。

到家还有近20里的路程。对于一个年轻人来说，20里路算什么！现在何一夫急着要回到家里，去见见已经分别两年的爷爷、奶奶、父亲、母亲和弟弟妹妹们。

两年前，他上大学了，同时也参军了。他上的是一所军校，学的专业是日语，这是领导分配的。当时他能够想到的是毕业后可以有份工作，至于学习什么专业无所谓。外语当时在人们心目中的地位并不高，说起日语在人们的心目中就更是没有什么位置，更想不到的是外语今天会变得如此重要，特别是日语竟然和自己的前途和事业紧密联系在一起。

军校也有寒假暑假。但新生入学后一般到第二年才允许探亲，而且能回家探亲的有比例，并不是每个人一到放假就都可以回去看望父母的。

何一夫虽说长在农村，天天和父母在一起生活了20年，但第一次离开父母就两年多，还是思念与日俱增，常常夜不能寐。都20多岁了，还这样！后来自己想想也觉得不可思议。扪心自问，哪一个学员远离家乡不是思家心切呢？他在入学前就是个党员了，要把方便让给他人。一直到昨天，领导才通知他今年寒假可以回家探亲。他是同年级学员中最后一批回家探亲的。他上午接到通知，就立即收拾了一下，当晚便坐上了东往的火车，第二天早晨又转了一次火车，又转了一次汽车。光在几个车站就足足待了8个多小时，总算在天黑时到了县城。

他出了县城的汽车站，一片白茫茫的。据说中午就开始下雪了，傍晚时分渐渐地大了起来，现在可以说是鹅毛大雪了。

他在车站门口转了一圈，竟然找不到一种可以代步的工具。出租自行车的地方关门了，最后一班路过家附近的汽车也早就开走了。

望望周围，一个熟人也没有，甚至一个人都看不见。他真有点后悔回来之前没有打个电话回来，让弟弟们来接一下。不过他也没有想到今年会下这么大的雪。虽然以前每年冬天都会下雪,但似乎都没有今年的大。说实话,后悔归后悔,可当时的电话确实不好打,只有大队部里有电话。大队部离家有 3 里多路,如果是雨雪天就更不方便了,还是不要麻烦通信员去家里通知了。拍个电报呢,存在同样的问题。邮局更远,离家有六七里,邮递员先送到大队部,大队通信员再转送。他来前也曾想到过写信,写信正常是四到五天时间家里才能收到,可坐火车第二天就可以到。总之,最快的是人,人先到达家里。因此他在家里人毫不知情的情况下,经过了 20来个小时,总算到了县城,再过一会儿就到家了。不过,谁又会知道下这么大的雪呢?

20 里路,最多两个小时吧,何一夫毫不犹豫地迈开了脚步。

县城到自己的家里是一条土路,大雪覆盖着路面,与田野连成一片,只有路两边依稀可见的大小树木等指示你路的踪迹。

大雪使得路更难行走,在树木少的地方不时地总会走进路沟里。幸亏路沟并不深,只是和路面略有区别而已。他总是能及时地发现和感觉到自己走到了路边上,又赶忙再回到路面上。这条路已经走了十几年了,看样子这几年也没有什么变化。

雪愈下愈大。他走到家门口的时候积雪已经有一尺来深了。院子里的小喇叭还在响着,估计现在也就是晚上 8 点多钟吧,肯定还不到 9 点钟,因为农村里的喇叭一般是 9 点结束。他当时还没有手表,只能依据其他如广播等来确定时间。家里好像刚吃完饭,或者是在准备过年的饭菜。妈妈在厨房里忙着,爸爸和弟弟妹妹们在说话,爷爷奶奶已经坐到被窝里,全家人都在厨房里。

记得当时家里的厨房比城里人的厨房大多了,都在 40 平方米吧。在里面做饭,在里面吃饭,在里面磨面。此外,一般都还在里面铺一张床,冬天睡在里面要暖和些。顺便说一句,江东省是没有暖气的,冬天有时冷得受不了。温度最低时候可到零下十几摄氏度,但时间往往很短,对付一下就过去了。

何一夫赶忙走到床前,让爷爷奶奶就坐在床上,不要起来。

他拿出了中原地方出产的红枣、核桃,还有当地的名烟和名酒。爷爷和父亲是抽烟的,平时也喝点小酒。当时部队发的津贴已经提高到每个月 8 元。尽管不多,可还是把两年多攒下来的 100 多元全都用光,变成了一片心意,寸寸思念。

寒假只有十天时间,比地方院校要少一些。因为是军校,加上又是春节,越发觉得十天假期的短暂。虽然大雪给交通带来诸多不便,可毕竟两年多没有见面,亲情、友情、聊天、聚会,几乎每天的中饭和晚饭都不是在家里吃的。好在每天至少有晚上的时间在家里和爷爷、奶奶、父亲、母亲,还有弟弟妹妹们聊聊天。每天晚上和家人们在一起聊天时有一个清醒的头脑,心情也感到格外愉悦。说起来那个时候何一夫还真是简单得很,20 多岁了还滴酒不沾。确记得有个堂兄要把酒灌到他的嘴里,

起哄了半天，最终还是不忍心，还是自己把那杯酒喝了。

当时的大学生很少，军校大学生就更少了，再加上军人处于前所未有的地位：国民争当解放军。这些就足可见何一夫当时的心情和周围的环境了。何一夫是在酒席上认识扬芋芋的，好心的亲戚只是在饭后提了一下，并没有当面点破，他们怕被拒绝后难堪。军校学生学习期间是不准谈恋爱的，这件事情自然没有结果。再说，探亲期间介绍的对象又岂止扬芋芋一个呢？

何一夫讲到这里停顿了一下，似乎有点想起来了，好像是有一个女孩子和扬芋芋长相差不多。但那时她留的是长辫子，一双大眼睛很漂亮，也很单纯，并没有现在这么高傲和俗气。他突然又想起来，自己和扬芋芋虽然毕业于同一所中学，但相差好几届。隐约记得高中毕业那年，有个初中女生在学校的歌唱比赛中得了第一名，很快全校就都知道了。说不定就是她呢，对，就是她。如果自己再迟一年毕业，那彼此的印象肯定要深得多。

何一夫讲到这里，突然对夫人说："还继续吗？"

"不是你自己主动要说的吗？"董玉荷这时倒真的生气了，"这都是多少年以前的事情了，还是说说当下吧。什么时候叫你弟弟把孩子送来呢？明天我们就去找补习班。"

董玉荷说着就翻了个身，把后背对着何一夫。

是啊！既然夫人没有多心，又未曾发生过什么事情，还是回到眼前吧。不要自作多情了。再多说就不仅是画蛇添足，恐怕还会产生此地无银的效果吧？不管自己在扬芋芋的心目中有多重要的位置，不管她是怎么想的，现在各自都有了自己的家庭，就此打住。当前最主要的是孩子的外语学习问题，还是那句话，趁着暑假，能学多少就多少。明天就给老人那边传个话，让把孩子马上送过来。他们现在要把家里收拾一下，过一段时间再回去看望老人。

5. 外语起跑线

我国的大学校园一般都位于某个城市的边上，很少在城市的中心。南江农林大学位于南江市的郊区，公交车要坐七八站才能到达市中心一带。

南江农林大学有四个大门，南门是正门，东门里面是家属区。东门外面有一条小商业街，布满小商店、小饭店、杂货铺，是校园周围最繁华的地方。熟悉这些环

境对何一夫是一件简单的事情，但要给孩子找一个外语补习班却好像是太难了。

在整个这条街上，或者说校园周围没有一个外语培训机构。可到了南江市的市中心一带就不同了，何一夫大致数了一下，大大小小有十几个外语培训点。孩子还小，参加市中心一带的外语班要坐七八站公交，地理等也都不熟悉。不仅是累和不方便，其效果肯定也是要受到影响的。又值酷暑，到市中心一带去补习外语显然是不合适的。何一夫在市中心一带也问了几家，不是起点高就是时间在晚上，最终不得不放弃到市中心补习英语的考虑。

通过这几天寻找外语培训机构，何一夫感觉到南江市的外语热远远超出自己的想象力，至少比内地要热许多。仅以英语为例。有以出国为目的的"托福英语""GRE英语""雅思英语"，有以晋升为目的的"职场英语""职称英语""行业英语""商务英语"，有以找寻工作为目的的"招工英语"，还有不同等级的"高级英语""中级英语""初级英语"，还有"英语特训班""周末英语班""成人英语班""少儿英语班"，学校里还有"四六级英语班""硕士英语班""博士英语班""学位英语班"等，名目繁多，眼花缭乱。从理论上讲，每个语种都可以举办这些名目的培训班。除此而外，更有似乎能包括所有外语培训的机构，如"新东方外语培训""奥利外语培训""××大学外语培训中心"等。据媒体称当时全国的外语培训机构加起来可达数千家。如此种种，就是一个目的，求得一种效果。在客观上让你感觉到，外语在中国这块土地上已经深入人心，如果你不懂外语是万万不行的。

电脑和手机在当时都还没有普及。补习班的信息通常由两条途径获得：一是电视，二是报纸。因此每天的电视何一夫夫妇是必看的，《南江晨报》也是必买的。

搬东西、购买炉灶等大多在早上和傍晚时间完成，整理房间则可在比较热的上午或下午进行。等家具搬进房子里，何一夫一家人住进来简单整理了一下，十来天就又过去了。

何一夫一家住在七层楼房的二楼。虽然没有装空调，但楼层比较好。加上学校地处南江市最高处，和紫云山只隔着一条公路，可以说就在山脚下，相对来说温度要低一些。夜晚打开窗户，从紫云山方面吹进来的微风，是可以感觉到丝丝凉意的。

何一夫吃过晚饭坐在沙发上，望望简单归置好的三室一厅，心情略有放松，再望望还在吃饭的夫人和孩子，心情又绷紧了。还是那句话，要用一年时间赶上学了四年英语的同班同学，谈何容易？暑假已经过去有20天了吧？还有一个来月就要开学，孩子的补习班还没有眉目。孩子不仅没有从小时候开始学习外语，就是现在也比同龄人晚学了三年。这个短板不是一个暑假就能补齐的。这将如何是好？既然不愿意留级，那赶不上也得赶，现在不能再在这里纠结了。

何一夫一直在寻找比较合适的培训班。他每天早上都到校门口的报摊上买份《南江晨报》，找寻相关消息，然后按图索骥。除了市中心以外，从南江农林大学到其他培训点也有诸多不便，或者路途较远，或者无公交直达，或者起点偏高。再说暑假已经过去20天，各类补习班早就进入正常，怎么可能会有一个补习班恰巧在这个时候开班呢？怎么办？怎么办？他打开了电视，又习惯性地拨到了《南江生活》频道。

扬芊芊的丈夫在外地工作，女儿的夏令营也没有结束。她一个人在家，这几天几乎天天都过来帮助何一夫家做点事情，譬如陪董玉荷去市里买买东西，熟悉一下周围的环境，还有打听补习班，等等。这不仅是因为曾有过一段没有点透的缘分，还因为现在是邻居，关键是以后还要和何一夫在一个单位工作。这一点扬芊芊的心里很清楚。反正现在是暑假，自己也没什么要紧的事情，就是一般邻居来帮帮忙也是应该的。最终还是在扬芊芊的帮助下，何振华报名参加了一个学前外语入门班，每天上午两个小时。说是补习班，就是本校一位理科老师利用假期在家里教几个尚在幼儿园的孩子而已。听说她曾在英国留学八年，教孩子入门英语应该是没有问题的。这个信息被扬芊芊捕捉到了，就拐弯抹角地托人说话才将孩子收进去。因为这不是一个正规的外语培训，教育部门三令五申是不准教师私办业余补习班的。反正是从零开始，无所谓学前班还是小学班了。再说可以因人因材施教，很适合何振华的情况。

现在的孩子真是幸福啊，从很小的时候就受到外语的熏陶，这是一件大好事。这都是托改革开放的福啊！在此之前，偏远农村的孩子就是中学毕业有的也不知道英语26个字母，现在大不相同了。有的孩子在刚张嘴学叫爸爸妈妈时，就使用英语了，更有甚者是从确认怀孕的那天起就开始接受外语音乐的熏陶了。"孩子教育不能输在起跑线上"，多么符合时代潮流，多么得人心的一句口号！好像学会外语，长大了就能去外国，就能拿绿卡，就能加入外国国籍，就会什么都有。好像外国什么都比中国好，遍地黄金，应有尽有。不会外语和会外语就不是在一个起跑线上，孩子教育首先就不能输在这个起跑线上。如果要具体问外国哪里比中国好？准备去哪个外国？除了盲目而笼统回答生活水平高以外恐怕大多数人都回答不上来，能比较完满回答这个问题的父母极少极少。谁叫中国这么大，人云亦云准没错，这不能叫盲目崇拜，这也不能叫崇洋媚外，反正孩子教育不能输在起跑线上。

孩子教育不能输在起跑线上。那么，山沟里的孩子和大城市的孩子在一个起跑线上吗？一个边疆县城的孩子和北京上海的孩子都是城里人，但他们能是在一个起跑线上吗？既然连起跑线都不一样，又何谈输赢？还有，不少事实已经证明，即使起跑线相同，成绩、能力都相同，但社会衡量和承认的最终结果常常是拼综合实力。综合实力不同，自然，孩子的起跑线就变成不同了。孩子教育不能输在起跑线上。

这是一句商业用语！这是一句误导教育的用语！这是一句误导不公平的用语！这是一句伤害祖国未来的用语！至少说这是一句外延内涵都不明确、未经事实检验而被商人疯狂炒作的用语！

起跑线在哪里？从小学入学开始还是幼儿园入学开始？还是从出生开始？中国人的脑袋是聪明的，这个起跑线不断在刷新提前。从小学刷新到幼儿园，又从幼儿园刷新到出生日，又从出生日刷新到怀孕日。听说有个有钱人都刷新到未来儿媳妇的遗传基因了。只要有钱，就可以无休止地刷新下去，一直刷新到原始祖先爬行走路。恐怕这也不能终止，是南方猴子还是北方猴子？是中国猴子还是外国猴子？是说外语的猴子还是说汉语的猴子？嘚瑟！变态！

顺便多说一句与教育有关的事情。少年十三四岁的时候应该正是长身体、亟须补充营养且心智尚未完全成熟的年纪，可现实是对中国儿童的要求太高了。有个电视剧要孩子自己决定是否去连他父母都不清楚的外国读书，说辞是："你都 14 岁了，应该自己独立思考决定是否去美国。"电视、电影及其他媒体里此类言语唾手可得，不一而足。

从生理发育角度来说，几乎每个儿童都有一个逆反心理的阶段，十三四岁的时候不仅是身心尚未发育成熟，而且正是逆反心理期。你让这样状态的人去决定自己的未来、决定去并不了解的外国，能保证是正确的吗？能说不会再助长逆反心理吗？这是揠苗助长！孩子这时需要的是指导、引导，既不是任性放纵，更不是粗暴干涉，强迫其表态。可以参考的表达是：你都 14 岁了，要培养独立思考的能力，自己先考虑是否去美国，然后再和父母商议一下。儿童应该培养有独立思考、选择自己未来的能力，而不是在少年时就让其独自盲目地做出有关一身的决定。当然神童除外。

可笑的是，这些电视剧一边要孩子决定自己的未来，一边又在表现孩子的不成熟，如思想方法偏激、任性作为、离家出走等。这恰恰证明了大人对孩子的关心是必要的，孩子不成熟是正常的。媒体应该把落脚点放在大人不要把自己的意志强加于孩子，也不要任由孩子盲目做出决定这一点上，孩子十来岁是不能正确决定自己未来的。如果孩子在十来岁就能决定自己的未来，那父母不就是变成多余的了吗？或者说只能作为孩子的对立面抑或是附属品而存在吗？孩子就是孩子，父母还是父母！单亲家庭孩子犯罪率高于正常家庭的孩子，或者说单亲家庭孩子的幸福感远远低于正常家庭的孩子，同样也反证了父母在孩子成长过程中的必须和重要。

还有呢！老师问入学第一天上第一课的小学生们："你们长大以后要做什么？"孩子们特天真，什么回答都有。老师表扬了将来要做总统的学生，又问："你们再好好想想，长大以后要做什么？"自然是一片异口同声地回答："做总统。"于是

得到了老师的大声而有力的表扬。奇葩！真是奇葩！这是什么教育？99％以上的孩子都做不了总统，他们都会平凡地度过一生。那么，这种超现实教育形成的巨大的落差会怎样影响孩子的一生？如果每一个孩子的父母也都这么认为，自己的孩子必须出人头地，恐怕最终就要影响到整个社会了。作为普通人，一饭足矣；因为平凡，所以才有希望不平凡。

你想得太多了，打住！何一夫的思维又回到了眼前。

坦率地讲，通过这段时间的寻找与思考，何一夫在孩子外语学习方面的压力是很大的。但他毕竟是大学外语教授，他心里清楚，急是不行的。再说小学的外语课最多只能说是一门课程，主要是从字母开始背一些单词简单入门而已，不会像大学外语课有那么多的内容。孩子还小，也不能操之过急，欲速则不达，且容易走向极端或反面。先让他适应一下，进入角色再说吧。

在此期间，扬苹苹还主动说等女儿夏令营回来就一起帮助何振华补习英语。两个孩子开学后就要在同一个班级学习，又是邻居，方便。

何振华小学还未毕业，暑假后即进入小学六年级学习。原在内地读书时，他的成绩一直都在前两名，好像第三名都没有过，这让他的自信心变得极强。所以何振华对外语学习自然也充满自信，并无惧色，只是家人有些担忧而已。何一夫夫妇俩也没有提起是否学习日语的事情，毕竟不能变成现实，没有必要再让孩子分心考虑。虽说附校是区级重点学校，凭着孩子的天资与勤奋，不应该存在什么顾虑的。但外语这一门功课与同班同学相差太远，却令人不得不担心，而且不是一般的担心。

从开始几天的外语学习情况来看，孩子对外语似乎还没有太大的兴趣。加上是在补习外语，要追赶同年级的同学，难度极大。这让何一夫和董玉荷很是懊恼和纠结。孩子将来要上一个比较好的大学，没有外语是不行的。其他科目分数再高，外语成绩不好也只能上一般的学校。在改革开放的今天，即使不上大学，不管你干什么，不懂外语都是不行的。外语一定要学好。真是的！

第 2 章 "八嘎呀路"

1. 情至深处

8 月中旬。

南江市依然酷暑难耐中。

常菲菲的夏令营结束了，从万里之外的、一般人梦寐难至的异国他乡回来了，回到了 90 多平方米的三室一厅里。

听说女儿要回来，扬芊芊坐着小车子去机场迎接。小车子是常德益专门派来的。常德益要不是开会，肯定也会去机场迎接。

扬芊芊的家庭是一个幸福的家庭，是一个值得称道、令人羡慕的家庭。扬芊芊对此感到特别满足。

对于女儿，虽然还只是小学五年级，但外语成绩一直是年级的第一名。现在通过一个月的夏令营，外语肯定会有大幅度的提高。不仅如此，就是在涉外的其他方面也会有很大变化的，视野会更加开阔。在外语的地位一跃超过数理化等任何一门功课、似乎涉及所有职业的今天，扬芊芊特别以此为傲。外语将会给孩子带来异常辉煌的明天，也会给家里增添别样的光芒。

这次夏令营是省里一个涉外培训机构组织的民间活动，费用自理。这也并不是说你报名就能参加的，除了体检外还有外语考核等相关程序。今年暑假是培训机构组织的第三次国外夏令营，附校里报名的有八九个，最终参加的只有常菲菲一个，整个南江市里几万名中小学生也只去了 30 名。这件事让扬芊芊更是感到特骄傲、特自豪，逢人就要找机会把这件事情提出来骄傲一番。

谈起自己的丈夫，扬芊芊也是引以为自豪的。她的丈夫常德益 28 岁就评上副教授了，属于恢复职称评审后的第一批，紧接着又被任命为基础系副主任。当时的副教授非常少，其地位和含金量不亚于今天的某些教授。自此以后，常德益就更加忙

碌起来了。不仅平时，就连暑假寒假也都经常在外面跑，不是开会就是出差。扬莘莘经常挂在嘴边的一句话就是："我们常副教授又开会（出差）去了。"后来人们一见到她时不等她开口就说道："你们家常副教授又开会（出差）去了吧？"扬莘莘赶忙应道"是的"，连"常副教授又开会（出差）去了"这句话都省了，最多有时加上一句："呀，你都知道啦？"最近常德益出任副县长，她更是将大眼睛笑成了一条缝，口头禅也改成了："我们家常县长……"

扬莘莘就是这样的性格。作为一名高校教师，其修养无可挑剔，不过特高傲、自负。都说她的眼睛长在头顶上，好像全世界的人没有一个能够进入她那双漂亮大眼睛的。但她同时又是一个女人，其言行也是与常人无异，虚荣，甚至俗气，也是别人所比不了的。只要一提起她的家庭，她便滔滔不绝，凡是有什么值得炫耀的，不管大小在第一时间人们都会知道。人们背后都称她为"扬嘚瑟"，有人干脆当面就省掉一个字直接叫她"洋乎老师"。

扬莘莘接到女儿以后到一家上档次的饭店里吃了饭。原来准备叫上何振华一起去机场的，被董玉荷找个借口谢绝了。母女两个人吃完饭走到楼下，司机早已吃完饭在那里等着呢。

该说的话母女两人似乎已经说完。女儿回来了，自然有自己的日常起居。这些都已经养成了习惯，无需自己过多操心，但做母亲的总不免给孩子一遍又一遍地重复、啰唆。孩子呢，回家后简单收拾一下，把该洗的衣服扔进了洗衣机，便去自己的房间里了。一切似乎都回归以往。

扬莘莘坐在沙发上看电视。她不停地在调台，不知道自己要看什么；又拿起一本书，不知不觉地就全看完了，却不知道写的是什么。她去女儿房间的门口听了听，没有什么动静，估计是睡着了。从英国回来坐了这么长时间的飞机还有不累的道理？毕竟还是个孩子。扬莘莘知道今天自己又什么也干不成了，索性关掉电视，进到卧室，躺到床上，望着天花板。

扬莘莘心里跟明镜似的，无须自欺欺人，脑海里此时又跳出了那个人的身影。

自从见过何一夫夫妇、和他们相处这段时间以后，扬莘莘的脑子里经常出现他们的影子，挥之不去。何一夫家的事情好像就是自己家事情似的，他们整理收拾、购买东西，自己也跟着忙得团团转，连何振华的外语补习班也是自己帮助落实的。一旦静下来之后，她总是情不自禁地回想起以前发生过的事情。当初虽然和何一夫在饭桌上见了一面，可连一句话都没有说过。她有个表舅和何一夫家住在同一个村子里，她在表舅家一直住到除夕前一天才回家，她在等回话。她天天都要出来，或跟姐妹们玩，或奢望着能够见上何一夫一面。在何一夫探亲结束回部队的时候，她

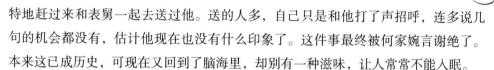

特地赶过来和表舅一起去送过他。送的人多，自己只是和他打了声招呼，连多说几句的机会都没有，估计他现在也没有什么印象了。这件事最终被何家婉言谢绝了。本来这已成历史，可现在又回到了脑海里，却别有一种滋味，让人常常不能入眠。

扬莘莘看了看表，才晚上 9 点钟。她干脆从床上爬了起来，索性只留下三点遮挡物，对着穿衣镜子将身子转来转去，接着旋转了起来。越转越激动，越转越生气，要脸蛋有脸蛋，要身材有身材，你凭什么连看都不看一眼就谢绝了？菲菲都上小学了还有大学生追上来要跟我谈恋爱呢，凭什么当初就引起不了你的注意？如果自己成了军人的家属，现在又会是什么样的情况呢？

话再往回说，当初引起自己注意的不仅是他的身材与气质，还在于他的军装和大学生身份。先说军装，当时不管是城里人还是农村人都以当兵为荣，争着、抢着报名参军。听老人说有个领导刚解放时说过，将来一定会有一天你们都争着来当解放军。这句话 20 多年后在 960 万平方千米的大地上最大范围地实现了。这不是人为的，乃世事发展之必然。再说大学生身份，"文革"后期虽然有工农兵大学生出现，但毕竟极少，军校大学生更是凤毛麟角。这些都怎么能让一个情窦初开的少女不动心思呢？在何一夫探亲之前，何一夫就在扬莘莘的脑海里占据了一个特别的位置。她的表舅在她的面前郑重地提起了这件事情，并且说何家父母也没有反对意见，就等何一夫回来即可有结论。结果呢？扬莘莘后来才知道当初被何一夫推掉的不止她一个人，也知道推掉她的原因并不是因为她个人的缘故。

说起来这件事情也怪自己。何一夫探亲回去以后，表舅还和何一夫的父母专门又说过这件事情。何一夫的父母明确表态，部队有规定，等毕业以后再说吧，再有一年时间就毕业了。扬莘莘觉得有道理，一两年很快就会过去的。虽然她并没有和他说过话，但自己的心里全被何一夫占满了，少女之梦自然常做，她决心等他毕业后再谈。何一夫一年后毕业并没有立即回家，又过了一年提了干，又过了一年才回家探亲。此时扬莘莘已经考上大学，后两家老人之间虽有提及，最终是不了了之。

此期间扬莘莘的思想也有了变化，特别是考上大学以后。自己以前为什么要等他？两人之间并无过深的交往，更谈不上什么山盟海誓，说穿了就是异性吸引、羡慕而已，自己真傻！现在看来，这种想法才傻呢！如果自己当初坚持到他毕业，先确立关系，又会是另外一种情况了。

不过这件事情在她的心里还是刻下了印记，她的自尊心，还有一见钟情般的懵懵懂懂的情愫都受到了极大的打击。她曾暗暗发誓，一定要嫁一个身穿军装的大学生。后一点实现了，可前一条成了泡影，不能说不是她今生今世唯一的遗憾。一直到后来考上大学、考上研究生，和常德益结了婚，有了菲菲，何一夫好像才彻底退出了

她的思维范围。现在又见到他了，脑子深处那一点点似灭非灭、似燃非燃的火苗又被晃动起来了，扬莘莘这才知道自己并没有完全彻底地忘掉他。尽管只是连话都没有说上一句的一面之缘，脑海深处仍有他的位置。这是什么情况？是缘分，还是自己多情？

扬莘莘转累了，仰脸倒在了床上。算了，都是已经过去很久的事情了。你现在又怎么样？不就是个教授吗？我虽然还只是个讲师，但我年纪比你小。我的先生出任副县长，是副处级。虽说这个级别在高校里不算什么，但社会地位和经济地位比学校里的处级都实惠得多，若是说起政治前途更是未可限量，肯定比你强。扬莘莘的女汉子思维似乎又占上风了。

2. "八嘎呀路"

晚上 9 点 30 分。

虽然外面很热，可房间里开着空调，温度定在足可以睡眠的刻度上。

又一个难以入眠的晚上。

常菲菲在她自己的房间里好像已经睡着了。

对于扬莘莘来说，时间还早，还不到睡觉的时间。电视看不下去，书也看不下去。扬莘莘知道自己此时的这种心情已经不是第一次出现，什么事都做不了。干脆把客厅的地拖一下吧，如果拖地的声音可以小一点，对邻居应该不会产生什么干扰的吧？不过，她此时好像也顾不了这些。

"八嘎呀路！不拖了。"扬莘莘刚拿起拖把，不知怎么的，又把拖把狠狠地摔在厕所里的水泥地上，心里愤愤地骂了一句，然后出了厕所。只有三点遮挡物的她顺势往沙发上一躺。她又想到了这些年自己的经历，有点心绪不宁，但觉得还是可圈可点的。

扬莘莘常常莫名其妙地骂一句"八嘎呀路"，一副很生气的样子。当然外人是听不到的，其原因也只有她自己知道。她好像是在骂自己，又好像不全是。

在全国开始重视外语、全民已经开始学习外语的日子里，扬莘莘还在大学里没有毕业。她的语言天赋可以说极好，英语拿了学士学位，日语也跟着收音机学了两年。虽然还看不出日语有什么美好的前途，但似乎有着某种预感。电台、电视台有的都开设专门学习日语的节目，这说明日语已经进入人们的视野，开始受到社会的重视。

扬苹苹学习日语能够坚持两年还有一个原因是班里有好几个人都在通过收音机学习日语，自己怎么就不能呢？

扬苹苹虽然是参加统考入学的，但因为签了定向合同，毕业后还是要回到老家江北县。

扬苹苹所在的江北县有一百多万人口，据说人数在全国不是排在第一位就是排在第二位，是一个全国闻名的大县。外语人才非常缺乏，但外语专业毕业的学生没有一个回来的，即使是中学的英语教师也像走马灯似的，往来的频率很高。如果不是高考时数学成绩太低而拉低了总分不得不定向入学，自己也是不会回到江北县的。

扬苹苹是第一个回到江北县从事教师以外职业的英语本科生。县人事部门看到她的外语很好，正好赶上县里"面向世界、走向世界"的大形势，便把她分在了外事局，先在县里的涉外宾馆实习一段时间。

扬苹苹毫不犹豫地去宾馆上班了，职务是"总经理助理"。还在实习阶段就给了她一个明确的头衔，她知道这是领导有意在培养她。她也知道这个平台很适合自己，她要将自己的才能发挥到极致，把走向社会的第一脚踢得漂亮。

扬苹苹的父亲是江北县人事局局长。如果把江北县比作一个省的话，她的父亲就是厅长；比作一个国家的话，她的父亲就是部长。一句话，在江北县她们家的地位是很高的，上面只有县长和书记，下有百万百姓做铺垫，可以用"位极人臣"来形容。这一直让她感到无比自豪。当年考上大学的全县有 20 多个人，只有她扬苹苹一个人是定向的。特别是隔壁张科长的公子、县政府刘主任的女儿，他们都是高中的同班同学，平时成绩都不如自己，却都成了统配生，这实在是让自己抬不起头来。这件事极大地挫伤了她的自尊，她比他们都优秀，她心有不甘，走着瞧！物以稀为贵！她要以外语为突破口，她要以此为跳板重新走出江北县。她要走向世界，她要让更多的人知道自己，不管是本地的还是外地的，甚至是外国的。她当时有着某种预感，外语在全国大发展的机会已经到来，她要抓住这个机遇，先在江北县干出成绩来。

她在上学期间曾经看过一篇报道，说在某个特大城市的一个宾馆的厕所里，有个日本人倒在了地上，清洁员会日语，宾馆及时把他送到了医院。这件事当时让他们这些学外语的顿时增加了不少自豪感和责任感。搞外语工作，涉及国际影响，不仅自豪，且前途是表现在另外一片特别的土壤上，肯定是异样光明。

扬苹苹在上班后的第一周硬是说通了总经理，实行一个"宾馆档次提高计划"，以提高员工的外语水平为切入点。宾馆工作人员每周有两次英语培训，不得缺席，上下班时都用英语问好、告别。此外，前台服务员每周加学两次日语，以适应未来发展的需要。扬苹苹自己也主动出击，用英语和美国、英国、加拿大、澳大利亚、

新加坡等多个国家的相关机构及个人联系，宣传江北县。日本呢？她也联系了东京、京都、名古屋等十几个机构。她只是自学了两年日语，但她知道扬长避短，信写得都很简单，估计不会有大的错误，顺便附上了江北县的汉语宣传资料。

一个月过去了、两个月过去了、半年多时间过去了，没有一个外国人来，只有两封来自日本的表示感谢的回信，其中一封说有机会一定来看看。

从江北县历史看，只有20世纪40年代这里路过日本的军队。其后十年过去了、二十年过去了，一直到今天，来过一个日本人吗？来过一个外国人吗？没有。

中国有几千个县城，就是全日本能来的都来，一个县城又能分到几个？再说中国还有那么多的大中城市，日本人都没有到过，来你这个县城干什么？你这个县除了人口在全国数一数二外，有什么古迹遗产？有什么名产特产？有什么现任高官或历史名人？有什么值得他们来的理由？不要说人口不多的日本人，全世界说英语的或以英语作为官方语言的国家和地区有200多个，改革开放以来他们有人来过江北县吗？没有。从省城到江北县城做专车也要八九个小时，他们到这里来干什么？二呀！

扬芊芊终于悟到这些了。她问自己：为什么非要逼着员工学外语呢？

一年后她正式到县外事局报到了。在外事局的一年多时间里，愣是也没有见到一个光临江北县的外国人，所能接触到的也只是不多的看不到人脸的外国文字而已。

在一个欠发达的江北县里，除了县中学老师要教外语、学生要学外语外还有什么地方要用得着外语吗？一个不懂外语的人就不能当好一个农民，甚至是局长、县长吗？就是在大城市里做行政工作的，也有不少不需要外语的，让他们学习外语难道要让他们到大街上专门找外国人说两句外语吗？外语，还是让那些需要的人，或者对外语感兴趣，或者将来要同外语打交道的人去学吧。一想到当初自己脱离现实的雄心和抱负，扬芊芊不由得就感到脸红，粗话出口："她母亲的！""八嘎呀路！"

扬芊芊后来硬是又赌了一口气考上了常德益老师的研究生，然后便留在南江农林大学任教。虽然常德益比自己大了好几岁，父母心里不是太满意，但毕竟是大学教师，而且男比女大个十岁八岁在城里都已经不奇怪了。最后父母还是遂了扬芊芊的心愿，扬芊芊和常德益组建了一个新的家庭。

虽然扬芊芊离开了那个县城已经有很长时间了，星转斗移，过去了十几个春夏秋冬，但"宾馆档次提高计划"还常常会出现在脑子里来折磨她。这时她便无一例外地骂一句"八嘎呀路"，停下来平静一会儿。她顾不上这句骂人的日语是否发音标准，只记得这是每一个中国人都会说的一句日语。有时候她也会想，那个清洁工就是不懂日语，看见客人倒在地上就不知道他是有病的吗？难道一个大城市的宾馆里除了日语翻译，非得要所有人都会日语吗？现在想起来自己在一个县城的宾馆里实施"宾馆档次提高计划"是多么滑稽可笑，自己当初是多么幼稚。"八嘎呀路"！

今天又想起了这件事，不知怎么又和何一夫扯到一起了。即使自己上了大学，但如果和何一夫定了亲，就和部队挂上了钩，也许部队会招女兵，自己说不定会变成军人了呢。董玉荷不就是当过兵吗？如果自己和何一夫结了婚，一个教日语，一个教英语，多好的搭配呀！至少自己是随军了，一切部队都会安排好，哪会有这么多工作上的烦恼呢？那样，人生的轨迹就是另外一种情况了。

怎么想到这里了？怎么又想到他了呢？自己现在不是很好吗？都想些什么？"八嘎呀路"！

"八嘎呀路"！这已经变成了扬莘莘挂在嘴边的一句口头禅，当她一个人特别气愤的时候就会从嘴里自然而然地蹦出来。公开场合的口头禅扬莘莘也还是有的，不知从什么时候开始是"我们家常副教授（常县长）""你不懂"，再后来就变成"我们日本（我们东京）"什么的了。人的一生几十年，很长的，口头禅随着年龄、身份、地位、环境、对象等也会发生变化的。

3. 暴雨突至

扬莘莘陪董玉荷逛完大街回来已经是晚上9点多了，赶忙洗了洗准备睡觉，今天太累了。不过今天也很痛快，一场暴雨不期而至，给南江市送来了久违的凉意。

有好几天了，天气预告都是少云到多云。实际情况是：不多的几块白云只是比灰蒙蒙的天气更白一些，偶尔可以遮挡阳光一两分钟，太阳又露出喷射灼人火焰的面孔。更让人烦躁的是在中午前后会从远处传来几声闷雷，给人们带来希望，继而失望。云彩或厚或薄，太阳或露脸或掩面，雷声忽大忽小，或远或近，就是不见雨点落下来。天天失望，却又在天天盼望，盼望老天爷能掉下几滴泪水，缓解一下这酷热的空气和滋润一下这干渴的大地。说起来也怪，能够影响天气的台风今年也很少很少。何一夫一家到达南江后遇到的不仅是孩子的学习问题，还有这灼热火炉的冶炼。

扬莘莘今天早上给孩子简单交代一下，7点多就和董玉荷骑着自行车出去了，买了点日常用品，回到家时已经是10点多。刚到楼下时就望见一大片乌云从东方翻滚过来，扬莘莘并不相信马上就会下雨。她们先到董玉荷的家里，刚把东西放下，

就见天空霎时变得又黑又暗，一道长长的白色闪电从窗户里急速射进来。轰隆隆——轰隆隆——雷声随后而至，哗啦啦——哗啦啦——黄豆般的雨点像一把把利箭直泻而下，又猛又急。

扬芊芊和董玉荷呆愣在客厅里，一动也不动地望着窗外。狂风大作，锯齿形电光不时地划破天空，闪电和隆隆的雷声不间断地混杂在一起出现。这个情景让人心惊胆战。

这场暴雨是那样突然而又凶猛，刚刚还是艳阳高照，瞬间就是乌云密布。董玉荷在内地哪里见过这个阵势？就是扬芊芊在南江市也很少见过在上午就如此暴雨的。看来老天爷也忍不住要出来主持一下公道了，哪还顾得上是上午还是下午，因为南江市热得地都要冒烟了。

一场暴雨让南江市的温度顿时降了许多。

说得也是，下午扬芊芊她们再出去时，店里、街道上，几乎全是人，好像都是约好一起出来似的。正在休假的人们出来了，不上班的人们出来了，正在上班的人们下班后也迅速融入到穿梭般的人流里。可不是嘛，真正有空调的人家在当时还是极少数，多少天来人们在闷热的屋子里都快憋坏了。

暴雨足足下了一个小时。听说全城地势最低的西城门一带都把房门堵起来，用脸盆什么的往外面排水。俗话说"久旱逢甘露"，现在南江市是"久热降暴雨——凉快透了"，温度一下子降了六七摄氏度，穿着长袖子出来似乎还会感觉到有点凉意。

午前的大暴雨，让何一夫他们的心情顿时都凉爽了许多。刚午休起来，就听见一阵熟悉的敲门声。董玉荷开了门，见是扬芊芊，便说："我们正准备去叫你一起出去转转呢。"

扬芊芊说："咱们想到一起了。趁着天气凉快，我们去新街口一带逛逛。"她又把目光对着何一夫说："你也不要做晚饭了，我请你们在外面吃一顿。"

何一夫接过了话茬："哪能呢？最近我们搬家、整理东西，你也忙坏了。今天我们做东。"董玉荷自然是积极附和着。

扬芊芊和董玉荷下午出去又逛了好几个小时，然后在约定的地方等着何一夫和两个孩子。

何一夫教授的月工资已经过了1000了，当时在他们三个人中间是最高的。他们在一家比较排场、至少看起来是个中等级别的饭店里吃了晚饭。啤酒、饮料、海鲜，总共也就100多块钱，很卫生，很满足。饭后两个夫人继续享受室外凉爽的空气，说还要去鼓楼看看。何一夫带着两个孩子先回家了。

不知道你们平时注意到了没有，何一夫好像是突然发现了。不仅南江市有新街口和鼓楼，其他好多城市好像都有新街口和鼓楼什么的，比如北京、南京、西安、开封等。是古代皇帝统一命名的，还是相互之间交流模仿的呢？何一夫对此并无考证，现在哪有心思去研究这些，管它呢。他带着孩子直接回家来了。趁着天气凉快，再帮孩子补习一下英语。

孩子呢，也很自觉，身上随时随地都装着英语卡片。刚上了公交车，何振华就掏出了卡片。望着孩子，想起刚才在饭桌上孩子的手里也始终握着卡片，确实让人心疼。孩子从爷爷奶奶那里回来后在第一时间就上了补习班，效果似乎也不太明显。可能是自己心急了点，才十天不到，就已经学到第 12 课了。

家里大致整理就绪，生活已经正常，还没有开学，所以现在占据何一夫夫妻两人大脑的就是孩子的外语学习了。听说有的小学从一年级就开始学英语，有的孩子在入学之前就学了一两年外语了，有的人在怀孕时就天天将英语磁带放在肚子上。中国的孩子从被认定为生命而开始孕育的那一刻起，就开始学习了。面对这些情况，何一夫焉能不急？这段时间的奔波走访，使何一夫感到，沿海城市对外语的重视程度确实比内地要高得多，几近畸形。这些情况咱比不了，现在只要能让孩子跟上所在班级的最低要求就行了。

何一夫帮孩子英语入门是不成问题的。天天盯着孩子的外语学习，客观地看，还是有效果的。至少孩子的兴趣在增加，不仅 26 个英语字母背、写都很熟练，单词也能背到 80 多个了。要逐渐加快学习的速度。菲菲下午已经辅导过了，叫她回家吧。今天凉快，我来督促他多背几个单词，至少再学习十几个。

碰到如此凉爽的时刻，扬莘莘和董玉荷又逛了一个多小时，回来后就洗洗睡觉了。毕竟今天她们逛的时间太长了，就是再强壮的身体也会觉得累的。董玉荷的脑子里虽然也都装着孩子外语学习的事情，但不能代替孩子，关键还是孩子自己，自己急也没用。况且孩子已经进了补习班，由老师，还有菲菲和他的父亲在督促着，所以她下午又出去逛了逛，累了好好睡一觉吧。

暴雨突至，也似乎刺激扬莘莘的脑子清醒了一些。最近白天帮忙何家做事情时思绪很单纯，和董玉荷的感情也在不断加深。董玉荷是个实诚人，心胸又宽阔，将来彼此会成为好朋友的。可晚上静下来的时候自己总会想起若干年前发生的那件事情而不能自已。这是什么原因？这又算什么？毕竟都已有了家庭，打破现状谈何容易？再说何一夫是怎么想的，你知道吗？现在只能说是你在单相思，或者说暗恋而已，真的到了那一步，你能下决心吗？恐怕也是个问号。退一万步讲，多少年没见他不是也过来了吗？何况他现在已经不属于你的了，想有何用！

这才是胡思乱想呢！扬莘莘知道，可她又控制不了自己。现在充其量也只能是

见见面而已，不可能有其他什么情况发生。反正他就住在对面，只要想见他，随时都可以找个借口见上一面，总之不能太亏待自己了。睡觉！

第 3 章　第三者敲门

1. 第三者敲门

俗话说：冷在三九，热在三伏。这是有科学道理的。

三伏中的末伏已经过去两三天了，南江市依然酷暑当值，天气预报说高温还会持续十来天。真是应了先人总结的那句话：立秋后还会有十八天地火，秋老虎还会很猖獗。

南江市这个火炉的温度和热法一般都要持续到 8 月下旬。可现在已经是 8 月下旬了，"十八天地火"？这个时间不会太准确吧？可仍不见有"秋老虎"离开的迹象。

"火炉"之地，说怪也不怪。有时一连 20 多天不下一滴雨，有时又会一天下几阵雨。今年的雨水最近也下了两次，不过时间都不长，雨量都不大。此时此刻只要下雨就是一件让人很高兴的事情，这对于临时缓解一下高温、凉爽人们的心情还是很有帮助的。

傍晚时分下了一场雷雨，十几分钟而已。自然，闷湿潮热的感觉又得到了些许的缓和。雨刚停下，人们就陆陆续续地走出了家门。

夏天天气热，吃点解暑的东西就行，像绿豆汤什么的。估计有不少人连晚饭都没吃。即使还未吃饭，出去凉快一会儿，回来后胃口也会变得好一些。

扬莘莘什么也不想吃，天气一热，似乎一点胃口都没有。老公在外地，孩子在看电视。雨一停，她就准备带着孩子和何一夫一家去外面随便吃点什么。

她刚打开房门，就见宫怡芳抬手正准备敲门。这么巧？

"你什么时候回来的？怎么也没见你吭一声？"

"上午到的，回来休息了一会儿。"

"怎么是上午到的呢？"

"我们去内蒙古大草原旅游了一番，坐的是早上到达的火车。"

"是吗？我说呢。你家茅教授和茅茅呢？"

茅茅是宫怡芳儿子的名字。

"他们有点事情刚出去了。"

"还没有吃饭吧？"

"这不正准备和你一起出去吃吗？"

"那一起去，正好顺便给你介绍一个新朋友。"

说起宫怡芳，在南江农林大学也算是个名人，是校内有名的美女，人们经常叫她"校花"。她符合传统美人的基本条件，身高一米六二，瓜子脸，大眼睛，双眼皮，白皙微红的脸蛋，贤淑，端庄，一头剪发显得精神，说话不温不火，脸上总是驻着春天。她本人的内秀也是很有特色的，不仅本科阶段过了英语专业八级，而且硕士论文获得"省级优秀硕士论文奖"。她是常德益的研究生，读书时师生之间过往甚密，无人不知。至于人们经常送来的口头祝福，他们两人似乎也都并不回避。不知怎么的，后来宫怡芳和学校从海外引进的一个茅时博士、常德益和扬莘莘分别建立了家庭。宫怡芳是作为师资留校的，可还没有走上讲台，就改行做行政了。她是基础系办公室主任，常德益夫妻是基础系外语组老师。

扬莘莘低宫怡芳两届，两人师从同一个先生，皆是学校里有名的美女。常德益和宫怡芳的恋爱佳话扬莘莘也不会不耳闻，但最终是扬莘莘和导师结了婚，依她的秉性自然心里是一种情场胜利者的感觉。不过，两个人谁都没有主动提起过关于老师的事情，成家以后更是讳莫如深了。他们三个人在一个小单位工作，两家好像从来也没有发生过什么难堪的事情，特别是两个女人平时相处宛如一对亲姊妹，确实是十分难得。

宫怡芳和扬莘莘两家住在同一个单元里。现在董玉荷也住在这个单元，就是说三家都住在同一个单元里，进出同一个门洞，通过同一个楼梯上上下下。

何一夫不在家。扬莘莘和宫怡芳两个女人拽着董玉荷，带着何振华和常菲菲两个孩子，到校门口一家看着还很干净的小饭店里坐了下来。

她们夸了一阵两个孩子以后便不停地在说着闲话。

饭菜上来了，扬莘莘突然指着端上来的饭菜问菲菲："你这刚从国外回来的，英语肯定有很大进步吧？来，我考考你，盐水鸭英语怎么说？"

"Salted duck。"

"水饺呢？"

"Dumpling。"

"米饭呢？"

"Rice。"

"蛋炒饭呢？"

菲菲摇头。

"荤菜呢？"

菲菲摇头。

"素菜呢？"

菲菲摇头。

"蛋炒饭叫 fried rice with egg，荤菜叫 meat dish，素菜叫 vegetable dish。"扬莘莘不时地瞟一眼何振华，又对菲菲说，"俗话说：拳不离手，曲不离口。以后要随时随地把所见所闻和英语学习结合起来。"

何振华一脸茫然，静听她们在说话，但只能听懂她们说的汉语。

扬莘莘可能还要说下去，这时宫怡芳在下面用脚踢了她一下，她头都没动就知道是什么意思。她把脸全部转向何振华说："振华，我这也是对你说的。别看你今天一个单词也听不懂，只要你能做到拳不离手，曲不离口，英语也会迅速赶上来的。用不了多久，这些你也都会用英语说的。"

董玉荷也从尴尬和茫然中赶忙把话接了过来："你知道阿姨的苦心了吧，不好直接对你说，怕你受不了，快谢谢阿姨。"

这个弯子转得太快了，也太自然了，不仅振华没有感到难看，而且还受到教育。他不知道这是他扬阿姨的习惯，随时随地都督促孩子学习英语，也不管孩子是否记得住。曾经有人讽刺她说："你就不怕将来孩子叫不出你的汉语名字吗？"

宫怡芳这时换了一个角度："既然孩子学习英语已经迟了三年，赶补起来肯定很费力的，那为什么不跟他父亲学日语呢？"

董玉荷说："我们商议过这个问题。日语除了南江外语学校，没有别的中学生学日语，就他一个人学日语，将来是否影响中考和高考等都还不清楚。再说一学就是七年，他爸爸也还有不少事情，怕耽误了孩子。最主要的一点是不能让孩子的群体意识因此而有所淡化。"

看到她们在议论自己的事情，何振华说话了："阿姨放心，我一定努力赶上去。"

通过今天的初步接触，宫怡芳的话虽然不是最多，但董玉荷对她已经大致有了个初步印象。她和扬莘莘同样都属于美人系列，但两人的区别似乎很明显。如果说扬莘莘是个冷美人，那么宫怡芳就是个热美人了。后者比前者要谦虚得多，容易相处得多，更容易和异性交往，而前者始终都是要把自己摆在显眼的位置，令人惧而远之。

饭菜好像没动多少。尽管她们分开只是一个多月的假期，却好像多年未见似的，话题自然是她们熟悉的。不过今天主要议论的好像是董玉荷一家的前前后后、里里外外。

何振华不管她们了，赶忙吃完饭就回家了，他还有自己的事情。常菲菲也跟着回家了。

2. 舞场分寸

聊天要有话题。人与人交往也要有共同的基础，即大致在同一个频道上，或媒介或纽带，如工作、邻居、亲戚、朋友等。至于交往的深浅或持续的时间长短，开始时则往往取决于纽带的长短宽窄。

扬莘莘和宫怡芳可以说是两个老朋友了。两个人不仅同出一个师门，而且毕业后同在一个基础系工作。一个是教师，一个是行政人员，工作上的联系还是很直接的。感情的不断加深还因为她们找到了业余生活的共同爱好——跳舞。

此时此刻，交谊舞犹如雨后春笋，凸显出勃勃生机。稍作观察，交谊舞又可以分为两种情况。一种是在舞厅等室内场所跳舞，自然要付费；另一种是在室外某个地方如操场、公园等，一般不收费。这另一种交谊舞和后来的大妈广场舞也不全相同，男女是要成双配对的。南江市明公公园里就有一个，在里面跳舞除了交一块钱门票外还有几大优点呢。一是地方大，二是空气好，三是音响设备也不错，毕竟每人交了一块钱嘛！除了中国音乐外，也经常会播放几首带唱歌的英语或日语等外国舞曲。尽管跳舞者不一定全都听懂唱的是什么，但由1到7数字组成的旋律、节奏他们是懂的。这样就告诉人们，他们在跳舞的同时也在学习外语，是上档次的，是有国际色彩的，是和国际接轨的。

恋爱、结婚、生孩子、抚养、教育，中国的女人们似乎都要经历着这些人类应有的天伦之乐、人之义务和辛苦。自从孩子出生以后，扬莘莘的精力除了工作就都在孩子身上。孩子慢慢大了，可以自理的事情变多了，大人的劳累强度慢慢也减轻了许多。

由于工作性质等不同，宫怡芳的社会活动比扬莘莘要多。扬莘莘自己每周的课程并不是很多，宫怡芳也一再鼓动她出去参加一些正常的社会活动。扬莘莘呢，人不仅长得漂亮，加上外语教师的多年修养，自然有一种别样的气质吸引着同性或异性的注意。久而久之，扬莘莘也觉得老是待在家里单调、枯燥得很，再说待在家里谁会知道和欣赏自己的美貌和气质呢？渐渐地，她也就想通了，毕竟是女人，都想得到更多人的表扬、赞美和欣赏。自从怀了孩子以后常德益就没有带扬莘莘去过一次舞厅，原因可能要到多少年以后才会知道吧。

　　常德益现在在外地工作，自己晚上出去跳舞，孩子咋办？

　　说巧也巧，宫怡芳的公公婆婆两个老人晚上没什么事情，只带一个孙子。带一个孩子是带，带两个孩子也是带，多带一个又怎样？加上菲菲和茅茅姐弟俩平时还能玩到一块儿，常菲菲大一点儿。两个孩子在一起玩，对孩子只会有好处，老人照看着也不需要费太多的精力。这个建议是宫怡芳向两位老人提出的，老人也乐意。就这样，两个女人找到了共同的业余时间，也找到了共同的活动内容。刚开始只是周末去明公公园一次，慢慢地，几乎隔一天一次，再后来，一下班连家也不回就都出去了。不过，晚上 9 点钟左右她们肯定会回来的。

　　扬莘莘毕竟是一个大学教师。她有一个原则，去跳跳舞可以，男人的手在某个地方加大力度或者稍稍处于动态也行，要说其他事情没门儿。这是她给自己画的底线。

　　不知什么原因，有一次跳舞跳到一半，她们和另外两个舞伴就到一个宾馆里的饭厅吃饭了，自然是在一个包间里。酒至半酣，宫怡芳和她的舞伴先后带上门出去了。扬莘莘的舞伴突然跪在自己的面前，肉麻地说了一些言语后说要跟她学外语，请她收下这个学生。说着说着那个男的就站起来抱住了她，鼻子、眼睛、耳朵、肩膀，逮住哪里就啃哪里。扬莘莘除了自己的丈夫要经常跪在自己面前以外，这种情况还是第一次。她愣住了。

　　扬莘莘的酒量还是可以的，白酒六两是常态，何况今天只喝了几杯红酒，不过脸上倒是增添了一些鼓励男人的浅红色。说心里话，扬莘莘舍不得这个令自己非常满意的舞伴，但她又不能突破自己做人的底线和原则。况且那个舞伴也太把扬莘莘小瞧了，她毕竟不是可以乱来的那种女人。在一声“服务员”的高声喊叫中，他回到了自己的位置上，只好对进来的服务员说：“再来一瓶红酒。”

　　扬莘莘出门走了。她不管宫怡芳了，出现这种局面要说和宫怡芳没有关系是没人相信的。通过这件事，她对宫怡芳可以说是有了一些更具本质性的了解了。虽然都在跳舞，我和你有不同，除了跳舞其他什么都不会发生。其后有好几个星期她都没有和宫怡芳出去跳舞。不知过了多长时间，她和宫怡芳又一起出去了。那个舞伴的怀里换了一个，她瞅了一下，长得还可以，可气质肯定不如自己。

　　扬莘莘在舞场出现次数多了，这类事情自然也会见到不少，她自己清楚。那个舞场在明公公园里，是个露天舞场。来的一般都是收入不高的社会人员，收入高的

都去舞厅了。每周去一两次舞厅，谁付门票？一个大学教师经常去是付不起的。当然，由于宫怡芳的关系，扬苹苹偶尔也会跟着去一次，更多的则是在明公公园里。明公公园很大，里面的广场也不小，而且离自己的住处也有一点的距离，大概三站路吧，更没有后来的舞场大妈的诸多烦恼。每天晚上只要交一块钱给门卫，就可以进去，晚上 12 点之前结束。

扬苹苹是一个非常漂亮的大学教师，自我感觉一直都很好，她从骨子里就认为来这里跳舞的都是比自己"三低"即"自然条件低、气质低、收入低"的人。自己只是来消磨时间、丰富一下生活而已，从没有别的想法。想想那个舞伴真是傻帽到顶了，他也不想想自己是谁？花了饭钱不说，纯粹是自找没趣。

可能是人传人的原因吧？在此后的相当长的一段日子里，扬苹苹的舞伴换了不少，却再也没有遇到一个请她吃饭的，当然也没有碰到一个和他配合默契的舞伴。不过那些舞伴对她的眼光都是带有电流的，连搂着腰、抓住手时都传送着某些能量，仅此而已。这些都没有超越她的底线，这是对她美貌的肯定，是她值得自我陶醉的地方。

岂止舞场？在这个几乎什么都可以开放搞活的时代里，一个漂亮女人遇到的类似事情又岂止一件两件？

一个外国代表团来学校交流，外办的翻译不够，便从外语老师中间临时找了几个，扬苹苹在列。晚宴后的例行节目是卡拉 OK，结束后一位校领导专门让她坐在自己的小车里。那位校领导非常体贴地问："你到了评副教授的时候了吧？"几乎在说话的同时，有一只手就伸过来了，抓住了扬苹苹的手。扬苹苹自然也心抖了一下，不过不是男女之间触电的那种。她顿时知道了是什么意思，赶忙说"请多关心"，同时慢慢地将自己的手抽了回来。

对于这种行为，她碰得多了。她对此并不感觉恶心，她乐于这样被异性所注意着。谁叫自己这么漂亮呢？何况现在是有些潜规则都到了明目张胆、肆无忌惮的地步了呢？她自己也常常挑逗一下那些对她使用异样眼光的男人，或嫣然一笑，或很自然地轻拍一下对方的肩膀，或扯拽一下对方的衣服，然后回眸一望，走了。且不说从正面看她能让男人心动、女人妒忌，就是从后面看她走路的姿势也是很撩人的，屁股毫无做作地一挺一扭，甚至一抬脚都像在挑逗着异性的床上功夫。这些动作在过去被称之为"轻佻"，现在这个词语可能都被人们忘了。

扬苹苹的想法很清楚：男女之间的潜规则应该是有程度深浅之差别的，她时刻警告自己对此要有自己的底线。至于后来，她自己似乎也有了不可摆脱的心仪者，不知道她的想法改变了没有。

虽然这段舞蹈生活只有两三年的时间，不算长，可她后来回忆这段经历时心里也常常感到一种自豪和踏实：洁身自好，还算愉悦，没有因此而带给自己其他的烦恼和纠结，自然也就没有引起家庭地震。

3. 欢迎之余

周末，下午下班时分。

董玉荷正准备去厨房做饭，这时接到了扬苹苹打来的电话。

常德益到省城来开会，会议结束时顺便回家看看。听说楼下刚调来的何一夫和扬苹苹在同一个单位，又是老乡，多少年前就认识。于是他便吩咐随来的秘书在饭店专门安排了一桌，并叫了宫怡芳一家作陪，以示欢迎之意。

常德益、何一夫，还有宫怡芳的先生茅时教授三个男人是初次见面，自然会寒暄几句。

常德益本人的自然条件并不太引人注意。充其量一米七〇的个子，单眼皮，大脑门，几近猕猴桃般的体型。既是从事外语教学工作，又是破格晋升副教授的高级知识分子，且有行政工作的经历，在"面向世界，走向世界"的大背景下，确实是难得的人才。时代需要这样的人才，人才也需要这样的时代。在官本位还很明显的环境里，这样的人才前途不可限量。常德益从教育界跨入官场，从研究生导师变成副县长，高级知识分子从政，是应时代所需。作为他个人来说，这是始料未及的。因此他的心情特好，可以在另一个舞台上展示自己的别样才能，实现别种抱负。茅时教授呢？扬苹苹此前已经向何一夫简单介绍了几句，只记得是个年轻的引进人才。

服务员被找个借口支出去了。家庭聚会，环境要宽松些。

三个女人已经不是初次见面，落座之后就喳喳起来，加上三杯小酒下肚，空气便迅速热络、和谐起来。

常德益席间直言相告何一夫，自己是在何一夫老家的邻县为官。官界和学界一样，以人为本。如果老家有什么事情，他和他们打个招呼就行，请勿客气。

扬苹苹紧接这个话题对何一夫也是对茅时他们说："你们都不要客气。我们家常县长不仅在县里，就是市里、省里也是都有熟人的。只要你们张嘴，他一定会竭尽全力帮忙的。"

"就是，"茅时赶忙说，"何教授你千万不要客气。常县长不仅是手里有权，

主要是位在官场，办什么事情都会很方便。以后咱们恐怕有好多事情都要仰仗常县长呢。来，常县长，我先敬您一杯。"

常德益赶忙端起杯子说："您太客气了。来，一起干。"

"听说您的专业在县里还派上用场了，是吗？"茅时岔到了另一个话题。

"就是。为了提高全县干部的外语素质，我们专门制订了一个外语培训计划。第一步是通过两年时间培训使得县领导及县级机关和乡镇一把手达到用外语基本交流的目的。这次来开会顺便向省有关领导做了汇报，最后还让我在大会上对此做了详细的介绍呢。"

茅时教授这时接过话茬说："常县长这个想法很有创意，何教授你一定要支持他。现在连刚怀孕的胎儿都隔着肚皮站在外语起跑线上了，外语的态势逼人啦。"

"绝对支持。农村干部学外语，这在过去是根本不会有的。看来不懂外语将来是真的寸步难行了。"何一夫也赶忙附和着。

何一夫这时才特意端详了一下常县长。白白的皮肤，略尖一点儿的下巴，一双不大的眼睛好像都在说话，精神状态甚佳，可以看出正是春风得意时。个子不会超过一米七〇，刚才站着握手时可以说是已经丈量过了。

他们接着就外语又议论了半天。常德益这时突然望着何一夫，说："何教授，您是日语教授。能否请你什么时候去我们县里办个日语学习班或者搞个日语讲座什么的，先从年轻人开始。从长远看，日语在农村肯定也会有用处的。"

何一夫赶忙应承道："这个好说。"心里在想，你也太张扬了吧。轮到县里都学日语，那将会是一种什么情况呢？你真敢想，也真敢说，你喝多了吧？

扬莘莘呢，今天是自己的丈夫请客，不仅是在省城一个名气很大的饭店，而且是秘书张罗、不需要自己操心的。她今天话特别多，主动夹菜，热情劝酒，言语举止之间，皆洋溢着她异常高兴的心情。

不知宫怡芳是怎么想的，董玉荷在心里曾掠过一丝感觉，不过脸上没有表现出来，马上也就恢复平常心了。不就是一顿饭吗？秘书没有，饭钱还是有的，一定要找个机会，在这里回请一次。就是这个房间，就是这个标准，就是这三家子。再说为人处世也不能老欠别人的人情，所受到的帮助以后都会还的。

大人在聊天，三个孩子早早吃好饭就回去了。这些都由秘书来安排，不必担心安全问题。何振华一手拿着卡片一手掏出钥匙开了门，三个孩子在二楼便分手各回自家了。

饭后回到家里，扬莘莘的情绪依然很高涨。

常德益说："看来明年你的副教授是有希望的了。"

"为什么？"

"因为全民学外语的大环境已经形成，这样就普遍出现外语师资不足的问题。只要够基本条件，一般在职称方面都会通过。再说今年又出现了一个可以为你说话的人。"

"你是说何一夫教授？"

"是的。外语组原来只有一个英语的单教授，现在又多了一个日语教授。不过何一夫刚来学校不久，马上进学校评委估计不太可能，但学科评审小组里肯定会有他的。"

"那又怎么样？听说上次评审时单教授的表态都是很好的，结果在小组里不是就没有通过吗？"

"是啊。你也应该从自身找找原因。除了单教授，其他人你也要尊重些。"

"你又来了。几个意思？"

"好好，不说这个了。如果下次评审时何一夫能够帮忙，把握就会大大增加。"

"怎么讲？"

"你想啊，评审小组一般都是五个人。单教授会首先表态，何一夫接着表态，那三个副教授还会没有人明确表态吗？即使有一个人反对，票数也还是超过三分之二，通过的。"

"你说得也是啊。不知道何教授会不会帮忙呢？"

"这个我看你就不用愁了。今天我已经看出来了。他人很好，性格实在，爽快！看来也是一个愿意助人的人。加上是引进人才，自我感觉肯定也很好。只要和他不把关系搞僵了，他会说公道话的。你们老早就认识，这就是一个很好的基础。"

"你分析得有道理。不过我要先说清楚了，你不在家，我们两家走得近了，你别多心。"

常德益扑哧一笑："你照照镜子吧，脸蛋很漂亮，不过不可爱。我不会不放心的。"

顺便多说一句，女人的优势不仅仅是漂亮，核心是可爱。漂亮的不一定可爱，可爱的不一定都很漂亮。女人如果不可爱那么漂亮就要打折扣。女人爱男人，更要可爱，要让男人觉得自己可爱。"可爱"可以击败"漂亮"，但"漂亮"是不能代替"可爱"的。一个女人再漂亮，如果张嘴说话就不讨人喜欢，俗话说嘴巴很"臭"，肯定是不可爱的，没有一个男人喜欢与"冷美人"、与嘴巴"臭"的女人打交道的。如果一个漂亮的女人不可爱也很可悲，尤其是异性不欣赏，避而远之，你冷美人与我何干？你自己"冷"去吧，结果只能是孤芳自赏。再说说女人的气质，何为"气质"？气质和"冷"是不能画等号的。还有，家花没有野花香、野花美。野花之所以香、美，

是因为可爱而被人发现，被人欣赏，否则何从谈香、谈美？

据说苏东坡曾赋诗老友陈慥云："龙丘居士亦可怜，谈空说有夜不眠。忽闻河东狮子吼，拄杖落手心茫然。"从此"河东狮吼"就成了形容女人威严凶悍的代名词。苏东坡在诗中只是言其夫人凶如狮子，并未说其漂亮与否。估计能和苏东坡用文字交往的人肯定不是社会最底层的人，他的夫人也不会丑到哪里去。后有电影《河东狮吼》中的少女柳月娥貌美如花却刁蛮任性，其美又将如何？答案自明。女人只要外貌过得去、长得可爱就会大大加分，啥事都好办。说到这里又扯到另外一句："老婆还是别人家的好。"这种说法是有一定道理的。除了新鲜感以外，就是别人家的老婆不会"河东狮吼"，自然就要可爱得多。

说句实在话，扬芊芊非常漂亮。就是一副冷美人的修养梗阻了和许多男人女人们的交往，最主要的是她自己从不和男人多说一句话。当然，她也不止一次地观察过学校里的所有女同事，她们的漂亮和修养都只能位于自己的左边。至于那些男人们，好像没有一个能和她处在同一个层次上的，如果有男人多望她一眼她就认为是对她有非分之想。从常德益的话语里也足可见她"冷"得可以。那么常德益的这句话是提醒呢，还是有其他想法呢？

不过，扬芊芊听老公这么一说，心里倒是咯噔了一下：难怪人们都离自己远远的，自己以后一定要注意了。以前的关系慢慢改进吧，眼下特别是对何一夫，千万要留下可爱的印象。她想了一下这段时间，和何家处得很好，没有什么值得检讨的。今后要继续谨慎，要"吾日三省吾身"，持续"可爱"下去，不能再把职称问题"冷"黄了。大学同班同学中间已经有人评上副教授了。一想到这件事情，扬芊芊就要情绪不好好几天，凭什么比我先评上副教授？

是啊，扬芊芊现在对于这一点是认识到了，也做到了，而且还会做得更好。数年以后何一夫退职退休、对她没有用处了，她会怎样呢？

4. 要"放电"吗

都快夜里 10 点了，常德益说明天早上有个会议，还是回县里去了。他在家里停留总共还不到一个小时。

扬芊芊躺在床上却怎么也睡不着。倒不是因为常德益没有在家过夜的事情，对此她早已习惯了，而是因为她自己的事情。

　　她怎么也弄不明白，申报副教授都两次了，为什么在学科小组就被刷下来了呢？论教学，学生打分、督导打分都是优秀；论科研，自己发表的论文数量已经超过了要求。评审小组怎么就通不过呢？以前自己归咎于运气不好，今天经丈夫一点拨，突然明白应该换一个角度考虑这个问题了。

　　自己以前一直认为，只要把课上好，科研方面的成果达到要求，职称晋升就不应该成为问题。因此在单位里除了单教授外，对其他老师的态度都是书本式的，不带有丝毫的个人感情色彩。在办公室相遇时都是有话则长、无话则短，与工作无关的话题免谈；在其他与工作无关的场合相遇时几乎都是视而不见，"君子之交淡如水"嘛。作为个人的朋友来交往，就只有一个宫怡芳了。估计是师姐妹的原因吧，当然在工作上也没有直接的利害关系。

　　上次职称评审时胡山林讲师的科研比我强，人事关系和教学效果也很好，没有通过是因为第二外语不及格。那个科研成果勉强够条件的李顺芝在学科小组里通过了，而自己够条件却为什么通不过？李顺芝和谁都处得很融洽，人缘极好，不论是和领导还是和普通工作人员。看来自己还是太幼稚了，职称晋升不仅硬件必须符合，如二外必须合格、科研必须够条件、教学必须优良等，软件最终还是起决定作用的，无记名投票是有学问的。

　　除了单教授外，自己和其他几名学科组成员虽说关系不是太好，可谁也没有得罪过呀。要是知道有几张反对票就好了，可以初步加以大致的猜测。根据相关规定，学科组必须有三分之二同意才算通过，五个成员中如果有两票反对就通不过。是哪两位呢？好几个月过去了，她常常想起这个问题却又没有头绪，最后是"疑人偷斧"，那四个成员都有可能投反对票。

　　噢，想起来了，是那个苟副教授，肯定是他。他是"文革"前最后一届大学生，在大学里只读了一年，后分配在南江市十三中教英语，是前几年调进来的。他都 50 多了，也才刚评上副教授不久。不管是从学历还是英语水平，自己怎么可能把他放在眼里？坏就坏在刚刚工作不久时和他争论了一下，让他下不了台，要不是单教授制止恐怕还要吵下去。确实是他没有道理嘛，仗着自己是副主任，就不分青红皂白地把我批评了一通，让我在大家面前难堪。你让我以后怎么工作？当时自己在内心里发过誓，这件事不能就这么算了，以后一定瞅个机会报复你。这毕竟是我留校后第一次上公外课，涉及全校三个系 200 多名学生。学生四级考试过关率低，有水平参差不平的问题，有本人的基本素质问题，有临场发挥的问题，涉及多个因素，怎么全怪我一个人呢？自此以后自己就没有给过他好脸色。现在自己要想解决职称问题，这个人的关系还必须要搞好。怎么搞好关系？头疼。

自己曾拐弯抹角地问过单教授，可他只是说了一句："明年再争取吧。"这个老东西，现在想想说不定他也投反对票的呢？真是"知人知面不知心"吗？

扬芊芊从读研的时候就对单教授崇拜有加，留校后更是交往日深。

单教授家和扬芊芊家在同一栋楼，单教授家住一单元一楼，扬芊芊家住三单元二楼，上下班时脚一弯便拐到单教授家里了。至少隔一周扬芊芊要去单教授家一次，碰上节假日更是手里不空。日久见真情，单教授的爱人对她是赞誉有加，也不知道从什么时候起单教授变成扬芊芊的干爹了。不过这个关系只限当事人双方夫妇知道，外人毫不知晓。我对他如此尊重，他还不至于投反对票吧？谁知道？也许是三票反对？四票反对？也许是五票都反对呢？

扬芊芊越想越懊恼。"职称职称，教师的命根"。职称对于一个教师来说是必须放在首位要考虑的事情。如果副教授职称解决了，不仅是学术地位的提升，还会带来一连串的积极效应，如社会地位、改行从政从商等，在学校范围来说，也有可能走上领导岗位的。

扬芊芊越发睡不着了。一定要想办法在明年申报职称时先在学科小组里不被刷下来。

大环境已与去年不同，不应该再人为设卡。常德益说得有些道理。还有何一夫教授来了，说不定这是一个契机。不管怎么说，同何一夫的关系一定要搞好，要像丈夫说的那样做一个让男人觉得可爱的女人。和其他几个关系都要搞好，但在何一夫身上更要加倍用力，赌他一把吧！

她突然又对老公的行动多起心来了。俗话说女人"三十如狼，四十如虎"，男人四十难道就走下坡路了吗？这次在家待不到一个小时，匆忙完事就走了，住一宿不行吗？你最近回来次数并不多，回来又这样，我得注意注意你了。不在身边，怎么注意？总不能辞职天天守在他身边吧？不过估计你也不会太妄为，有组织在管着你，有群众在监督你。小摸小闹还行，太出格了你也不敢，除非你找死。现在还是注意一下何一夫教授吧，他的身上可隐匿着自己的未来！

扬芊芊有一个特长，就是喜欢对男人嫣然一笑，当然是对有地位、自己有所求的男人了。不过也仅限于此，她的生活作风是不容怀疑的。有些男人以为她是放电，错了，她笑过以后就忘了，或者说这已经成了一种习惯。自从和何一夫相遇以来，她经常就会来这么"嫣然一笑"，只要不让董玉荷看见就行。以后要真的注入一些感情了，光这样"嫣然一笑"看来是不够的。要让何一夫真的感到有电流送过去，感到自己真的很可爱。说句良心话，这十几年来在自己的内心深处对他还是有一丝丝火苗存在的，现在是让火苗再变得旺一点儿的时候了，只要不烧着自己就行。

　　除了"职称职称，教师的命根"这一点共知共识以外，在扬莘莘的内心深处还有另外一种想法，就是对官场的向往。她不想通过什么镇、乡挂职这个途径，太低了，太慢了。如果先进入高级职称系列，在官场的起点就能高一些，自己的丈夫就是个榜样。所以她对副教授职称就格外看重。

　　扬莘莘似乎什么都想到了，似乎也都想清楚了。她看见何一夫教授向她走来，对她说"恭喜你晋升副教授"。她对何一夫教授笑了，笑得很"嫣然"、很性感。他似乎没有反应。

　　扬莘莘睡着了，睡得很香，直到早上女儿过来叫她。

第 4 章　封阳台

1.狂补外语

说快真快，暑假马上就要结束，离开学也只有几天的时间了。

连续三天，每天下午都有一场雷雨。南江市的温度似乎有点变低了，至少昨天晚上的睡眠质量提高了。

常菲菲回来第二天，扬苹苹就主动带着女儿来到何家商议帮助何振华补习英语的事情，每天下午一次，一次一个小时。

宫怡芳听说常菲菲要给何振华补习外语，便提出让茅茅也参加。茅茅开学后就是三年级了，也要开始学习外语。正好何振华从零开始，跟着一起能学多少就多少，先有点感性认识也行。

中国的家长啊，太辛苦了，不过心情可以理解。恨不得让孩子小学学完初中的课程，初中学完高中的课程。岂不知教育是有规律的，超于学校之前学习很容易煮成夹生饭，除非你不进学校。

扬苹苹和宫怡芳两家本来就住在一个单元里，扬苹苹家住二楼，宫怡芳家住五楼。大人之间来往密切，两个孩子虽不在一个班级，但天天一起上学、放学，也已经成为习惯。

俗话说得好：两个猪仔抢食吃。说不定三个人在一起学习，相互之间都会有所促进，效果会更好一些。反正都还是个孩子，也没有什么值得大人额外操心的。又因为还在假期里，时间每次由一小时变为两小时。主要是帮助何振华补习外语，也可以学习数学、语文等，讨论也行，聊天也行。

实际上何振华的时间除了吃饭睡觉以外都用在外语学习上了。不管是上午从补习班结束还是下午三个孩子学习结束，何振华一回来就拿出英语书，不是背、写、说英语，就是做英语卡片。晚饭后，董玉荷夫妻俩要轮流帮助孩子背默课文或单词。

日复一日，到开学前，何振华的外语补习已经有了明显的进步。

孩子对英语学习有了兴趣，进步也很明显。董玉荷看在眼里，喜在心里，也疼在心里。如果还是在原来的学校，孩子哪里用得着这么辛苦补习呢？孩子的天赋很明显，外语也将会和其他功课一样名列前茅，只是现在一下子要补习这么多，急了点。因此她的脑子里经常冒出埋怨的情绪，但她没有说出来，说出来只会伤害夫妻之间的感情，丝毫不能改变现状。有时候她也会想，现在外语是不是强调过分了？仅凭一门外语就能实现四个现代化吗？一个国家除了外语，还有国语，还有数理化，除了学习，还有研究，还有很多很多。董玉荷被搞糊涂了，她暂时还理不清楚这些东西，只是直觉地感受到外语并不是万能的灵丹妙药。随它去吧，自己现在要做的就是督促孩子把外语补上去，速度快一点儿，再快一点儿。

好在何振华其他几门成绩一直都很好，原来学校布置的暑假作业早就做完了，所以不存在对其他课程的担心，可以全身心地都扑在外语上，一直到开学。对于外语，何振华也是有信心追上的，他说要用一个学期基本赶上班里的教学速度。具体的学习方法，是根据他父母亲的体会和建议以及自己的具体情况制定的，即主要抓住每天早上 40 分钟左右的时间，精神高度集中地大声朗读和背诵。开学以后，学校安排的早自习，他也都用来学外语，走出教室在校园里大声朗读。还有，学了一个单词就做了一张卡片装在身上，有空就拿出来念一下。床头、桌子上、墙上几乎都贴满了英语单词，凡是家里可以写的、贴的地方都有英语单词出现。这种方法主要是从菲菲家引进过来的，说不定对外语学习真有效果呢！

用一个学期赶上班里的教学进度？太狂了吧？根本做不到。对于这种狂妄，何一夫夫妇认为开始时还是应该肯定的，以后遇到问题时再设法引导、纠正，反正现在不能泼冷水。同时何一夫夫妇也知道，自古少年难有常性，特别是男性少年。何振华的天资是可以的，只要重视和努力、保持热情就行，至于进度如何、效果怎样在开始时不必过分地明确和要求。作为家长，就是要时时注意孩子的情绪，让孩子始终保持一种向上的势头就行。

作为孩子补习英语一事已经基本正常，何一夫也把心思挪了一部分在开学前的准备上。尽管还没有开学，自己也不知道教学方面的具体情况，但最近有两拨人来咨询他学习日语的事情，让他把心思几乎全部都扭转过来了。这两拨都是江处长介绍来的。一拨是市机关某个处长带着自己的女儿来请他业余辅导日语。他的女儿高考落榜，且以后高考也无希望，周围有些孩子出国留学，自己岂能不如他人？还有一拨是夫妇两人带着儿子来咨询的。他们夫妇两人都已经下岗，他们把希望全都寄托在儿子身上。儿子开学就是高中二年级，各门成绩都很好，就是英语屡屡不及格，

本人也失去信心。听说日语中有好多汉字，比英语好学，高考的要求也比英语低，所以来咨询一下。何一夫自然不会答应去辅导他们，不仅是因为自己孩子的英语都让自己头疼，更因为刚到一个新单位，不应该分心做别的事情。当然，他对他们都非常真诚地提出了自己的看法和比较详细的建议。

2. 封阳台

"都吃饭吧。"

何振华下午放学回来刚坐到桌子前面，一道化学题还没有做完，董玉荷就把饭菜端了出来。何振华赶忙将书本整理一下放在沙发上，爷爷、奶奶也都坐到了饭桌前。何一夫把电视打开，把电视的声音放出来。

在 20 世纪 90 年代，南江农林大学的住房还是很紧张的，学校作为人才引进才给何一夫安排了三室一厅。当时外语教授很少，尤其是日语教授更是少之又少，再加上何一夫又是部队转业干部，这样的安排应该不是很特殊的，不过在当时也可以说是相当好的了。

说是三室一厅，90 平方米。因为结构问题，不仅显得空间小，而且利用率并不高。

开门进去是约两米长的走廊，左右开着四个房门。左边第一个门进去是一个厅，不到两米宽，可以紧挨着墙放下一张小餐桌，绝对放不下沙发的。里面连着厨房和卫生间。再沿着走廊往里走是一间较小的房间，里面可以放下一张大床和一张桌子，是爷爷、奶奶或外公、外婆轮流住的。走廊右面是两个朝阳的房间，一个房间比另一个房间大一些。小一些的房间作为何一夫夫妇的卧室。另一个更大一些的是这个单元里最大的房间，说有 18 平方米。里面放有电视、沙发，还有何振华的小床和书桌。大房间的外面是阳台，开放式的，阳台和房间之间有一个关不严实的铁门隔开。

何振华睡觉和学习都在这个最大的房间里。全家看电视都在这个最大的房间里，来客人了都带到这个最大的房间里。

何振华如果在房间里学习，电视是关着的，有特别电视时就将声音关闭，看着有声电视里的无声图像。如果有客人来，何振华就拿着书本临时到别的房间里。无须多说，这样的环境对孩子的学习并不是理想的环境，于是他们便打起了阳台的主意。

他们这栋楼紧靠学校的院墙，院墙外面是一条 24 小时车辆不断的马路。小汽车、大货车、自行车、三轮车、摩托车、过往行人等，只要是能在公路上出现的除了城里没有的骡马等都会出现，一天一夜之中安静的时刻很少很少。只要外面有声音，通往阳台的门开着，来往车辆、行人等杂乱的声音就都会传进来，里面会感受得丝毫不剩。即使铁门关着也没用，关不严实的铁门根本挡不住外面高中低不同音域的嘈杂的声音。

孩子刚到这里，外语学习又是一种特别情况，连一个相对安静学习的房间都没有。虽然扬芊芊将三个孩子临时学习的地方放在自己的家里，但解决不了根本问题。何一夫夫妇甚是着急，何振华同样着急。

一天晚上，客人刚离开，何振华捧着书本到了大房间里，突然跟父母提出了封阳台的建议。何一夫夫妇这才想到这栋楼里好像有几家是封了阳台的，包括住在对门的扬芊芊家，看来这个方案是可行的。他们在征得校产科的同意后就迅即将阳台封了起来。

阳台虽小，可以放一张不大的桌子和凳子，变成一个很理想的小书房，在里面看书学习是没有问题的。阳台的窗户用了双层玻璃，和客厅中间的铁门也换成了嵌有玻璃、隔音效果异常明显的木头门。如果将阳台的窗户和客厅之间的门关上，阳台和房间里面确实安静多了，其利用价值自然也跟着提高了不少。一直到后来搬了新房子，都是维持这种样子，不过那时孩子已经是大学学生了。

当孩子几年以后考上省级重点高中时，何一夫夫妇觉得当时花了几个月的工资封了一个阳台还是值得的。实际上当时不是非封不可的，只是想为孩子创造一个略微好一点的学习环境而已。

第 5 章　鲜花一束

1. 新学年伊始

新学年开始了。对于何一夫全家来说，确实是从军队到地方后的第一个新的学年。6 点还不到，董玉荷就起来了。她把早饭简单准备了一下，就已经过了 6 点半了。

她准备把早餐端到桌子上以后再去叫孩子起床。刚拉开厨房的门，就发现何振华已经在阳台上读书了。

多少天来，何振华天天都是 6 点刚过就起来出去学习英语的。孩子自从上学以后什么时候这么辛苦过？全是英语惹的，做母亲的有时候觉得特不落忍。今天早上故意不叫他，想让他多睡一会儿。今天不仅是开学第一天，对于他们全家来说，都是要去一个新环境，不知孩子能尽快适应不？

何一夫出去锻炼这时也回来了。他看见董玉荷站在厅里望着阳台，正要问一声，突然他也望见了阳台上的孩子。他站在那里足足有半分多钟。

俗话说：女大十八变。男孩子大了就没有变化吗？记得振华小时候在家里话一直是很多的，恐怕除了她母亲就数到他了，一张小嘴整天不停地东一句西一句。爷爷奶奶外公外婆都喜欢他，有时候还故意逗他，让他多说话。不知从什么时候开始他的话突然变得少多了，一天也说不了几句，回答问题也特别简单，不是"嗯"就是"好""哎"。何一夫愣在了那里，呆呆地望着阳台上的孩子，什么话也没有说。

好像是从上学期开始吧。自己忙着上下班，还有联系单位什么的。夫人好像提醒过自己说振华最近好像话变少了，自己当时也没有往心里去。现在看来，孩子确实大了，懂事了，话变少了，可心思变重了。这应该是一种走向成熟的标志，是一种正常的现象，无须担心。后来他们和别人聊天时故意扯到这个话题，好像不少男孩子都有这样的变化，区别只在于迟一点早一点而已。

董玉荷把饭端上来了。何一夫在吃着早饭，可更多的是在注视着孩子，心想以后工作再忙也要多注意一点孩子。不仅是学习，更重要的是孩子现在是人生观、世界观、价值观开始形成的关键时期，疏忽不得。

吃了早饭，孩子自己去附校报到，怎么讲都不要大人送。好在学校很近，又有常菲菲、茅茅两个人带着，大人的心也就完全放下来了。

开学第一天，何一夫到基础系外语组正式上班了。

基础系外语组包括许多语种的老师。日语老师就何一夫一个，还有俄语老师、西班牙语老师、法语老师、德语老师，他们也都各是一个人。只是英语老师多一些，有 20 名，所以合成一个外语组，隶属基础系。

董玉荷当天接到人事处的通知让再等几天，工资照发。董玉荷以前在部队是政工干部，现在转业了，具体工作还没有落实。也好，趁此机会先休息几天，既可以进一步熟悉周围的环境，也好多注意注意孩子的情况。

大概过了一个星期吧，校人事处长找她谈了一次话，通知她在人事处上班，仍做人事方面的工作。她在部队是团级，据说部队干部转业到地方后一般都降低两级使用，那么她就应该是科级。处长说了，先按正科级待遇，任职主任科员，等过一段时间这阵子忙过去了再来专门安排具体工作。最后处长说，我们是理科院校，机关里中文专业大学生还比较缺，你是中文专业毕业，又有工作经验，实在难得。学校研究了几次才决定把你安排在人事处。我认为，你英语过了四级，这也是长处。不管现在外语是否用得上，但外语都是工作所必需的。大的发展趋势很明显，不懂外语不行，外语对我们每一个人都不可缺少。你先协助做一些教职工培训工作，调研一下教职工的外语培训问题。我们准备不定期地举办在职人员外语培训班。英语大部分人多多少少都懂一些，你爱人是日语教授，就先从日语培训入手吧。现在你立即着手写个通知，组织职称日语辅导，你爱人那里我们去和系里协调。

董玉荷的觉悟还是不容置疑的，"党叫干啥就干啥"的观念已经在脑子里根深蒂固，是党员就得听从组织的安排。直到一年以后，有一个科长升职了，董玉荷才坐到科长的桌子面前。她时刻都在提醒自己，当革命工作需要你的时候，组织上自然会考虑你的，反正都是工作，无所谓是科长还是科级待遇。何况你刚到新地方，还要有一个适应的过程呢。

何一夫夫妇的工作都落到实处了，孩子也能适应学习环境。董玉荷决定去买一些鱼、肉，晚上搞个三菜一汤。

下午下班后，董玉荷径直奔向校园外面的菜场。这里买菜好像还是有时间区分的，退休的或者能自由支配时间的一般是上午八九点钟去菜场，按时上下班的人则多在下午下班以后。城市管理上规矩了，菜场多集中在一起，有墙、有房顶、有大门，

晚上9点以后才关门上锁，所以下午下班以后去买菜的人并不少。

董玉荷买了菜匆匆忙忙往回赶。突然，她的脚步慢了下来，前面有两个人的谈话似乎说的是自己。

"你知道最近学校引进了一个日语教授吧？"

"知道，好像没有人不知道的。真不知道是怎么搞的，日语怎么倒吃香起来了？"

"我不是跟你说这个，而是她的爱人。"

"她的爱人怎么啦？"

"学校在安排她的工作前专门打了电话去了解了一下情况。"

"是吗？"

"人长得很漂亮，大眼睛，眉毛特粗，长得太夸张了。"

"相片和人出入比较大？"

"可不是？看相片很威武，不好相处。"

"好多身份证的相片与人都有点出入的。"

"她的档案写得很好，领导想重点使用她，于是便让打电话了解一下。"

"结果怎么样？"

"为人处世、待人接物、工作，样样都无可挑剔。"

"你怎么知道这么详细的？"

"哎呀，我就是那个打电话的人。"

"对不起，我一下子忘了你就是在人事处工作的。"

"她今天来上班了。看上去那个相片照得太离谱。"

"那她的工作定下来了？"

"就是。不然我也不会和你说这些。"

董玉荷注意到那个人就是给自己打电话的人事处的办公室主任。趁她们还没有回头，董玉荷赶忙左拐弯进了一家熟食店，免得碰上尴尬。

董玉荷回家和何一夫说了这件事，何一夫笑着说："下次再用照片时我先帮你把眉毛修改一下。"

"你真讨厌！"

从部队到地方，何一夫夫妇他们似乎还有一个适应的过程。他们已经开始感觉到，地方院校和部队院校在方方面面就是有许多不同，很有慢慢适应的必要。他们以前虽然也在高校工作，但那是军队院校。南江农林大学将会给予他们不少新鲜感触的。

2. 鲜花一束

"祝大家教师节快乐！"

刚开学没有几天，就是教师节了。何一夫到南江农林大学后的第一个教师节来了。

在教师节的前一天，校园里就挂出"祝大家教师节快乐"的巨大横幅。同时可以见到有学生捧着鲜花或者提着水果在校园里走动。这些都是与军队院校明显不同的。

何一夫夫妇不无感慨，也很自豪地想，还是学校里要单纯得多、神圣得多。地方学校既不同于军队院校，与社会更是大大不同。在大多数人以获取钱财、积累财富为目标，甚至有不少人没有底线、不择手段利用一切资源攫取钱物的今天，一束鲜花里蕴藏着用语言不尽表达的深情厚谊，确实令人欣慰。学校，这是目前国内最最干净的地方之一，千万不能受到不良风气的影响、侵蚀啊！

他们在心里祈祷着。

南江农林大学尚未开设日语专业。何一夫上的是面向全校的公共课，刚过去第一周。虽然有200多名学生学习日语，但分布在不同的专业，估计教师节不会有人送花什么的。何一夫夫妇对此事是非常能够理解的，他们的情绪没有受到丝毫的影响。顺便说一句，并不是每个老师在教师节都能收到鲜花的，也并不是每个学生在教师节都要给老师送鲜花的，当然更不是学校或老师鼓励学生这样做的，相反学校并没有明确鼓励这种做法。学生完全出于自觉自愿，一个班几十名学生凑钱买束鲜花送给心怡的老师，花费不高，可表达的心意无限。

何一夫夫妇下班刚进家门，先后就有三拨学生捧着鲜花敲门进来了。他们是从办公室打听到家庭住址的。这让何一夫夫妇很是吃惊。

何振华已经放学回来坐到阳台里面了。董玉荷正准备去厨房做晚饭。扬莘莘和女儿菲菲，还有宫怡芳的儿子茅茅这时敲门进来了。他们手捧一束鲜花，祝何一夫夫妇教师节快乐。扬莘莘说：

"明天是教师节。你们刚到这里，我们给你们送花，祝你们教师节快乐！"

何一夫愣了一下，赶忙指着那几盆鲜花说："你看。"

扬莘莘自然明白，赶忙说："我说呢。你感受到了吧？我们外语老师就是比别的专业更受重视。我的办公室里就已经放了好几束，刚才还有几束直接送到家里来的。因为白天他们有课走不开，只好下课以后送到家里来。"

董玉荷把花接了过来，只是说"坐，坐"。

扬苹苹说：

"不坐了，咱们出去吃饭吧。我们家常县长没回来，茅茅的父母也出去应酬了，咱们和三个孩子一起出去过节吧。我做东。"

他们吃完饭回来了。孩子们各回自己的房间，董玉荷随扬苹苹去了她们家。

扬苹苹说："刚才孩子们在跟前不方便。这里有两瓶酒，我们家常县长让我送给你们的，你们家何教授平时喜欢喝两口，昨天他专门打了电话回来叮嘱的。祝你们节日愉快！"

董玉荷说什么也不肯收。

扬苹苹说："这你不懂了吧？你们刚到这里，不太熟悉地方的情况。每到一个什么节日，我们家常县长的周围都有人来送酒送烟的。说句吹牛皮的话，今天请你们出去吃饭的饭钱都不是我们自己掏腰包的。你就不要客气了。"

董玉荷不肯收的原因还有一个，就是扬苹苹虽然和何一夫早就认识，但平时已经给他们家增添了不少麻烦，比如购物、帮孩子请家教等。照道理讲应该是谢谢她才是，可现在全反过来了。这样一来，董玉荷的心里反而倒不托底了，她在心里又一次闪现出了问号：难道如此热情同他们俩的感情有关？不要胡乱猜疑了，董玉荷赶忙把心思收回到眼前，最终还是扬苹苹提着酒硬是送到何家来的。

扬苹苹刚离开何家，董玉荷听到又有人来敲门了。

原来是两个学生捧着一束鲜花。

何一夫有点愣住了，问："你们是哪个系的？"他以为又是自己教的学生。

那两个学生自我介绍说是隔壁南江经贸大学的，他们想学日语，但学校没有日语老师。他们曾有几个人师从一个来自台湾的老先生，从语音阶段进入日常用语档次之后便无法继续了，因为他只会说几句常用语，而且不会讲解。听说何一夫教授来到南江农林大学，便冒昧打扰看能否晚上抽空去教他们入门日语，酬金每次50元，学生们自筹。何一夫现在每周只有6节课，时间宽裕，便欣然答应了。酬金先不谈，周六周日各一次，每次两个学时，国庆节以后开始。

南江市学日语的积极性为什么这么高？这种学习日语的热情在原来的军校里是感觉不到的，他感到很高兴。自从中日恢复邦交以后，有的广播电台就开始教学日语，后来电视里也有类似节目。虽然十几年过去了，但社会上自学日语的仍有很多。最近招收日语专业的学校不断增加，非日语专业的在校生学习日语的人数也变得多了起来。像南江经贸大学这样学生自发组织找寻老师的情况，何一夫还是第一次碰到，似乎也感受到了什么。他答应他们了。

第 6 章　日语异常

教师节过去了。

南江市的街道、马路上，到处都还在飘逸着五颜六色的裙子。不过毕竟是到秋天了，气候是有明显变化的。

在只有 4000 名在校生的南江农林大学里，第一学期报名日语公共课学习的就有 260 多人，几乎涉及全校所有专业。因为白天不好协调，所以日语课只好安排在晚上。穿着没有领章的草绿色衬衣，束在军裤里，何一夫军姿不改，精神依旧。他第一次如此亮相于讲台上时，先是静场，接着便是一阵热烈的掌声。

今天晚上是要去隔壁南江经贸大学上课的。何一夫刚刚放下饭碗，南江经贸大学的两个学生就到了。因为第一次去上课，他们是来给老师带路的。他们上次商定的结果是：时间三个月，帮助大家日语入门，至于以后学生自己可以采取其他方式如通过广播、电视等继续提高。酬金每次只收 30 元，交通补助费。

何一夫怎么能收学生的钱呢？一是此前在军队院校里未曾遇到过，二是授课收费这种事情社会已经认可，但对何一夫来说还有一个适应的过程。虽说此次日语补习得到南江经贸大学相关部门的认可，但这是学生自发的，从到校外找老师到具体组织都是不容易的。他之所以答应是被他们的积极性所感动，情绪所感染，态度所感化，他要去具体感受一下这种氛围。不管以后人们的金钱观如何变化，不管何一夫以后是怎么想的，但在当时不计报酬确实发自何一夫的内心深处。传统教育，部队经历，来自中部地区，这些都可以说是原因。一句话，他所受过的教育和成长的历程决定了他这种选择的必须和必然。

自 1972 年中日两国恢复邦交正常化已经过去了 20 来个年头，日语在中国人的心目中才慢慢抬起头来，逐步取得了与其他语种同等的地位。这是何一夫的基本估计。但是到了南江市以后，有两个"没想到"在等着他：一是没想到学习日语的国人这么多，学习日语的热情这么高；二是没想到日语师资这么少。与其他外语语种相比，日语发展的势头好像突然迅猛了起来。不久他便发现，这种现象不仅在江东省，好像全

国大部分地区都是如此。原来全国年招收日语专业大学生的总数充其量只是三位数，现在不仅招收日语专业的大学在增加，而且要求将日语开成必修课的其他专业的大学生涉及很多院校，还有不少中学生也不学英语而改学日语了。何一夫自觉自己的基本估计已经跟不上形势。

南江农林大学原来是个理科大学，但也力争与时俱进，近几年迈向综合性大学的步伐明显加快。不仅是原有的理工科，就是经贸、文学、法学、艺术等专业也引进了不少人才。综合性大学的框架基本搭起来了，处于人才补充的发展中。在全民重视外语、学习外语的时代，外语专业在这里自然也是受到空前重视的。但南江农林大学的外语师资也可想而知，特别是日语师资可以说是空白，引进外语人才特别是日语人才已经提到学校的日程，刻不容缓。何一夫的到来自然受到格外重视。

教师节刚过，教务处江处长就主持召开了一个外语教学方面的座谈会。参加者有主管教学的校长和基础系的主任、何一夫外还有一个英语教授及其他相关人员。最终的共识是，英语专业起步比较早，不仅有本科生，好几年前就已经和南江大学联合招收硕士研究生了。现在要将日语专业建设提上日程，必须继续抓紧师资引进，争取早日申报日语专业。眼下只有一个日语老师，所能够做到的是开设日语公共课，以满足迅速扩大的学习日语的普遍要求。

作为沿海地区的南江市，日语突然走俏，出乎常人意料，而且日语师资严重缺乏。更费解的是南江市似乎又不像周围其他城市那样大张旗鼓地快速发展日语，给人遮遮掩掩、犹抱琵琶、欲言又止、欲罢不舍却又非此不可的感觉。这一点何一夫感觉到了。虽然他刚到南江市不久，但他对此的预感逐渐强烈起来：日语在南江市的发展潜力似乎很大，亟待开发。到底是什么原因呢？

一天晚饭后，何一夫和董玉荷扯起了这个话题。

"你问什么原因？这还不清楚？向日本学习呗。"董玉荷随口应道。

"这个我知道，日本比中国先进，要学习他们的管理经验。不过一下子这么多人都学习日语，正常吗？总觉得心里有点怪怪的。"

"就是的。一下子都往日语上挤，好像说起外语就只有日语而没有其他语种似的。"

"不过话再说回来，这也难怪。不仅是先进的管理经验，就是生活水平，日本也比中国高。中日交往大门刚打开时，某个城市不是就有一些女孩子一窝疯似的抢着东嫁日本了吗？"何一夫对此记忆犹新，当时自己还在部队里，私下议论就有很多。

"真乃此一时彼一时，有些人的胸怀就是博大，几十年前的事情恐怕早都忘光了。不过那些都是过去的事了。"

"是啊，应该向前看。不与国际接轨好像也不行啊。可一说到国外就好像什么都比中国强，中国变得什么都不行。这几乎是众口一词。而且舆论上好像也让人受不了啊。"

"什么意思？"董玉荷愣了一下，她确实一下子没有弄明白何一夫想说的到底是什么意思。

"如果你对此有不同意见，就会有人批评你反对改革开放，批判你是民族主义、民粹主义。"

"民族主义？好歹还顾及到'民族'二字。我不懂这些理论，但我知道改革开放是为了把自己民族的事情做得更好。如果抛弃民族，或者脱离民族谈什么改革开放，那还有什么意义呢？"

"不谈民族利益的改革开放让人无语，所以说有些专家的话不可信。不管他们如何解释民族主义，将其分成理性或温和的民族主义、狭隘或激进的民族主义，还有极端民族主义什么的。我们只有把本民族的事情做好了，才能谈到其他。"

"所以不要把改革开放和本民族的利益这两者割裂开来。"

"不要孤立地把民族主义当作一个大棒子。一切事情都要以民族为基础，脱离民族利益高喊什么都没用。说得重一点，这些人中间有一些是别有用心的。"

"就是。中国一说要把自己的事情做好，国内外就都会有人站出来批判这是'民族主义''民粹主义'什么的。怎么没有看见这些人去批判美国、批判日本的呢？"

是啊，似乎有些舆论在天天告诉你，空气在天天围着你：日本什么都比中国强，美国什么都比中国强，外国什么都比中国强。

改革开放已经过去十几个年头，国内在中日之间交往方面的速度还不平衡。中日断交若干年，恢复邦交以后自然还有一个缓冲期、适应期。有的地方和日本的交往发展快一点，也有慢一点的。南江市虽然位居沿海地区，但与日本交往则为后者，其中自然有南江市的一些特殊情况。

日本侵略者曾经给中国人民带来永远不可否认的灾难，中国人民不会忘记，南江市人民同样不会忘记。但是到了今天，南江市人民已经和全中国人民一样对中日交往表现出了无可比拟的博大胸怀。而有些日本人呢，似乎对此并不放心，不敢一下子与南江市走得太近、太快。他们在试探性地和南江市接触、交流，他们时刻都在保持着某种戒心。据说有一批日本友人来到南江市，他们在市里看到金秋恳谈会的横幅和标语，就私下再三询问翻译这些是否和他们有关；有日本友人去参观长江大桥，看到江里的一些船只便反复询问是不是军舰。他们到中国特别是到南江市来，不管是旅游的还是来投资的，心里总归有点不踏实啊。理解！心中无鬼，敲门不惊。

这是一种正常的反应，这是一种彼此都心照不宣的必然反应。

江东省的多个沿海城市的中日交往在早几年就如火如荼，方兴正浓。这种局面正摸着石头似的向着南江市默默而来。随着时间的推移，日本人来南江市的数量、次数由少到多，逐年增加。可以说在改革开放以后过了相当一段时间，到南江市的日本旅游者才多了起来，日资企业多了起来，相关机构多了起来，中日合作的项目也多了起来。

此时此刻，南江市的日语学习者开始增多，可以说是具有一种略显迟来的超前意识，也可以说不是一种按照常规思路可以解释的正常现象。作为引进人才，作为日语教育工作者，何一夫原来想到的就是到这里后在课堂里上上课而已。南江市的日语教育虽然开始受到重视，但底子薄、基础差，原来只有一所大学招生，年招收本科生20名左右。面对如此快速变化的需求，以后会如何发展？发展速度如何？潜力如何？前景如何？似乎都还心中没底，都还需要有人去考虑，去调查，去研究。何一夫下决心了，近期自己在完成分内工作的同时要进行一些调研，至少要向学校提供一个关于南江市日语发展的、具有一定前瞻性的、能够操作的可行性调研报告。

何一夫和两个学生骑了十来分钟的车子，就到了南江经贸大学的教室里。人数之多在意料之中却超乎预料，看来带来的80份调研答卷是不够了，只好在上课之前简单询问了一下。为什么没有老师还要到外单位请老师来教学日语？学习日语的目的是什么？其中多数举手是因为就业时懂日语者优先，至于出于个人兴趣和其他目的的则比较少。

何一夫的心里又被触动了一下。想想当初在军校分配自己学习日语时，虽说服从分配，内心没有抵触，但总感觉日语还是没有英语地位高、用途广，将来也没有英语吃香，谁知道现在日语竟然会影响到其他专业的就业。真是此一时彼一时。

第7章　日渐情深

1. 犯点嘀咕

说起来我国教师节的时间安排还真有点意思。新学年开学后不几天就是，而且和中秋节、国庆节挨着，被称为"三节"。虽说"三节"挨着，但间隔也有20来天。

何一夫一家到达新单位后的第一个"三节"的内容是很丰富的。先是教师节，扬芋芋请吃；中秋节常德益回来，三家团聚；国庆节是茅时做东，三家一起庆祝国庆。何一夫在假期中间自然也做东了一次，这一点他们的脑子是很清楚的。

在此期间还有一顿饭也是三家一起的，不过是茅时二次做东，宴请刚到南江农林大学任教的英籍女教师艾米莉。艾米莉是茅时介绍来的，听说茅时在留学时就认识艾米莉了，自然他要表示表示。

茅时是私人宴请，非要何、常两家去作陪。何一夫想，反正是假期，加深了解也是必要的，以后找机会回请就是，因此劝动了夫人一起去。三家四方10个人，有大人有小孩，有男人有女人，有中国人有外国人。艾米莉说英语也夹杂说几句简单的汉语，中国人自然说汉语，有时也说几句英语。艾米莉汉语不怎么好，常常要翻译成英语给她听。好一个语言大杂烩！准确和不准确的汉语、英语无规则的搭配、交替出现，倒也使气氛别样融洽。

宴会中间，艾米莉偶然说到了"酱油"一词，对茅时说："茅先生，欢送你回国时他们和你说的'酱油酱油'的，什么意思？我一直想问问你。"

茅时一听此话，赶忙转移了话题："今天是欢迎你。这个以后再告诉你，现在喝酒。"当然这几句是用英语说的。

说起酱油，还有一个故事呢。这是茅时在留学期间发生的一件小事情。

茅时的性格非常严谨，凡事不论巨细他都会搞得清清楚楚，一是一二是二。听说在本科读书时几个同学去饭店吃饭，他就曾把餐巾纸拿过来一张一张地平均分配

给每一个人。他的日常生活是非常节俭的，有时候接近于吝啬。茅时出生于中国的某个中等城市，能够承担起自费留学的开支，说明他的家境也还是可以的。他出国留学后，和另外两个留学生租住在一个单元里，共用一个厨房。他很想在酱油瓶上做了个记号，却又怕同屋的人说他小气，最终他还是发明了将酱油瓶倒过来做了个小小的标记。仅此也可见茅时的智商了吧。偶然和必然是有联系的。一天在厨房里他正倒过来看瓶子的时候被另一个同学看见了。这个同学当时并未声张，不过告诉了另外一个同学。回国之前，艾米莉请他们三个人聚聚，这个同学就借酒说话："你呀，就是个酱油。"另外一个同学当然知道是怎么一回事，故意趁着酒意逗他说："什么酱油？说出来大家听听。"茅时似乎明白了，赶忙作揖，死活不让说出来。没想到今天又被抖落了出来，看来那两个同学也没有把这件事告诉艾米莉，他便赶忙把话题岔开。

有些上海人很吝啬，几乎无人不知，可也不一定。茅时是典型的北方人，说起他的吝啬也是到达顶点了。据说在国外读书时，他就专门去可以退货的商店买东西，用一次再找个理由退回去，当然每个商店、每种东西只能去买一次。你说取牛奶没有学问吗？不然。校家属区的紫云商店代订牛奶，每天早晨牛奶公司将牛奶运至紫云商店，个人订户再去紫云商店从开放式的框子里拿走即可。何一夫看着茅时摸了好几个奶瓶才拿了一瓶，便好奇地望着他。茅时说："你也来摸一摸这两瓶。"然后一边走一边对何一夫说："奶瓶特别凉的是昨天剩下放在冰箱里刚拿出来的，温度略高的才是今天从牛奶场送来的。这种情况在夏天就特别明显。"后来奶瓶上面有出厂日期就不存在这个判断了。不过在当时，何一夫感到异常吃惊，由衷敬服地对茅时伸出了大拇指。

其实，前举这些都不应该只说成是吝啬，也可以换一个角度来解释：认真、严谨、缜密。这是优点。一个搞学问的怎么能不严谨呢？然而一个人的严谨也应该是会体现在各个方面的。茅时到校第二年就拿了一个省部级项目，资助经费近100万元。5年的资助期限过了，6年过了，仍无结题的希望。这同他的过分严谨的思维方式难道能说没有关系吗？但他的经费收支是经得起审计的，连谁用一支圆珠笔芯都有登记。

同茅时非常严谨的性格相反，在他身上偶尔也会闹出个令人异常吃惊的笑话。据说校门口的"盛极"理发店搞活动，理发价格由每次15元降为10元，但必须买会员卡，凭卡结算。茅时一下子买了2万元的卡，进门就叫唤："今天赚了1万元。"宫怡芳听了情况以后指着他的鼻子半天没有说出话来，问他一年理几次头发。茅时这时也悟了过来，一年10次，每次10元，2万元要理发200年。天哪，平时自己算得那么细，今天怎么被绕了进去？真是"难得糊涂"啊！记得边上还有一个年轻人一次买了 3 万元，看来比我更傻。他赶忙转身跑去退卡，结果可想而知。

　　当然，这种事情茅时肯定是不会吃亏的，即使吃亏了他往往也有补救的办法。三天以后，茅时把研究生三个年级的班长叫来开了一个会。内容是他为每个研究生都买了理发优惠会员卡，算是对研究生们学习的鼓励。加上硕士和博士，茅时带有近 40 名研究生，女性占一半以上。男生每年可以理 12 次头发，女生每年可以做两到三次头发。茅时算清楚这笔账，三个班长对望了一下，看样子也都算过来了。他们接过了理发优惠会员卡，坚持不能要老师掏钱，第二天就把 2 万元钱送到了老师的面前。

　　何一夫一家刚到这里几个月，就处在暖暖的氛围之中，感到异常温暖，彼此之间的感情在不知不觉中增近了许多。但这温暖似乎猛烈了一些，集中了一些，令正派、原则、初涉不同环境的董玉荷在心里不得不犯点嘀咕。

　　今年的天气似乎也太有点异常了，立秋已经过去有些日子，连秋分、白露也都过了，可"秋老虎"似乎还没有彻底走开。气温一直都在 32 摄氏度左右徘徊。据天气预报说还得好几天北方冷空气过来温度才有可能降一点儿。是映衬着这热情温暖的人文氛围呢，还是给何一夫全家一个下马威，告诉他们"这里是火炉"呢？望着满校园里晃动的裙子，何一夫却在心里说：你热去吧！最热的时候已经过去了，不就是时间长一点嘛。再怎么说也比外面作业的清洁工、农民工强。而对于同事们的人情温暖，他的心里更是有数的。

　　董玉荷回到家里就对何一夫说："你不觉得有点不太正常吗？"

　　"你是说天气热还是说学习日语？"

　　"我是说几家聚会的事。"

　　"是有点那个。不过你能拒绝吗？有哪一次你能拒绝的？咱们注意回请就是了。现在条件好了，请几次客还是没问题的，不过这个人情也不能欠得太多。"何一夫继续往下说，"夫人，你注意到了没有？就是请客吃饭这一点也和部队有很大的不同。咱们在部队时既没有这么多的宴会，而且请客基本上都是在家里的。地方上呢，我们到这里后看到的是动不动就去饭店，好像都不在家里请客。"

　　"可不是？我还发现对门扬苹苹家除了早饭外，中饭和晚饭几乎都不在家里吃的，经常在吃饭前有人开着小车来。看来老公做了县长就是不一样。"

　　"还有，这里的饭店不论大小、休息日与否，中午晚上都是宾客满座的。我想这不仅仅是收入提高了，估计已经成了一种习惯。咱们也要与时俱进、与环境同步啊。"

　　"我也看出来了。不过，我还注意到了，档次都比较高。你看茅时请外教这一次，恐怕三个月的工资搭进去都不够。"

"艾米莉是外国人，宴请外宾是有这笔开支的。听说外教除了国家规定的工资等报酬外，学校还专门补助外教一笔费用。看来沿海地区就是比内地富裕。"

"还有呢，你看常德益家从我们来了以后这几次请客看绝对不是工资所能支付的，他们出手都特别大方。我在想啊，是不是地方干部都有招待费，不管招待谁，凡是吃饭都能报销的？"

"这个我怎么知道？以后会知道的。现在就不要去操这个心了。咱们还要量入为出，需要请人吃饭时回来找你报就是了。"

"你不找我找谁呀？你倒想有个报销的地方啊？"

"不是，你又理解错了。我是说咱们还是要安分守己，个人请客决不找公家报销，什么时候都要公私分明。"

"这一点我比你清楚。反正咱们就工资这点收入，孩子又正是长身体时期，日常开支也不少，你看着办就是。"

在人生观、世界观、价值观最终形成的关键时期，何一夫夫妇都是在部队里度过的，到了中年才转业到地方。这二十多年来，地方的发展是异常迅疾的，他们到了地方还有一个抓紧学习、迅速适应、不断提高的过程。但他们之间达成的两点共识是始终都要坚守的：一是凡事讲原则，二是不欠人情。共识毕竟是共识，几年以后，这两点共识实行起来好像也变得灵活一些了，但核心内容不变。

一来二去，时间长了，三家交往也就多了。慢慢的，何一夫他们和茅时夫妇走得也多了起来。对茅时家的情况也大致有所了解，宫怡芳是基础系办公室主任，这个早就知道，茅时则是学校前几年从国外引进的博士，进校第一天拿的就是教授的工资。

2. 6 点起床

学校教职工的日语培训在国庆节以后也开始了，自愿参加。第一期暂定为半年，时间放在周三晚上和周日的下午，每周两次。报名参加的大多数是青年，也有少数40岁左右的。宫怡芳报名了，硬拉着扬芊芊也报了名。虽说扬芊芊以前自学过日语，但时间久了，今后评职称要考第二外语，借此机会再巩固提高一下也是有必要的。何况是何一夫教授任教呢，这也是相互加深印象、增加了解、培养感情的一个好机会呢。董玉荷是搞行政的，有一门外语就够了，大学里学过英语，又因为刚到新单位，

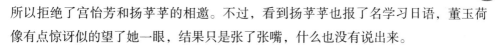

所以拒绝了宫怡芳和扬苹苹的相邀。不过,看到扬苹苹也报了名学习日语,董玉荷像有点惊讶似的望了她一眼,结果只是张了张嘴,什么也没有说出来。

何一夫呢,所有课程加起来每周最多是 14 节课,都是入门课。大学教师不坐班,时间充裕,又是在 40 岁的壮年时期,这点工作量不在话下。他一点都不感到有什么压力,依然故我,生活规律一如既往。

早晨 6 点,天已亮。

何一夫穿好衣服,简单梳洗一下,喝了一杯温开水,就出去早锻炼了。

说是锻炼,其实就是走走,舒展一下胳膊,呼吸一下新鲜空气。虽说是深秋,但在这里也只是略有凉意而已,反倒显得空气更加清新。

何一夫是个日语教授,也是个专家。他尊重其他领域的专家,但对有些专家的结论始终不全相信。譬如最近媒体一直在说:空气是太阳出来后九十点钟时最好,早上最好不要出来。可何一夫的直接体会是:早上的空气最新鲜,感觉最好。难道早上关起门来待在屋里就最好?他相信祖宗们留下的习惯:清晨即起,早睡早起。还有人数落早起的 5 大好处、7 大好处、11 大好处呢!再说,如果连早晨的空气都受不了,人的身体有那么娇嫩吗?倘如此,恐怕健康就要打问号了。早晨屋子里的空气肯定不如外面好。专家们这么说,可能也有难言之隐。譬如说有的地方空气污染严重早晨尤甚,又不敢直说。这个问题也不是个人力量所能及,说了也解决不了问题,只好劝人们适当注意:早上不宜外出,屋里空气比外面的好。何一夫知道自己不是空气专家,校园紧挨紫云山空气还可以,所以他不在这个问题上纠结。生物钟定在 6 点起床已经多少年了,现在也没有必要纠正它。

入学、留校到转业,何一夫穿军装十几年了。虽说军校也是大学,但首先是军人、军队。军校的作息时间和野战部队一样,整齐划一,令行禁止,即使是快要退休的老同志同样也要严格遵守。除了节假日,每天早晨 6 点起床号准时响起,起床,洗漱,操场集中,早操,跑步。董玉荷也因此而改变了青少年时养成的起居习惯。到了南江农林大学以后,他们夫妇两人的作息时间仍然沿袭已经形成的习惯,没有什么变化。

每天早晨 6 点起来以后,何一夫出去锻炼。董玉荷呢?她首先开门看看孩子。孩子已经起来了,再从阳台一望,孩子已经在外面读书了,后来干脆就先往阳台外面看看。自从开始补习英语以后,除了下雨等特殊情况,孩子都在 6 点左右起来,然后就出去背诵外语。晚上一般在 12 点之前就能睡觉,因为孩子的其他功课不须多费力气,布置的作业都会在 11 点之前完成,然后学习 1 个小时的外语。看着孩子的身影,想想孩子一天只有 6 个小时左右的休息时间,董玉荷心里很不是滋味,但又不能阻止这件事情。孩子这种韧劲和认准目标不怕吃苦的样子像何一夫,也像自己。

她现在所能做的似乎就是两件事情，一是逼着他晚上12点之前必须上床睡觉，二是一日三餐尽量做得好一些。

早饭通常是油条、馒头、烙饼之类，还有牛奶、鸡蛋、稀饭也都是不可少的。除此而外还有一个凉拌菜，或拍黄瓜，或焯豆芽、芦笋，或凉拌白菜叶子、萝卜缨子什么的，他们很少吃外面卖的腌制的咸菜。7点之前早饭做好了，孩子也上来洗漱完毕，然后吃饭去学校。何一夫早锻炼回来后便吃饭，有课上课，没课就坐到桌子前备课、看书、写东西。

附校离家属区住的地方不足200米，且在一个院子里。何振华他们这些孩子们享受不到家人天天接送的乐趣，可以自己去学校，路上很安全。

董玉荷在校机关工作，科级职员，没有什么实权。可她的名气不小，几年之后在学校里几乎所有熟悉她的人都叫她"董大姐"，很少有人称呼职务的。

实际上她引起别人尊重的主要有两点，一是热心助人，二是性格开朗。据说刚上班时有同事曾故意逗她、刁难她，董玉荷皆以笑回之，反而让对方不好意思了。董玉荷刚开始和张调研员在一个办公室办公。张调研员正在办理退休手续，几乎不来，实际上她是一个人一个办公室。有什么事情办公室会专门通知她，可故意不通知她、让领导和别人等候的时候也有。她对别人说，这些都是一些雕虫小技，说出来我都脸红，我不会放在心上。你说巧也不巧？小说里、电影电视里出现的场景就硬是被她给碰上了。你说没有报应吗？急性阑尾炎发作为什么选择这个时候？谁教你欺负刚来的、和你又没有利害关系的老实人？报应来得真快，周围有人这么议论。你说有报应吗？这不是唯物主义的观点。董玉荷不相信这个。那个喜欢刁难她的同事突然急性阑尾炎发作，办公室的人都出去办事了。董玉荷正好路过，看见她一个人在屋里，就打了120并陪着去医院，一直到病人的先生到来。后来的事情就不用多说了。不管是谁，不管什么事情，只要不妨碍地球转动，董玉荷都能予以理解和容忍，都能伸出援助之手。

3. 元旦到了

元旦到了。

何一夫他们来到南江市已经快半年了，基本熟悉了新的环境，包括生活环境和工作环境。除了何振华的外语学习以外，好像没有什么再让他们牵肠挂肚的事情了。

开学以后，孩子们进入有学校主导的正常的学习轨道。菲菲他们三个孩子暑假每天一次的学习变成每周一次，时间放在周日。此外，扬莘莘又帮助找了一名家教专门辅导何振华的英语。

值此辞旧迎新之际，何一夫夫妇商议怎么借此机会感谢一下扬莘莘一家多方面的帮助。

董玉荷先是提了两瓶酒到扬莘莘家，礼物不重，表示心意而已。

扬莘莘怎么也不肯收，说不愁没有酒喝。董玉荷也不退让，坚持让其收下，扬莘莘只好收下。不过她先让董玉荷在沙发上坐下喝杯水，然后她又从一个房间里拿了四瓶当地的名酒——洋沟大曲，并随董玉荷后面跟了过来，说是常德益他们县生产的，尝一尝。

董玉荷来过常家 N 次了，她注意到这个房间的门经常关着、锁着，今天是第一次在她面前打开。她没有跟过去看看，好奇心不要太重，再说这也是礼貌问题，没叫你跟去就不要跟去。

最终的结果是扬莘莘收下董玉荷的两瓶酒，董玉荷又收下了扬莘莘拿来的四瓶酒，商定两家再一起吃顿便饭。董玉荷坚持做东，无论如何要把这个心意表一下。

何一夫夫妇对于孩子的外语学习很是着急。孩子的外语虽然经过近半年的努力有了明显的进步，但毕竟落后同班同学太多，而且还有半年就升初中了，一想到这些就有点不知所措。尤其是何一夫，虽说自己从军校日语专业毕业，学的英语不多，教教孩子入门是没有问题的，但因为刚转业到新地方工作，辅导孩子外语的时间也受到较多限制。幸亏菲菲他们每周一次帮助补习，现在扬莘莘又帮忙找了个家教，这件事怎么感谢也不过分。

何一夫的酒量还是可以的。据说军队在这方面也有规定，公共场合喝酒一般不能超过酒量的 1/2。何一夫是军人，自我要求很严，除了极为特殊的场合，一般都有所控制，决不超过酒量的一半。再说喝多了不仅会影响印象，对身体也不好。转业到地方以后，刚开始还可以守住这个底线，慢慢的，这个底线就守不住了。元旦请常德益家吃饭，又怎么能不尽兴呢？常德益的酒量自然不用担心，再加上两个夫人，两斤白酒一滴也没有剩下。

饭后何一夫回到家里就对孩子吼道：

"过来把单词给我背 100 个。"

100 个？怎么可能呢？何振华没有接话，他能体会出父亲此时的心情，只是因酒多而说出内心的焦虑而已。

他顺从地走了过来，背了没几个单词，就听见他爸爸的鼾声了。

董玉荷挥了挥手叫孩子离开，她拿来了热毛巾给丈夫擦了擦脸。她知道自己丈夫的醉酒主要是因为孩子的学习，自己着急又代替不了孩子，最终还是要孩子自己学习、掌握。何振华呢，也知道，他的父亲从来没有吼过他，只是转业到地方以后才像变了一个人似的，每个星期都会有一次吧，后来他发现全是因为自己学习的事情。何振华是一个要强的孩子，也是一个懂事的孩子。他从不埋怨父亲对自己的态度，认为只要自己的成绩上去了，他的父亲还会和以前一样，心情变好，也不会再吼他。他有这个自信，成绩肯定会上去的，只是需要时间而已。

4. 朋友之助

元旦刚过，天气还不是那么冷。不过，梧桐树上的叶子都纷纷落地了。

吃过晚饭，董玉荷等三个女人一如既往地散步在空气还算宜人的校园里。

扬莘莘无意间说到明天要去参加省外语研究会的年会，接着自然就扯到孩子的中饭和晚饭问题。宫怡芳非常爽快地说：

"没问题，中饭我负责吧。"

扬莘莘说：

"中饭还好对付，就是晚饭。我散会回来估计都到八九点了。"

"明天是星期天，我们和茅时的几个朋友晚上有个聚会，那……"

这时董玉荷才插上嘴：

"你们都忙吧。中饭晚饭都由我来负责。一个孩子要做饭，三个孩子也是做饭。"

扬莘莘散步回到家里，对菲菲做了如下交代：明天是星期天，我去市里开个会，晚上回来。中饭晚饭都去你董阿姨家吃吧，别忘了给振华补习外语的事情。

第二天晚饭时分。

何一夫有应酬，没有在家吃晚饭。

三个孩子下午在一起学习了两个小时，然后在何家吃了晚饭。吃完饭茅茅和菲菲就都回去了，何振华依旧坐到了他的桌子前面。

扬莘莘突然敲门进来了。董玉荷说：

"怎么回来这么早？肯定还没吃饭，我把剩饭再热一下。"

扬莘莘一边吃饭一边说：

"菲菲她外公突然急病住院了，常德益派来的车子马上就到。我得回去一下，看看情况再说。"

"你先别着急，既然已经在医院了，常德益又在边上，你就放心吧。孩子的事情交给我。"

"那就麻烦你了。"

"你放心吧，孩子起居饮食都有我呢。你回去先看看，根据情况再决定是否要来省城医院检查一下。"

"我们也是这么想的。那就谢谢你了。"

说话之间，车子就到了楼下。扬苹苹匆忙回到屋里给菲菲交代了几句，就走了。

第三天，常德益夫妻把老父亲接来省城到大医院彻底检查了一遍，并无大碍，住了几天医院，出院后又在女儿家住了一段时间。

常德益在外地工作，扬苹苹虽说不坐班，时间安排相对自由，但要上课，总有顾此失彼的时候。老人在这里，还有孩子的学习等，董玉荷和宫怡芳都帮了不少忙。扬苹苹从内心里感觉到：远亲不如近邻，朋友还是不可缺少的。他们都是值得信任的朋友。后来，扬苹苹和董玉荷两家如果是假期探亲或者是外出旅游，只要外出时间长一点的有时就把房门钥匙留给了对方。

说来也巧，扬苹苹的父亲回去没几天，常德益也病了，据说是倒在会场上。县医院临时处理了一下，便旋即送到了省城医院。通身检查了一遍，什么 B 超呀、CT 呀、共振呀，所有现代化医疗检查器具都用上了，结果是重度脂肪肝，其他零件皆为良好。

话说这一天扬苹苹刚刚下课，便习惯性地打开手机，只见一条短信跳了出来："常县长已到省城医院，请速联系。"

扬苹苹一惊，赶忙和手机上的电话号码联系，回答说车子已经在楼下等着了。扬苹苹匆忙回到家里，放下东西直奔医院。在车上，她又和董玉荷通了电话，请她照顾孩子的晚饭等。

常德益自己很清楚这次住院除了工作劳累以外还有什么原因。他出院回去以后当即就在县常委会上提出强烈建议：午饭时一律不准喝酒，极为特殊情况必须提前请示县里第一把手，且不得先斩后奏。

常德益当时还不知道这条建议功德无量。不仅在全县，其后还在更广泛的范围里得到了采纳和推广，他更不知道这条建议延长了多少干部肝脏的工作时间，甚至是挽救或者延长了某些人的生命。

实践证明工作午餐不是必需的。工作就是工作，午餐就是午餐，工作午餐偶尔来一次当然也没问题。除了如战争时期那种时间就是生命的紧迫情况以外，现在的生活有必要天天都吃工作午餐吗？如果天天都是工作午餐，午餐时都要谈工作，身

体能吃得消吗？边工作边吃饭容易影响消化和健康。不仅影响健康，其工作效率恐怕也不能得到全部肯定。再说有些中国人的展开性思维很擅长，不仅工作午餐加上了啤酒、白酒，而且内容也大有变化，由盒饭演变为多菜多汤、七碗八碟，据说有利于沟通感情，提高效率。试问酒精在大脑里帮忙，感情是沟通了，工作效率会提高吗？除了工作午餐，还延伸到了工作晚餐。长此以往，身体不发生变化才怪。这种做法实际上也可以说是一种误解，引进国外先进的管理经验不等于不分情况和需要天天工作午餐，不应该只注重形式，应该看重工作午餐所产生的效果。

常县长住了三天医院，扬莘莘调了一次课，也在医院陪了三天。至于孩子嘛，恰巧处于期末复习考试，多亏朋友帮忙，一日三餐等日常起居、上学等基本上全交给了董玉荷她们。扬莘莘家一遇到什么事情就把孩子托付给董玉荷，可董玉荷似乎一点怨言都没有，好像还挺乐意的。你说怪也不怪？

说透了也就不怪了。

董玉荷每天要按时上下班，不仅工作上还有家里都有不少事情，生活也是比较紧张的。扬莘莘家遇到的两件事，她帮了不少忙，感到很累，但她心里很高兴。虽然她常在心里对何一夫和扬莘莘他们两人之间的感情打个问号，但毕竟没有异常情况发现。只是来自扬莘莘的关心多了些，热情了些，恐怕自己也多心了点。两家门对门，又在一个单位工作，她们家来得早，情况熟悉，主动、热情帮忙不是很正常的吗？不要老是疑神疑鬼的了。现在她在心理上似乎也找到了一个平衡点，朋友嘛，就是要互相帮助。不能老是接受别人的帮助，可能条件下也要帮助别人。就是专门为领导服务的通信员，时间长了，领导也会想着能为这个通信员做点什么，何况我们是地位平等的朋友呢。这种心理是任何正常的人都会有的，来而不往非礼也。心理学上对此肯定也有个说法，在这里就先叫它"平衡心理"吧。经常受到扬莘莘家帮助的董玉荷，对扬莘莘家也能经常有所帮助，这样心理上才有所平衡，彼此交往才能正常，才能持久。平衡心理，倒不是机械地理解说对方帮你一次你也要帮对方一次，只是说朋友遇到事情需要帮忙时就应该帮忙。这不仅是中华民族优秀的传统美德，也是做人应该具备的最起码的道德要求。

第8章　寒假就是寒假

1. 英语家教

马上就到春节了。

何一夫他们一家到南江农林大学以后的第一个春节马上就要到了。

过了元旦没几天就进入了复习考试阶段。何一夫的课程也都全停了。隔壁经贸大学的日语辅导班已经结束，不再继续，学校里的教职工日语培训于元旦前结束，下个学期另行开班。趁此机会何一夫把本学期的调研情况整理一下，准备写一份《南江市日语现状调研报告》在寒假前交到学校里。

何振华的外语从暑假开始补习，开学以后菲菲辅导振华的外语改为每周一次。因为时间变少了，所以扬芋芋特地从大学生中又物色了一个家教，每周两次辅导何振华的英语。这样也好，何振华的情况不能和学校的一般安排一样，要根据具体情况因材施教，随时调整进度和速度。

扬芋芋说这个辅导是免费的。她是英语老师，认识的懂英语的大学生自然多一些。对于免费，董玉荷也没有丝毫怀疑过。因为这种免费辅导在部队是一种正常的现象，再说扬芋芋也没有必要垫付这笔费用。直到快放寒假时董玉荷才知道这不是免费的，毫无疑问是扬芋芋出的钱。

本学期最后一次辅导结束时，董玉荷拿出两瓶酒感谢那个大学生，对他说：

"这学期你辛苦了。这两瓶酒寒假回去时带给你父亲春节喝吧。祝你们春节愉快！"

那个大学生突然出乎意料地说：

"平时给家教费用就够了，怎么还能再拿您的礼物？"

董玉荷这才知道何振华的英语辅导不是免费的。她接着就去了扬芋芋家，扬芋芋自然怎么也不会收这笔钱的。虽说就一个学期，费用并不是很多，现在条件好了，

这点支出不算什么，但难得她这份心意了。彼此心照不宣，过分坚持反而不好，以后再找机会吧。最终董玉荷还是照扬芊芊的意思办了，下学期的辅导费用由董玉荷自己支付。

扬芊芊为什么要垫付这笔费用，明人一看便知，在此就不啰唆了。他们两家的关系就在这些日常交往中通过这些小事而不断地得到升温和延续。

何振华有常菲菲的帮助，特别是本人的刻苦，半年后外语有了明显的进步。这也是一种必然的结果。虽然成绩勉强刚及格，但何一夫夫妇还是感到有点意外的，借此机会狠狠地鼓励了孩子一番。何振华觉得成绩在班里倒数，这是前所未有的，有点闷闷不乐。在父母的点拨下，何振华的脸上也露出了笑容，说："爸，妈，就照这个速度，明年你们再看吧。"

2. 寒假就是寒假

何振华他们小学放寒假了。南江农林大学也放寒假了。

扬芊芊和董玉荷商定让孩子先放松几天，决定带着两个孩子到常德益所工作的县里去看看。茅茅家有别的安排，三个孩子在寒假开始的几天里分开行动了。

扬芊芊和董玉荷及两个孩子共四个人坐上常德益派来迎接的专车，出了南江市，上了高速。

天空是格外晴朗，空气是格外蔚蓝，太阳是格外红圆，气候是格外宜人。不仅仅是南方的初冬本来就不是很冷，而主要是这大自然的环境与南江市有着明显的不同。上了高速不久，他们就在一个服务区停了下来，在到达目的地之前先享受一下在南江市所享受不到的空气、蓝天、暖日。

又过了不到两个小时，他们到了常德益所工作的江中县。连接高速公路口的是直通县城的一条异常宽阔的公路，中间一条绿色的隔离带和公路一起向远方延伸。公路两侧高高地竖立着用中英文两种文字书写的巨幅标语：狠抓两个文明建设，发展才是硬道理；坚持四项基本原则，全面走向新世界。在高速上清清楚楚地看见这几个大字是不用望远镜一类辅助工具的。如此这些，展现了江中县人民正以某种姿态迎接四面八方的来客，同时也在向高速上途经此地的各方神圣宣传江中县人民的决心、目标和胸怀。

车子在前往宾馆的街道上继续行驶。董玉荷注意到街道两旁几乎所有较大的商

店、机关等的较为醒目的招牌或者标语等的汉字下面都书写有同样内容的英语文字。看来常德益的工作是很有成绩的，其能力和气魄不可谓不大。据说常德益原名常德义，是来这里报到后改为"常德益"的。这一改，既改出了新的内涵，同时也不失某种含蓄与意味。

当天下午，扬苹苹她们由专人带着在县城里逛了逛，晚上是县里有关领导宴请。江中县人民热情好客，宴会的规模、场面，董玉荷还是第一次见到。以前住在军队的院子里，太孤陋寡闻了，看来军队要好好向地方学习啊。董玉荷的心情一下子愉悦了许多。

第二天早饭后，由县政府办公室副主任陪同，专车前往银山寺，自然有导游专门讲解银山寺的起因和发展及现在的规模、影响等。

江中县里有座不大的山，曾位列于全国最小八大名山之列。本无名，后名曰"银山"，似与江南"金山"对应。传说山上有座庙，始建于盛唐时期。该庙是当时出家的一位著名僧侣所建，后因位于银山之中，遂名曰"银山寺"。经历代扩建，银山寺到明代达到鼎盛，渐成"雾锁银山、天泉夕照、索桥悠悠、九曲放排、竹海晨曦、百鸟朝凤"等六大景观。

银山寺很有名，且名气越来越大，香火一直很旺，挂有外省市牌照的车辆一直都有不少。真是应了那句古典名言："山不在高，有仙则名。"

县城到银山有 30 多里路程，京沪高速通过银山山脚，然后经过县城边上直达北京或上海。扬苹苹和董玉荷来这里都是第一次。快到银山山脚的时候，她们从车窗里突然发现，远眺银山就是一派非常独特的风景。这道风景在所有与银山相关的宣传照片里面好像都没有见过。

"你看这幅景象真是绝景啊！"扬苹苹对董玉荷说。

董玉荷顺着她的手指望去，惊讶地说："可不是？太美了！"

扬苹苹说："要是能在这里照张相片那就太好了。"

"下了高速再照吧。"

"那肯定要逊色不少。"

这时，那个陪同的办公室副主任说话了："这个好办。停下来照两张就是了。"

一听此言，扬苹苹和董玉荷都不由得张开了嘴巴，露出欲言又止的样子。就听见那个副主任在电话里说："喂，是老李值班啊！我们常副县长的领导从南江市来了，你让路口封闭 20 分钟。"

董玉荷张开的嘴巴还没有合上，就见扬苹苹侧着望了自己一眼。眼中之意，董玉荷自然明了。让董玉荷惊诧或者说需要学习的是，高速公路的管理竟然如此这般？

也许是初级阶段有待进一步完善吧？也许现在是试运行？那个办公室副主任自然注意到这个细节，赶忙解释说现在处于试运行阶段。随后她们就在高速上停了下来，对着银山照了好几张远景的照片。

虽是冬天，但山里的温度仍在 10 摄氏度左右。银山寺居于南山坡中间，并无寒风袭来，倒是暖日头顶高照，情意徐徐。她们在山里又转悠了一会儿，中午在半山腰的饭店里吃了便饭。她们一直都处于异常愉悦的心情中。两个孩子另有一个小阿姨陪着，自始至终也都亢奋不已。

董玉荷感觉到此次游玩不仅换了个环境，放松了心情，也增长了见识，特别是对孩子来说也是一种学习，以后假期中间都应该要考虑为孩子增加这方面的内容。

第三天，专车将他们送回学校。和人一起下车的还有一批过年的土特产，包括草鸡蛋、鸡鸭、猪肉牛肉、酒烟等。

3. 孩子辛苦

孩子出去玩了两天，回来又投入到了紧张的寒假作业中。

何振华的主要精力仍然是放在补习英语上，其他课程的寒假作业无须担心。三个孩子在一起学习的时间又变成了每天一次。

寒假时间不长，加上又是春节，外面的补习班不管有没有也不上了。因为外语学习占据了何振华的太多时间，还有繁重的寒假作业。孩子们太紧张、太辛苦了。

据说现在的孩子们根本就没有假期，只是将学习场所从学校搬回家里，比在学校里自由一点而已。孩子们真是赶上好时代了，从懂事那天起就变成了一个大口袋，吸收着方方面面的永远也没有止境的知识和营养。家长、社会都往这个口袋里塞着自认为是有用的东西，书法、舞蹈、钢琴、美术，甚至武术等，也不管这个口袋能否装进去、能否装得下。

一天只有 24 个小时。可媒体说一个"虎妈"给正在上小学的孩子每天安排 18 个小时的学习，一个"着急妈妈"为孩子一下子报了 17 个"培优班"。为什么？图什么？

其实学生在学校的学习就已经非常辛苦了。学校对学生的要求也都异常严格，因为学生的成绩同老师的考核、评奖、晋级等密切挂钩，配套措施自然设计得也相当严谨。某某小学生与老师沟通不好，不管是什么原因，老师马上就要求将某字写

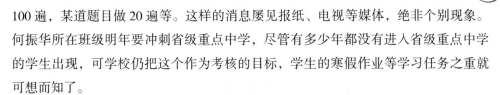

100 遍，某道题目做 20 遍等。这样的消息屡见报纸、电视等媒体，绝非个别现象。何振华所在班级明年要冲刺省级重点中学，尽管有多少年都没有进入省级重点中学的学生出现，可学校仍把这个作为考核的目标，学生的寒假作业等学习任务之重就可想而知了。

现在又有什么"不能输在起跑线上"的糊涂逻辑出现，中国的孩子们太辛苦了。

何一夫曾不止一次地在公开场合发过飙：

"教育家们都在干什么？小学生入学第一天就背着十来斤的书包，有的干脆拖着拉杆箱。难道书包越沉孩子的成绩就越好？尊敬的专家们，你们到底是怎么想的？"

何一夫只差说粗口了。他和所有家长一样都非常心疼自己的孩子。但他和别人不同的是，他毕竟是一个大学教授，教育心理学、教育规律什么的毕竟也知道一些。即使孩子今冬寒假没有去县里旅游，他也要让孩子在假期中间玩几天的。

在何一夫的内心深处，还有另外一种想法。小孩子自制能力差，一旦上了紧箍咒就必须一直坚持下去，不可松下来，否则必定退步。不管是从幼儿园还是从什么时候开始，从开始的那个时刻起就给孩子戴上了紧箍咒，就要一直戴到能够自我约束为止。果如此，人生就真是太那个了。要让孩子小时候玩得痛快，天性才能彻底解放，身心才能得以健康发展。这种看法在现在是不合时宜的。何一夫很清楚，他能做到的就是让孩子每天在做完作业之后就出去玩一会儿，尽量挤时间让孩子从书本里走出来。现在不行了，要补习外语了，要给孩子上紧箍咒了，但也不能太紧了。孩子太辛苦，不落忍。再说，盲目地无止境地要求孩子，实不可取。

话再说回来，孩子在学习阶段肯定是很辛苦的，哪有不辛苦就能学习成绩好的呢？传说明朝刘伯温一夜梦中读遍所有史书，醒来后倒背如流。这是不可能的，在现实中是不存在的。一分辛苦，一分劳动，一分耕耘，才有一分收获。何一夫对那些以爱的名义对孩子让步，以赏识教育为名、以素质教育为借口对孩子疏于严格引导等也是不以为然的。学习不是一件快乐的事情，关键是"度"的把握问题，过犹不及。现在的孩子辛苦过头了，没有家长不心疼的。仅就假期来说，家长的正确做法应该是：帮助孩子合理安排假期，还尽量多的时间给孩子自由支配，而不是一味地加码。

扬芊芊想到附校好多年都没有学生考入省级重点中学，常菲菲成绩名列前茅，再好也还是在本校初中部继续深造，所以就毅然决然地安排孩子出去玩两天。董玉荷想到孩子的英语拖了后腿，即使再抓紧明年竞争省级重点中学也是没有希望的，加上扬芊芊的盛情，她也同意孩子出去玩玩。说到底，她们都是一个原因：心疼孩子，孩子们太辛苦了！孩子们辛苦过头了！至于扬芊芊是否还附带有别的什么原因，

就不得而知了。

　　不过，扬苹苹始终都没有忘记让孩子学习外语这件事情，出发前一天她就准备了关于景点的一些资料。但考虑到振华这个孩子的自尊心问题，又是假期中间，所以只选了二三十个有关景点内容的英语译词，让孩子们自己结合实际情况对号入座。

第 9 章　日语突起

1. 日语启动

暖冬。真真切切的一个暖冬。

俗话说：酷夏必有暖冬。好一个暖冬，暖得有点离谱了。都进入三九了，温度还在 10 摄氏度左右。这在南江市也是几十年才能遇到一两次的情况。

天气极端异常好像不只是南江市，近几年媒体屡有类似的报道，西南地区降下前所未有的大雪，新疆、宁夏 6 月飞雪，北京气温高于南京等。

何一夫寒假值班。

一天上午，他刚到办公室，就接到校长打来的电话。实际上就是一句话的事情：我们传阅了你提交的《南江市日语现状调研报告》，初步认同你的建议，成立"日语培训中心"一类的机构，等开学以后你再专门向校长办公会议汇报一次。并让何一夫立即进入筹备阶段。

自从有了调研南江市日语现状的念头以后，何一夫对此确实花费了不少的精力和时间。他走访了市内十几所高校的日语教学或培训方面的情况，走访了相关行政机构，了解了外事、旅游及日本独资、合资企业的人才需求情况，也通过相关途径了解了日本对南江市的投资、与南江市合作等方面的打算，最后得出了自己的几点想法：

①南江市已经与日本的某个城市建立了友好城市关系，中日之间的交往即将度过摸着石头过河的阶段，马上就会在各个领域全面展开，如此则势必会带来日语人才大量需求的局面。

②南江市现只有一所大学招收日语本科，年招生 20 名左右，杯水车薪。

建议：先进行两年制专科学历教育；成立日语培训机构，培训急需的实用型口语人才；着手申报日语本科专业。

南江市地处我国东部沿海，外语历来都得到学校和社会的重视，市内学校开设的外语语种加起来多达十几个。因为受到历史等方面的原因，日语教育比其他语种发展得要慢。面对如此不可多得的、迎面扑来的、比英语等语种发展速度可能会快得多的机遇，南江农林大学的领导对日语专业是一直有考虑的。

由于日语本科专业培养周期长且招生太少，社会上的零散培训时间短且多不正规，这些都远不能满足社会发展的急需。因此最好在增加本科专业招生单位的同时，有一个在较短时间内专门培养实用的、社会急需的日语人才的机构，既能满足日常交流的基本需求，也能使培训正规化、社会化。开设本科专业，要上报国家级机构批准，要论证，要时间。专科专业和培训机构的审批虽然也要经过如此程序，但相对要简单些，最主要的是在本市的省级部门就可审批，要方便许多，审批时间比本科专业审批可能也会短得多。

南江农林大学慎重研究了何一夫的报告和建议，决定除了继续进行日语本科专业申报的准备工作以外，立即报批日语专科专业和日语培训机构。同时考虑到日语发展太快，还是要慎之又慎，其他外语语种在改革开放中的地位和作用也不能低估，最终决定整合外语力量申报以日语为主要内容的"外语培训中心"。

2. 稍觉意外

在春节刚过的新学期里，何一夫一边上课，一边筹备外语培训中心成立的诸多事宜。准备基本就绪，就差落实最后一项内容，即与日本某公司合作的具体事项，然后就可上报有关部门批准。

经上级主管部门正式批准的南江农林大学外语培训中心定性为：非学历教育机构。既包括日语的培训，也包括英语、俄语、德语、西班牙语等其他外语语种的培训，面向全国招生，经过两年左右的培训获得日常交往的外语口语能力。

该培训中心由日本藤田公司投资，中日合办。

这是南江市与日本合办的第一个教育机构，也是南江农林大学的第一个中外合作机构。恰恰因为这一点，规模尽管不大，但影响不小。外语培训中心成立的当天，省市的好几个媒体都参加了相关仪式，并迅即做了报道。

阳春三月，温暖喜人的阳光也在培训中心成立的当天赶来凑热闹，将暖意洒向每一个光顾者。

外语培训中心的门里门外都挤满了人，有来学习的，更多的人是闻讯前来了解情况的。

报名学习英语、德语、法语、西班牙语等外语语种的总共不足 20 人，可报名学习日语的有近 100 人。细想之，在南江市十几个大学里的外语培训机构就有好几个，可多是培训英语、法语、德语的，就是还没有一个培训日语的。成立以达到日语二级水平、具备日常交往口语能力为目的的日语培训机构肯定会受到欢迎，如此热烈局面的出现可以说是意料之中，但还是稍稍超出何一夫原有的估计，略感意外。

鉴于此种情况，学校同意中日合作双方的意见：培训中心暂时专招日语培训生，并重新报批将"外语培训中心"更名为"日语培训中心"。南江农林大学校长兼任培训中心主任，何一夫和日方藤田先生任副主任。日语培训中心分一年和一年半两种，学生结业后除了在国内寻找工作以外，也可去日本留学。培训任务及日常教学、管理等工作主要由中方负责，去日本留学的相关事宜主要由日方负责。

何一夫和董玉荷一边看着电视一边说起日语培训中心成立的情况，不由得感慨道："真是没想到人们对日语感兴趣到如此地步。想想中日刚恢复邦交的时候，日语在人们心目中可以说还谈不上什么地位，现在一跃而变成仅次于英语，排在俄、德、法等语种之前的老二了。"

"我反正是想不通的。多少个外语语种，为什么单单要学习日语？多少个外国，为什么单单对日本感兴趣？"

"是啊，我也纳闷。中学六年大多学的是英语，就是留学去英语国家也有一定的语言基础。来日语培训中心学习的都没有日语基础，都要从零开始，不仅是费用方面，在时间上丢弃英语也是一种浪费。"

"看来我们的思想还是落后啊，历史不能忘记，但也要与时俱进，不断学习和提高。"

"是啊。我们的思想也可能太狭隘了。毛泽东主席早就说过，情况是在不断地变化，要使自己的思想适应新的情况就得学习。"

夜里何一夫做了一个和日语有关的梦。他梦见早上起来出去跑步的时候，遇到的所有人都用日语和他打招呼，就连门卫也用日语和路人讲话。那个门卫还对何一夫说："你看，我们都会日语，你那个日语培训中心就不要办了吧？"何一夫一惊醒了，告诉董玉荷这个梦，自言自语道："这个梦预示什么呢？"

"预示什么？什么预示都没有。是你最近对日语培训中心用心过度了。"

"有道理。不想了，起来跑步去。"

在日语培训中心成立后的半年里，省外事外贸旅游等部门借助日语培训中心的

场地联合举办了一次"沿海地区大学生日语比赛"，何一夫应邀出席于评委之列。既有相关领导在场，更有日本驻华机构的人员发言，摄像机、照相机在不停地闪烁，300人的比赛现场座无虚席。来参加比赛的又岂止在校大学生？可以说，这对何一夫，对日语培训中心也是一个助威、鼓励和鞭策。南江市的日语已经进入快速发展的阶段，中日交流已经没有遮面的琵琶了。

第 10 章　异味红包

1. 异味红包

故人西辞黄鹤楼，烟花三月下扬州。孤帆远影碧空尽，唯见长江天际流。

这是古代著名诗人李白写的一首绝句《送孟浩然之广陵》，至今仍被世人诵唱。它的现实意义也可以看作是为扬州旅游而写就的令举世向往、与世长存的一首极富诗情画意的广告词。

当然，古今赞美和描写扬州的又岂止数人、数十人？都说扬州最美在瘦西湖，烟花三月是瘦西湖最美的季节。春风拂面，湖上垂柳摇曳生姿，如青烟，似绿雾，舒卷飘忽，妩媚至极，万物复苏，一派生机盎然。柳是婀娜多姿之物，碧碧青青的水再有娇娇柔柔柳的低垂，还有那烟雨蒙蒙，二十四桥曲曲弯弯地搂着半江明月，那景致，独特！罕见！扬州值得一去，去者不冤，不去者遗憾。

扬苹苹一家已经去过两次扬州了。听说何一夫一家尚未去过，扬苹苹就让常德益安排车子本周周末去一下。何一夫虽然事情多一些，但经不住扬苹苹和董玉荷母子两人的劝说，最终同意一起去。最多就是一天时间嘛，再忙也能抽出身来，自己还没有达到日理万机的地步。即使是日理万机，也不是天天如此吧？否则那不就成了机器人或者永动机了吗？人是不可能 24 小时不停运转的，适当调整时间是必须的。

一切安排停当，就等周末的到来。可周五上班时分，常德益突然被相关部门找去谈话，然后便援助新疆去了。扬苹苹她们去扬州的事情只好暂且搁下，留待来日再找机会。

大家都知道沿海地区和边疆省份有个支边协作。因为边疆比沿海地区更需要外语，更需要走向世界，因此常德益是正常支边。为什么突然通知常德益去支边？尽管是正常的工作变动，但事先一点儿迹象都没有，总有直接导致此种情况突然出现的诱因吧？别人不知，常德益本人及其他当事人、相关领导，自然是很清楚的。

可以说事情源于某次吃请。某个企业老板宴请某个县领导，某个县领导要常德益一同前往。

宴会规模很小，除了宴请者和那位县领导及常德益以外，还有县办公室一个主任、城建局局长和教育局局长。这种小规模的吃请常德益在来县里工作以后几乎每周都会碰到，这一次他也并不觉得有什么异常。饭局本身没有什么令人起疑之处，问题出在饭局结束之后。

六个人酒足饭饱之后，每人都收到邀请者的一个红包，内装人民币 2000 元。常德益根据其厚度就能大致估摸出其中的分量，饭后回到房间没有打开就把信封扔到桌子上了。

红包在中国自古有之。中国是礼仪之邦，注重人情往来。在生日婚嫁、春节等特殊日子，通过赠送红包、礼物等，传递着亲情、友情、乡情等人之常情，维系着人与人之间关系的平衡和稳定。特别是春节，向长辈赠送红包，向孩子们发放红包，代表着新春的祝福和祈愿，传递着亲情和温暖。还是前面说过的那句话：中国人是非常聪明的，创新、改革的能力是无限的。现在的红包有的已经失去了原有的传统寓意，外延和内涵都有了变化，红色的外表里面又装进了贪欲和腐败，装进了权钱交易、钱钱交易等不能见诸光明的内容。对此，常德益不仅有着充分的认识和经历，更是在实际生活中习以为常。今天的红包分量不重，肯定是一种礼节性的，小意思！所以他并没有把它放在心上。

正当常德益准备休息的时候，突然接到了纪委打来的电话，让他马上到纪委去一下。常德益的心里咯噔了一下，有点儿七上八下。纪委夜晚来电，肯定不是小事情，不知是哪件事情被发现了。到了纪委才知道，原来是一起吃饭的另外几个人饭后同时向纪委交出了红包，他的那颗悬着的心也就随之放下了。

常德益知道这不是什么大事情，便将红包的前前后后都说得清清楚楚，找他谈话的两个人也都听清楚了。这种事情在本地不是第一次发生。这次红包的数量虽然不大，但不是一个人而是几个人的一致行动，影响产生了。常德益已经无法再在此地继续工作，只能转任他处。请客者的目的达到了，常德益也被安排支边，去了新疆。

这是对双方都稳妥的一个安排。这件事只有常德益等不多的几个人知道，连扬芊芊也不很清楚。

今天回过头来再看这件事情，真是应了那句俗话："害人之心不可有，防人之心不可无。"这对刚刚涉足政界的常德益来说，虽然事情不算大，但也一下子有点不知所措，只觉得自己要学习的地方还有很多很多。他感到从未有过的纠结，这种事情、这种情况几乎每周都会出现，怎么防？防谁？如果防了，工作还怎么开展？

这副县长的位置你还要不要了？如果不防呢？结果大家都清楚。除了纠结，别无他法。可常县长你也别忘了那句具有特殊现实意义的警世俗语：伸手必被捉。

2. 升入初中

常德益去新疆工作了，几年时间一过自然还会回到原来的地方。扬苹苹和孩子仍然留在南江市，没有必要跟着一起去。何一夫曾答应常德益下个月去给江中县中层干部搞一个关于日本的讲座，听说他的工作地点发生了变化，自然作罢。

说话间就到了夏天。

火炉的初夏，可以说正式进入了夏天。南江市一般是没有春天的，只有几天的温度变换期。因此，初夏来得早，盛夏也随之跟上。不谈自然界的变化，人们的穿着也明显不同了。年轻的女人与五颜六色的裙子相伴，年轻的男人穿着袖子短了许多的衬衣。

一片阳气上升的世界，一派热气腾腾的景象。

常菲菲和何振华两个孩子都非常顺利地升入附校的初中了，他们的心情与此时此刻的天气和环境吻合、匹配、相当。

不管何振华的外语成绩如何，正式进入初中学习已成定局。这让何一夫夫妇心中的一块大石头落了地。虽说此事本就没有什么悬念，但孩子的外语学习在何一夫夫妇的脑子里始终占据着相当大的一个位置。现在也算暂时松了一口气，毕竟给孩子的外语补习有了更多的时间，同时孩子的自尊心也没有受到影响。借此机会董玉荷非要在原来去过的那家饭店与扬苹苹、宫怡芳两家共同庆祝一下，其中包括语言表达不尽的谢意。她们拗不过董玉荷，都知道董玉荷的心思，所以也就没有再强争执。恰巧常德益出差回来商谈两地项目合作的事情，三家男主人都在，女主人和三个孩子都到场，饭后他们又去了卡拉 OK。因为第二天是星期日，所以他们一直到很晚，方才尽兴而归。三个孩子呢，自然也是自由安排了。

在常菲菲和何振华即将进入初中学习、茅茅在开学后也将进入四年级的这个暑假里，三个女人反复商定并最终征得孩子们的同意，一起报名参加前往英国的夏令营。常菲菲的英语最好，何振华的外语需要重点提高，以尽快与学校的要求同步，茅茅呢？自然外语也会有所提高，去了就会有收获。让他们去体会一下域外环境吧，反正也不缺这点钱。不管他们两家是怎么考虑的，何一夫夫妇在经济方面还是有点捉襟见肘，

但最后还是狠下了心：再穷不能穷教育，再苦不能苦孩子，这笔钱花得值。

其后不几天，在孩子们随团夏令营出发之后，三个女人也坐上火车去新疆旅游了。

考虑到常德益刚去新疆，扬芊芊她们此次新疆之行决定不打搅他。又考虑到人生路不熟，扬芊芊物色了一个家在新疆的学生做导游，费用三人平摊。谁知学生家长一听说老师要来，真是特别热情、好客，行程安排得妥妥当当，连费用都免了。后来听说常德益在呼市任职，学生家长又和其单位取得了联系，最终费用都由常德益所在单位支出。

三个女人都是第一次来新疆，此次在新疆足足待了有两个星期，游遍了南疆、北疆，可谓尽兴、任性。何一夫和茅时两个男人因暑假另有安排，所以未能一起前来。但是可以说，他们三家九个人包括三个孩子在这个暑假里过得都是非常轻松、充实而没有什么明显的压力，显得非常高兴而愉快。

第 11 章　WC 与副教授

1. 心神不安

八月的南江市，烈日高照，酷暑闷热。烈日的周围，始终有几片永远舍不得离开的云彩，还有灰白色的、雾蒙蒙的整个天空。只有当这些云彩变成乌黑乌黑时，才有可能降下雨水，然后让天空露一露蓝色的脸庞。

蓝色的天空在南江这样的城市里现在已经不多见了。据有的专家断言：环境污染和经济发展是矛盾的两个方面。要发展，必须牺牲环境，经济上去了，才有能力、财力和精力回过头再来治理环境。这种观点曾盛极一时，只能让蔚蓝色的天空受委屈了。

扬莘莘等三人从新疆回来后不久，三个孩子也从英国回来了。除了雨后，就是早晚出来一会儿，其他时间都躲在有空调的房间里。十几天以后，孩子们上学去了，南江农林大学也开学了，一切又进入年复一年的正常轨道。

难怪人们慨叹时间过得快，何一夫全家到南江农林大学转眼就一年多了。记得是去年暑假迁过来的，现在就要进入隔年的秋天了。秋天，即是中国的学校进入一个新的学年。

今年这个新学年的第一个学期对于扬莘莘来说除了正常工作以外，有所不同的是本学期要进行一年一度的职称评审。这与她密切相关，但今年能否通过评审她心里没底。这让她常常坐卧不宁，度日如年。

职称评审基本上是一年一次，或上半年或下半年，各地区并没有统一规定，江东省也是如此。为了与周围学校取得一致，南江农林大学从今年开始把评审职称的时间由上半年移到了下半年。

照常理讲，职称评审按条件办就是，只要够条件就可以晋升高一级的技术职称，可现实恰恰与此有差距。职称申报者除了具有相应的基本条件以外，还要有条件以

外的一些"条件"。这些条件以外的"条件"是软条件，是无形却又能够常常左右评审的结果。职称基本条件不够的应该不会申报，可偏偏有人申报，更何况勉强够条件的呢？条件不够或勉强够的人都有通过评审、获得高一级职称任职资格的先例。这样一来情况就复杂了，连够条件的甚至超过条件的也想把事情办得更稳妥些，因为专家投票的结果谁也不能预测到。搞得在结果出来之前不管是否够条件的人心里都不踏实，评审专家们也要拿出一定的精力去应付与职称评审无关却又是不得不应付的事情。所以每到评审职称的时候，只要打听到你是评审专家，就经常会有同事、朋友、上级找到你，甚至拐弯抹角地通过外单位人找你，恳请你对某某格外关照。电话、烟酒、饭局、花样、方式在不断更新。尽管是极个别的现象，但愈演愈烈，发展到几乎每年都会让你碰到许多。针对这个情况何一夫后来连电话也不接了，用其他方式打招呼的都以笑回之。他有一个原则，就是以良心按规矩办。

为了职称，有人提前半年多从春节就开始活动了。扬莘莘呢？她的心里自然不会想不到，春节期间也开始做了一些工作，就连那个荀副教授家在春节都去拜访过了。何一夫呢？只说了一句："只要你够条件，就应该相信评委。"

这句话对扬莘莘来说是不够的。她心里想，真是从军队里出来的，你太单纯了。我早就超过副教授的基本条件了，小组不是两次都没有通过吗？她要的是何一夫更为明确的答复，可何一夫的回答却始终不能令她放心。如果说她比上一次信心有一点增加的话，就是对董玉荷家的感情通过一年多的不断加深已经变得很不错了。人都是有感情的，看来自己的主动努力是有成效的。根据自己对何一夫的了解，除了外人认为的有点正规过分、严肃有余以外，人还是很正直的，是很讲原则的一个人，也是一个性情中人。还有，自己今年又发表了一篇文章，且产生了一定的社会影响，应该会增加一些分量。不过，不到最后一刻结果出来之前都不能乐观，因为现在不少事情在原则之外都会有相当大的变数，何况职称评审时无记名投票就更难说了。那个胡老师的学术影响这一年又扩大了不少，但听说他的二外又未通过，所以连申报的资格都没有。二外就真的那么重要吗？对他来说真是太不公平了。不过失去了一个强硬的竞争对手，对自己至少说是有利的。

现在想想自己还能做些什么，自己要在评审之前把方方面面的工作都做到最好。再找个借口和董玉荷周日去逛街吧，把宫怡芳也叫着，三个人自然一些。她们三个人一起逛街是常有的事情，这样做很正常、很自然，不经意间对自己的职称评审又会增加些温度。董玉荷也是一个很热情、很乐于助人的人。反正自己要尽全力，至少说今年的希望比去年要大一些。

2.WC 与副教授

还是在何一夫他们刚来不久时发生在扬苹苹身上的一件事情，说不定对她今年职称问题的解决也会起到一定的推动作用。

每年寒假，扬苹苹全家和外教都有一次小小的聚会。

这既是因为工作关系，也是为女儿的前途宴请外国人的。自从菲菲出生后的第二年，每年春节扬苹苹都要宴请外教。尽管到孩子出国还早，外教也会常换，但她认为从现在起和外国人搞好关系并不早。多一个朋友多一条路，将来女儿移民国外，这些关系说不定能用上呢？有一两个起作用就够了。

元旦刚过就进入期末复习考试阶段。在外教回国之前，依惯例扬苹苹在 H 饭店宴请了外教，并请何一夫夫妇作陪。有几个外国人做朋友，当时也是一件非常值得炫耀的事情，扬苹苹焉能不知？据说有一次她的母亲住院病危，她的弟弟打来电话，她嘱咐弟弟先照顾着，自己直等到第二天晚上宴请外国人之后才赶回去。周围的人都知道，她的外国朋友是最多的，她的身上散发着浓厚的涉外的色彩。这一点至少在南江大学是无人能与之相比的。实际上她有几个外国朋友大家都是知道的。今天和哪个外国人吃饭，明天去见哪个外国人，她都会第一时间宣传一下，就像健美者秀肌肉一样，几无保留。

何一夫夫妇还没有到，扬苹苹夫妇和外教他们三个就在沙发上坐着闲聊，不知怎么地外教突然扯到了厕所的标志问题。

在中国许多中等以上的城市里，厕所门口一般都有英文标志，几乎所有的标志都是"WC"。真是怪了，若干年来好像也不曾有人说过它的不妥。沿用孔乙己的句式，就是：怪乎哉？不怪也。那个外教说：

"我们英语国家的厕所一般都不标 WC 的。"

这让常德益和扬苹苹夫妇顿时大吃一惊。扬苹苹不好意思地问道：

"那厕所有标志吗？"

"当然有，标'toilet'。"

"那两者有什么区别吗？"

"有的。WC 的原意是'抽水马桶'的意思，是个很粗俗的表达方式，相当于中国农村在厕所门口标的'大便处''小便处'。在英国、美国等地区不会用 WC 表

示厕所的,都用 toilet。WC 和 toilet 的主要区别就是前者让人感到粗俗、简陋、肮脏,后者让人感觉文雅、干净、舒服。"

常德益这时插话说:

"哎呀,你这么一说我也就想起来了。为什么我到国外很少见到厕所标 WC 的。我去过日本,好像也多标有 toilet 的日语音译'トイレ'。"

扬芊芊是个极为聪明的人,她很敏感,很实际,也想得更远一些。在这次宴请外教后,她就花了几天时间写好了一篇文章:《论中国厕所的英语标志:WC》。开学后她就将这篇文章送到外教的面前,请他修改一下,然后就投到了一家刊物。同时她又把稿子让班里的一个学生带回去给他父亲看看,因为这个学生的父亲是某电视台的部门主任。扬芊芊的用意不言自明。第二天,电视台就来采访了,不几天电视台就专门为此做了一个 10 分钟的节目。《论中国厕所的英语标志:WC》一文似乎也是最快速度见诸刊物。其后不久,南江市能见到的厕所门口都改标为"TOILET"了。

虽然只是一篇两千多字的文章,却让扬芊芊突然之间在一定范围内影响大增。一次电视采访,让扬芊芊的影响延伸、扩大到社会层面,而且这种影响同她的专业有关。严格地讲,这只能算是一篇介绍性、普及性的文章,在副教授评审时不起决定作用,起决定作用的主要还是教学效果和发表的论文质量。作为一个副教授,除了上课以外科研方面的要求也不能过高,扬芊芊的科研成果原本就达到了要求,不过这篇文章的发表和电视采访都在职称评审之前发生,肯定也会起到推波助澜的作用。

职称小组开会时自然是单教授先表态,何一夫随后亮明态度。其他三位评委中除了苟副教授还有一个俄语副教授,另外一位是从南江大学外聘来的英语教授。结果是四票同意,一票弃权,小组通过,上报学校大评委。

说来此时社会也是发展到了一定阶段,有不少会议是没有反对声音的。只要有一个人表态支持,便不会有人反对;反之亦然,有一人表态反对,一般情况下也不会有不同的声音出现。扬芊芊申报的副教授职称只有一个人弃权,可能是情况比较特殊吧。何一夫是学科组成员,自然投了赞成票。在这些方面,他乐得不做恶人,最重要的原因是扬芊芊本来就够副教授的任职条件。还有这里的水有多深自己也不清楚,各个学校的职称标准及把握尺度也是有区别的。反正学校还有大评委,他们一定会坚持原则的。

3. 私下议论

在小组职称评审的前一天晚上，何一夫夫妇对扬芊芊的职称问题在家里曾有过一番议论。这件事是董玉荷先提起来的。

"你说这次扬芊芊的副教授有希望吗？"

"当然。"

"她的二外通过了吗？每年有不少都是被外语一票拒之门外的。"

"过了。她的条件你不用担心。"

"虽然咱们两家认识才一年多时间，彼此还是真心对待的。如果够条件能说话时你还是要说一两句的。"

"这点觉悟我还是有的，你看我像那种不讲情面的人吗？"

"我不是叫你只讲情面不讲原则，什么时候对什么人、什么事情都要原则第一。"

"你呀！我看过她的材料，上次就够副教授任职条件。不然我也不会这么对你说。"

"那为什么通不过呢？"

"估计是为人方面的问题。她太高傲，目中无人，因此人缘不太好。"

"人缘和职称评审应该是两回事，也不能混为一谈哪。"

"是的。不过评审一般是无记名投票，得票 2/3 以上才算通过，如果出现反对票是不知道谁投的。"

"看来投票也是有学问的。"

"就是。小组是五个人的话，有两个人反对就通不过。"

"还有，扬芊芊他们对我们帮助很多，反之我们对他们也有帮助的。讲人情，更要讲原则，有些没还的人情以后再还。"

"这个不用你说。你不用担心啦。她的科研能力本来就不错，科研成果也达到要求，教学评价也很好。加上那篇关于 WC 的文章发表和电视采访，对职称评审的影响也是不能低估的。"

董玉荷自从孩子上了初中以后，似乎轻松了不少。不仅是因为孩子升入了初中，外语成绩也慢慢跟上来了，还因为学校管理得很严，在学习方面有严格而周密的安排，家里人无从插手。再说学校离家里很近，上学和放学无须接送，这也为大人节

省了不少的时间。除了正常上下班以外，董玉荷觉得家务活也少了不少，精神上轻松了许多，对周围的事情自然就多了一些关心。这次主动关心起扬荸荸的职称问题，也是一种正常的现象。

4. 童稚之乐

扬荸荸的职称问题虽然按照可以晋升的年限推迟了一些时间，但毕竟是解决了，仍然是一件非常令当事人高兴的事情。扬荸荸从中似乎也悟出了一些什么，似乎又什么都没有悟出来，慢慢悟吧，一辈子时间长着呢。毫无疑问，通过这件事情何常两家的关系在原来基础上又前进了一步。作为她个人来说，现在除了工作以外就是孩子学习的事情了，虽然孩子的成绩很好。此外还有一件似乎不值得一提的事情，扬荸荸的副教授职称文件下达后的第二天，她的家里就多了一辆小汽车。

扬荸荸在研究生学习期间就拿到了驾照，一直嚷嚷要买车子。可常德益劝她说："副高解决以后我就给你买。现在私家车很少，你要低调一些。一辆车子算什么？况且住在校园里，上下班也不需要开车的。"扬荸荸总算听了老公的一回劝。现在学校里已经有两个和她情况差不多的人买了汽车，自己的职称也解决了，不能老是低调地过日子。她有点迫不及待了。她逐个数了一下，全校几千人也没有几个拥有私家车的。就从这一点来说扬荸荸的心里已经感到很满足了。据说车子的价格接近20万，具体数字无须操心，老公买的，自己开就是了。在当时的学校里，这已经是相当高级的车子了。她从秘书手里接过车子以后，当时就在校园里来来回回、左左右右、前前后后晃了半个多小时。除了上课开着小车子从学校这个门出去那个门进来，平时也用不上。周末孩子要学习，很少出去旅游什么的。要旅游的话还可以让常德益安排公家的车子，自家车子的实用价值实在大打折扣，总不能开着车子散步吧。等放假或者有空了，我再开车到高速上兜兜风，到时候约好何一夫或者芧时他们家。估计近几年他们两家是不会买车子的。

虽然车子老是停在那里，但扬荸荸也知足了。对于她来说买车本来就不是专门用来开的，给别人看是第一位的。说句老实话，经过一段时间以后，扬荸荸的车技也确实有了明显的提高。

菲菲上学去了。扬荸荸觉得无聊，突然想开车去市里看看。学校到市中心新街口有地铁，10分钟就到。扬荸荸开车却用了一个小时，路堵。扬荸荸望着路上的行人和爬行的公交车，她并不感到心烦，心里却感到某种异样的满足。董玉荷她们在第一时间就知道今天去新街口路堵，更知道扬芊芊开车用了一个小时才到了新街口。

眼看又要放寒假了。学生们正在认真复习，准备考试，然后好痛痛快快地过个春节。老师们自然也就不上课了。

常菲菲的英语很好，只是数学成绩不是太理想，在班里是中等偏上一点。何振华相反，英语差，其他门门成绩优秀。茅茅低他们几届，不在一个年级，但三个孩子一周一次的集中学习还是坚持下来了。三个孩子互相帮助，效果还不错。现在何振华的英语基本能跟上班，背、默都不错，只是口语还要继续努力。

一个周末的下午。

董玉荷下班回到家里，将两个西红柿放到水池里，准备做西红柿鸡蛋面。孩子正在长身体的时期，学习又紧张，中午吃肉了，晚上换换口味吧。

水龙头还没有打开，就听见一阵急促的敲门声。

董玉荷打开门一看是扬芊芊，就听她说："快点走，学校打电话来说两个孩子在学校吵架了。"

何振华比常菲菲大一岁，个子比常菲菲却要高出不少。实际上两个人只是相差几个月，所以才在同一个年级。两个人同在附校读书，没有特别情况，都是一起上学，一起放学，一年多来相安无事。现在是初中生了，怎么反倒吵起来了？什么情况？董玉荷愣了一下，就拉住扬芊芊快速跑下楼梯。

两个人刚到楼下，两个孩子也到了楼下，只是都板着个小脸，噘着个小嘴，一前一后。

扬芊芊刚要张嘴说什么，董玉荷望了她一眼，然后对孩子说："走，到家里说。"说着瞪了何振华一眼，把常菲菲半搂半拉地带进了自己的家里，让她坐在沙发上。转身对何振华说：

"怎么回事？你为什么要欺负妹妹？"

何振华满脸委屈地说：

"我没有欺负她。"

"你还犟。"说着董玉荷就给孩子送去了狠狠的一巴掌。不过举起来狠，落下去并不狠，打在屁股上，说实话并不重。董玉荷只是想吓唬一下，表示一下自己对这件事情的态度而已。

"菲菲，你说，我一定要狠狠教训他，男孩子怎么能欺负女孩子呢？"

常菲菲这才开了腔："我说要去一下 toilet（厕所），让他等我一下。他就……"

"他就怎么你了？"董玉荷赶忙问。

常菲菲只是哭，董玉荷只好问自己的孩子。

何振华说：

"我跟着就说了一句'toiled（辛苦）'，她就哭了，把老师和同学们都吸引过来了。"

这时扬苹苹说话了：

"你这个孩子！你哥哥也没打你，你哭什么？你不知道他的英语不如你吗？他肯定是故意发错音逗你玩的，回家我再教育你。"

扬苹苹转身又对董玉荷说：

"没事，男孩子的外语都没有女孩子好，肯定是读音读错了。"

扬苹苹不愧是一名大学教师，这个弯子拉得有水平。

董玉荷大体上也知道是怎么一回事了。等她们走了以后，便对何振华说：

"不管怎么说，今天是你的不对。你现在过去道个歉。"

"我不去。不就跟她开个玩笑嘛，也不知道是从哪儿哭起来的。"

"我平常和你怎么说的？要待人宽、责己严，何况今天就是你不对。还有除了在课堂上就不要说外语了，卖弄个把单词，你觉得有意思吗？"

"我知道了，这就过去。我就是觉得她动不动就冒出个英语单词来，听着怪别扭，才故意读错音逗她的。"

董玉荷只好又把话圆了回来：

"外语单词可不是要经常背诵吗？拳不离手曲不离口，这个道理谁都懂，就你不懂吗？"

何振华又笑了，不过还是嘟囔着嘴去道歉了。

董玉荷一直坚持认为，赏识教育对孩子是必需的，批评教育则更是必需的。孩子的成长，犹如树苗长成大树，要浇水，要除枝蔓……赏识教育不等于让其恣意生长，批评教育不等于棍棒加身，鼓励为主，批评为辅。未修理的树苗或不能成大树，或满身枝丫，育人也当是如此。所以他们夫妻两人一直都是严格要求孩子的，有进步时表扬，有不足时决不姑息，严厉批评。

三个孩子的小组学习一直在坚持。到了初中三年级的时候，何振华的英语有了很大的进步，苹苹的英语等成绩也很稳定。常菲菲的数学似乎没有太大的反应，不过有了何振华的帮助，好像也稳定了下来，一直处于班里中等偏上的水平。扬苹苹对此似乎不是太满意，她的女儿应该样样都是第一，怎么能有一门这么差呢？不过她的英语成绩遥遥领先于班里其他同学，拉扯一下进个省级重点高中不应该有什么问题。想到这里她的心情似乎又平静了一些，不过能否进省级重点高中始终都是心悬在空中，为此扬苹苹也平添了几根白头发。

第 12 章 日语井喷

1. 广受青睐

日语突起。日语井喷。

又一个暑假刚刚结束，新的一个学年又开始了。

何一夫吃过晚饭，丢下碗筷，准备到办公室去看一下。因为明天是新生报到的日子，同时也是日语培训中心续签中日合作契约的日子。日本藤田公司的客人已经到了学校，明天将就续签合作契约等问题进一步商谈。因为首次合作的三年时间快要到了，这次准备续签五年的。他现在要去办公室再最后检查一下准备工作，看看还有什么考虑不周到的地方。

自从中心开始上课以后，何一夫的思路很明确，对于中心的工作要高于一般大学的要求，要半军事化管理。从教学大纲到实际教学，从生活到学习，从上课到自习、实习等，直到每天的早读、晚自习他都要去教室看看，可以说他的心思全都扑在了工作上。

几乎是在何一夫开门的同时，外面也想起了熟悉的敲门声。扬芊芊敲门的声音好像和别人也不同，是"1+2"的节奏。

扬芊芊带着一个女孩子进来了。她说这是常德益的侄女儿，想来日语培训中心学习日语，然后到日本去留学，特地来了解一下具体情况并征求他的意见。

常德益的侄女儿因为高考没有过线，想到有个叔叔是南江农林大学的教授，便从老家河北投奔他来了，看看有无办法继续读书，或者找个工打打。常德益夫妇商议了好几次，认为孩子的基本素质尚可，打工怕误了孩子的前程，再去复读明年高考的希望也不大。正在发愁难解之时，他们突然想到了日语培训中心。

扬芊芊她们从何一夫那里详细地了解了相关情况以后，便迅速做出了决定：与其复读一年，不如去日本留学。先通过日语培训中心学习一下日语，然后到日本去

读书。她们这样决定的原因是多方面的，主要原因有：留学的费用家庭可以负担得起，而且日本离中国比较近；中日交流正处于鼎盛期，日语正炙手可热，而日语人才又少，回来找个工作也比较容易。数年后，常德益的侄女儿回到上海一家日资企业工作，高薪金收入。这些在当时常德益全家和她本人都是想不到的。常德益侄女儿是幸运的，最直接的原因是因为有了何一夫主持的日语培训中心。当然这是后话前说。

何一夫开门送走了扬苹苹她们两个，已经是 8 点多钟了。他连身子都没有转，接着就下了楼梯去办公室了。

办公室里的灯在亮着，肯定是办公室的叶主任。老远就能望见办公室的门开着，里面有很多人。原来是明天新生报到，有些外地来的家长和孩子看见办公室有人就忍不住先前来咨询一下。

日语培训中心办公室的专职人员就两个人，叶主任住在校内，另一个住在市里。俗话说得好，麻雀虽小，五脏俱全。不管是早读还是晚自习，不管是学习还是生活，到找工作、留学，方方面面，叶主任都要操心。所以几乎天天晚上她都会在办公室里待上半天，处理一些日常琐事。叶主任辛苦极了。

何一夫从心底里很感激她做的这些工作。叶主任已经 50 多岁了，孩子在美国读博，先生是本校的教授。虽然说家里的事情不是太多，但也不能把全部精力都扑在工作上。这种工作态度、工作精神确实让何一夫很感动，也让他腾出不少时间来从事专业建设等方面的事情。

何一夫没有打扰他们，转身回去了，他还有别的事情要做。

南江农林大学日语培训中心成立之后不久，在中国和日本就受到了相当范围的注意。其影响之迅速扩大，是何一夫所始料不及的。进入 20 世纪 90 年代，日语教育在中国大地瞬间突起并迅速发展，有人形容是膨胀式的，有人形容是井喷式的。这些比喻都很形象。其发展速度之快、波及范围之广，更是远远超出许多人预料的。

日语教育的迅速发展取决于社会需求。短短数年，江东省属下的好几个市就都有涉日企业千余家，有一个市竟有 5000 多家日资或中日合资企业。这些都需要懂日语的人作为交流的桥梁，不仅是需要有高水平的专业翻译人才，就是日常交流的日语人才需求也都是很旺盛的。

为了适应社会的急需，南江农林大学日语培训中心第一年决定招收一年制和一年半制各一个班，生源全部来自高考落榜生。日语两年制大专班也同时获得省级有关部门批准，同年秋天开始招生。

日语培训中心成立第二年，两个班先后结业。40 多名学生有三分之二以上直接进入了日本大学的本、专科学习，不再通过日本语言学校什么的过渡性语言训练班。

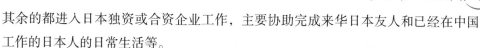

其余的都进入日本独资或合资企业工作，主要协助完成来华日本友人和已经在中国工作的日本人的日常生活等。

去外国上大学，当时虽然已经进入人们的视野，但对于普通人来说似乎仍然是可望而不可即的事情。高考落榜生不是复读次年再考，就是走向工作岗位。通过日语培训中心学习而可以赴日留学，自然搅动了不少高考落榜生的思维，而且留学比例如此之高也确实打动了很多人，产生了不大不小的社会影响。第一炮打响了，自然对日语培训中心的在读生及今后的招生都是一个好兆头。培训中心的影响大了，各方面的工作也就好做多了。一个家在新疆的学生看了培训中心的宣传材料后，委托南江市的一个亲戚专门来咨询，恰巧听了几个家长的介绍，当即就打电话联系后即刻替孩子报了名。这种情况还不是个别的。

这些对于日语培训中心来说，既是鼓励促进，也促使其思考下一步如何建设和发展。除了继续加强教学管理、对结业学生进行跟踪调查等措施以外，还适时地请了几个家长来现身说法，介绍自己孩子从中心结业以后赴日留学或在国内工作的情况。

在日资企业工作的工资比国内企业一般都要高不少，去日本留学的几十个人几乎都能从第二年起靠自己打工交了学费，家庭并无太大的经济负担。最让他们激动的是：孩子没有考上国内的大学，却读了国外的大学，毕业后不管是否回国都能找到一份收入普遍高于国内大学毕业生的工作。不要说出国留学，就是出国，对于普通中国人来说在十几年前是不敢想的事情，现在成了现实，而且是去强国日本。日本的发展史，日本的过去和现在，对中国人来说有太多不解的神秘，国家高级领导人都去学习，普通人去留学了解一下就很满足了。

影响培训中心生源增多除了社会需求以外还有其他一些原因。首先是懂日语直接进入日本大学留学的费用一般家庭都可以承受，比较合算。如果不会日语，去日本留学就先要用一年左右的时间进日语学校学习，费用约为 12 万到 20 万人民币。南江农林大学日语培训中心的学费虽然略高于国内的本科生，但每年也只在万元以下，还是低于日本语言学校的 10 倍左右。而且跨过了先进入日本语言学校学习这个阶段，不仅节约了费用，又因为懂日语留学后即可打工取得收入，降低了留学费用。未去留学在国内就业的日语要求不高，能进行日常交流即可。因为日资、中日合资企业的日本人猛增，没有导游式的日语翻译也肯定不行。至于谈判什么的，自然还要找水平高一些的专门人才。

再者就是心理作用了，如：外国比中国好，外国大学比中国大学好，去国外留学本身就是让人高一眼相看的；正规大学办的培训班放心，诚信度高于社会上的种

种培训；等等。

当然，进入日语培训中心学习也是有质量要求的，入学者要提供高考分数，逐个面试，并非无条件只要报名就可以进入培训班学习的。

如果不是日语师资缺乏，中心的发展估计还可以再大一些。不仅在国内和一些有日语需求的单位都纷纷建立了联系，在日本日语培训中心同样受到相关方面的关注。招生仅两年时间，就有近30所日本高校与之建立了联系，其中大部分是慕名而来，还有一些日本的留学机构也主动前来洽谈。

这些都是出乎何一夫甚至校领导预料的。

为了解决日语师资问题，日语培训中心常年聘请三名日本人位于教学第一线。说老实话，不要说外教，开始时在大陆就是想找一个普通日本人都不是一件容易的事情。这三个日本人还是通过合作方和朋友聘请到的。他们没有外教的相关证书，不具备教师资格，只是会说日语而已。反正是入门教学，且重在日常生活交流，不能日本人也不会日语吧？所以对他们的教学质量是不用担忧的，制定教学大纲、提出具体要求、加强管理就是。看来国内办理涉外的有些手续等在当时还是滞后的，形势发展太快了。

不仅是高考落榜生，就连在职的也有不少人盲目地学起日语来，好像明天就开始全世界都用日语交流，不会日语就寸步难行、无法生存一样。南江农林大学在第一个教职员工培训班结束之后，紧接着又办了一个日语入门班，同样只面向本校教职员工，同样每周两次。报名学习的人数比第一次还要多，许多50岁左右的人都报名了。培训班结束，改为自学，但可随时请教日语老师。不过这次培训开始后还不到两个月，人数就锐减不少。毕竟目的不明，且年龄见大，赶时髦是不能持久的。

宫怡芳是参加第一次日语培训的，后来又坚持自学了一段时间。尽管时间和内容都没有像学生那样严格，但毕竟坚持了近两年的时间，收获是有的。主要是心里似乎踏实了，日语这么强势，说不定有一天碰到也能抵挡一阵子。她是英语研究生毕业，文学硕士学位，二外是法语，现在又学了日语。她懂三门外语，可最终在工作岗位上一个都没有用上。多少年后她说到这些，还是颇有一些感慨的。外语并不是每个中国人必备的生存条件，有些规定和媒体宣传要实事求是。因为工作用不上外语，时间长了，宫怡芳的英语有明显退步，法语不用提，日语也只记得几个单词。这几个单词还是因为有趣或特别才留在脑子里的，什么"易（いい：好）""多骑拉萨马（どちらさま：您是哪位）""他大姨妈（ただいま：我回来了）""噗呲来一下（ふつうれっしゃ：火车）"。想想当初拼命学外语，嘻！真是的。

2. 破格招生

在新学期开学前一天的下午，新校长突然来到培训中心，看望忙了一个暑假的日语中心的几个同志。这让中心的几个人格外激动。何一夫正准备简单汇报一下中心的工作，新校长突然径自先开口讲话，直奔主题：

"不要汇报了。我虽然刚调来不久，但你们的情况我全了解。你们做得很出色，扩大了学校的社会影响。我来就是给你们鼓气的。"

何一夫正想张口说些什么，新校长好像没看见似的继续说：

"你不说我也清楚。中心的最大困难是师资不足，这一点虽然已经有所缓解，但难度还不小，你们自己解决，我们学校坚决支持。"

新校长话锋一转，对何一夫说：

"我们现在已经有日语本科专业了，你是学校引进的教授，应把主要精力放在日语专业建设方面。日语培训由一般教师负责就行了。"

日语培训中心每年收入学费几十万元，还要分给日方一半，再除去课时费等日常开支就所剩无几。这点收入对于学校来说，不足挂齿。一个项目的科研经费就有几百万，学校不在乎这点收入，学校重视的是其社会影响吧。

对于日语的异常发展，何一夫经常也会和夫人议论此事，慢慢的，董玉荷也无语了。她看不透这种现象，偶尔也摇摇头。不过何一夫一直处在积极性高涨阶段，不知疲倦。他心里很清楚，这种机遇千载难逢，要抓紧，不能有丝毫松懈。专业建设和发展在他的心里是早有打算的，下一个台阶是建设日语硕士点，再远就不敢想了，因为不现实。

何一夫来到南江农林大学以后，主要忙的就是两件事情：一是日语专业，二是日语培训。在日语中心影响迅速扩大的同时，日语本科专业也获准招生。

虽然本科专业办理相应的报批手续需要一定的时间，但为了适应社会的迫切需求，在得到主管机关同意后先行招生，手续后批。属于此种先招后批情况的在江东省当时就只有两所高校，包括南江农林大学的日语专业。其后几年时间，江东省就有 30 多所学校招收日语本科，20 多所招收日语专科，年招收日语本科生可达 2000 名。说到日语师资，有的学校连副教授都没有，照样批准招生，因为社会需求太强烈了。不过对此也多了一道学位授予权审核，取得招生权还有一道学位授予权的关口，质

量还是要有保证的。至于社会上的日语培训机构更是遍地开花。日语专业的发展不仅在江东省，在全国大多都是如此，只是速度有快慢不同而已。

随着时间的推移，南江农林大学的日语师资也有了明显的改变，日语专业也得到了较快的发展。不仅专科专业、本科专业，几年后日语硕士研究生也获准招生。首次报考日语研究生的就有50多名，最多时有近百人。南江农林大学日语的影响已经名列全国同行业的前茅。同样，全国范围的日语发展也是速度惊人的，仅招收日语本科的院校就达到千所。不仅有国家层面的"中国日语教学研究会"，许多省市也都成立了"日语教学研究会"等相关的学术团体和研究机构。日语真可谓是膨胀式发展，井喷式发展。

如果追溯江东省日语专业的招生时间，在50年代就开始了。江东省的日语师资力量现在在全国都可以说是很强的，可日语教学研究会不知为何却迟迟没有成立，落后于其他省份十几年。何一夫来到南江农林大学有五六年了吧，突然接到通知说开一个"江东省日语教学研究会筹备会议"。开始两次何一夫都没有去。别人都以为他是摆谱，他们是实在不了解何一夫了。简单点说，何一夫是一个洁身自好的人，他的要求就是把自己分内的工作做好，对这一类社会性工作是不感兴趣的。由于何一夫的实力和最近几年在学术界的影响，"江东省日语教学研究会"最终还是由何一夫牵头而成立了。这样总算结束了日语专业在全国办得特多、招收日语学生最多的省份却没有相应学术团体的历史。

学会成立之时，南江农林大学校长亲自出席讲话，省有关部门如教育厅、外办、中日友好协会、日本驻中国机构等都发来贺信，或派专人参加。会后紧接着召开了日语教学研讨会，隔年又作为主办方举办了"日语教学与研究国际研讨会"。南江农林大学成了省内日语教学与研究的牵头或者说是联系单位。

面对江东省日语的迅速发展，看到南江农林大学的日语教育在全国的影响日益扩大，何一夫的情绪高涨不已，好像他的用武之地又扩大了许多。

一天晚上，董玉荷对他说："区人事局想牵头在机关办个日语培训班，不知你能否支持一下？"

"区人事局？你们和他们好像不是上下级关系吧，怎么找到你的？"

"是你们的名声大了。他们通过省人事厅的私人关系找到我的。"

"为什么非要办日语班？英语不行吗？"

"英语他们都有基础，好像没有什么用处。日语发展的趋势大家都看出来了，而且干部晋升要考外语，听说日语里有很多汉字，容易学。是群众要求领导办的。"

"那我看看，可师资是个问题呀。"

"天下事难不倒共产党员，想想办法吧。不过……"董玉荷欲言又止。

"不过什么？"

倒是他夫人这个局外人看得清，说了句实话：

"我看这种局面恐怕不会持续很长时间吧？日语发展得太快了，有违事物发展的一般规律。难道日语就这样无止境地发展下去？"

"还有空间，还没到顶峰。你没有看到都'破冰'了吗？"

"'文革'前全国日语每年正式招生百人左右，现在全国学习日语的人数都到几十万了。"

"如果用'井喷'这个词来形容不为过分。"

"任何事情发展到一定地步都会停下来的。日语我看已经到顶峰了，接下来就要走下坡路了。"

"怎么会呢？"

"怎么不会呢？大的趋势我们管不了。我看学校的日语专业和日语中心不要再盲目扩招了，你该考虑考虑怎么刹车了。"

何夫人担心的事情不久就发生了。看来事物的发展还真是有规律的。

3. 别于华人

告急。日语师资告急。中国日语师资告急。南江农林大学日语师资告急。

何一夫一方面在确保日语专业和日语中心正常运转，一方面在到处招揽日语师资。

暑假期间，何一夫赴日进行了相关交流。主要有三个内容：一是巩固和发展原来合作较好的一些单位和学校，二是与一些学校签订或续签合作合同或备忘录等，三是拜访了一些名校名流，为今后的日语发展奠定基础，包括外教聘请等问题。一句话：扩大日语成果，加快日语发展。

何一夫此次去日本只有一周时间，所拜访单位涉及东京、大阪、京都、神户、长崎等，每天换一个地方。席间有友人问及来日印象如何？记得当时何一夫只说了"环境洁净"和"风景优美"两点。何一夫同时也补充道，日本海洋性气候十分宜人，不过中国的青岛、厦门、大连等海边城市的面积加起来也不小，也都是很干净的；中国的湖南、四川等内地的风景也是很美的，有很多的风景是独具的。不知当时何

一夫是怎么想的，幸亏此次访问并不带政治色彩，幸亏是在午饭时间闲聊，幸亏……数年后何一夫和同事说起这回事情时，只说了句："我说的是实话嘛。"席间无意之中又扯到中国人在日本工作的薪酬等问题，大致情况是只相当于同样工作的日本人的一半。而且很少有中国人出任正职，即使在一个很小的机构，不管你是否已经拿到了绿卡。个中缘由，不仅日本人清楚，恐怕在日的中国人也清楚。

平心而论，在日本似乎处处都可见到值得中国人学习的地方和长处：岛国风景，一个月不擦皮鞋仍无灰尘；文明礼貌，秩序井然，无人插队；汽车主动让闯红灯的行人；厕所里都有卷纸恭候，却一寸不丢。顺便插一句，中国改革开放几十年了，上厕所还是保持自带卫生纸的传统习惯。据说曾有试点在厕所里放卷纸的，可后来进去的人还是没有用的纸。

还有，日本人见人先鞠躬，非常讲礼貌等。这些都是为什么？日本这个国家虽然很小，但太神奇了。几十年前曾入侵中国和东南亚，现在又那么富有，一直处于世界目光的焦点，很值得研究。这些恐怕也是若干年后有上百万人赴日爆买马桶、电饭锅、避孕套、感冒药的一个原因吧？

说起日本，给何一夫印象特别深的还有此前在国内发生的另外一件事情。

据说有位作家曾经在一本书里写道，一个中国人是条龙，三个中国人是条虫；一个日本人是条虫，三个日本人是条龙。不管原话是否准确，但意思是都明白的。大概是说中国人单枪独斗可以，人多了在一块儿就会内讧，就成了虫。而日本人呢？人越多力量越大。不知道这样解读是否符合作者的原意，但曾在培训中心发生过的一件事情倒是与此说法有点联系。

一个上午的10点多钟，何一夫正准备出去办事情，突然来了两个日本人和一名中国人翻译。他们说是日本的一家留学机构，专门来考察日语培训中心，是通过校长办公室介绍来的。何一夫只好安排下午再出去办事情，热情接待了他们，详细介绍了中心的招生、师资、生源及教学安排等相关情况。既然是日本留学机构专门来考察的，肯定是想有所合作，但直到上车分手之前，日本人都没有提及此事。何一夫只得把翻译拉后一步问及此事。翻译说，本来是考察一下准备合作的，可一听说培训中心是与藤田公司合办的，他们便主动放弃了。日本人同行之间是不挖墙脚的，即使在国外也是如此。

何一夫心有不悦，但在心里还是赞同此种做法的。对此团队精神，越来越多的中国人现在也逐渐认识到了这一点。这是值得高兴的事情。

第 13 章　同桌继续

1. 重点高中

又要放暑假了。

在学校里工作就是好，一年有寒假和暑假两个假期。这是谁设立的？太英明了。据说也有人明确提出过质疑，不过没用。且不说教育规律，就是学生本身酷暑严冬又如何在教室里待得住呢？

和往年一样，高温天气一直在持续，在发展。南江市没有辜负"火炉"的称号。就是早上起来不到外面去，坐在家里也会出汗。家里和外面一致：高温一致，空气闷热一致，无一丝微风掠过一致。不一致的只是屋里没有太阳。

今年这个暑假，何、常两家的心情随着"火炉"的不断升温都越发烦躁起来。暑假以后两个孩子都将升入高中，现在他们都报考了同一所省重点高中。依大人们的意思，报考排名前三的省重点高中就很不错了，可何振华坚持要冲刺南江市历年都排在第一名的省重点高中——南江中学。何振华的各门成绩一直都很优秀，外语成绩也追上来了，将南江中学填为第一志愿，把排名第二第三的高中填为第二第三志愿。既然孩子坚持，何一夫夫妇最终还是同意了孩子的想法。上三个重点高中里的任何一个应该都没有问题，但是一定要等通知书到手才能彻底放下心来。他们想到的还有让孩子通过这件事情能否从思想上再收获一些什么。

常菲菲的父母呢，心里就不那么踏实了。常菲菲的数学成绩一直处于中等偏上，可她也非要填报南江中学。

考试成绩昨天出来了。何振华超过分数线 10 分，几乎不存在什么悬念。常菲菲总分在录取线以下，差 1 分，不过外语满分。

看到这个结果，常德益赶忙从新疆回来了，他们全家都急得像铁锅上的蚂蚁。他们打了好多电话，拜访了好多人，折腾了几天，竟然连南江中学校长的面都没能够见到。常德益夫妇死心了，他们真正尝到了隔行如隔山的味道。

常德益就要坐晚上的火车回新疆了。他们对菲菲说：

"我们尽力了，你也看到了。上第二重点高中是没有问题的，重点高中之间的区别是不大的，关键是自己的努力。"

不管怎么说，菲菲就是不吭声，不说话，胸脯一鼓一鼓的。扬苹苹突然注意到了这一点，这才明白女儿长大了。填写志愿莫非与何振华有关系？虽然现在还小，但以后对此也要留神了。她对常德益说：

"你不用担心。车子已经来了，你走吧。"

常德益出门时顺便摁了一下何家的门铃，董玉荷开的门。他对董玉荷说："我现在回单位了，菲菲的事情拜托你们多关心。"

扬苹苹和菲菲将常德益送到楼下。常德益钻进小车子就去火车站了。

扬苹苹看到菲菲的样子，说："我陪你走走吧。"

菲菲摇头。

扬苹苹又说："那去振华家坐坐吧？"

菲菲摇头摇得更厉害了。

"走吧。"扬苹苹是过来之人，又是教师，懂得点心理学的，况且又是自己的女儿。她摁响了何家的门铃，菲菲并没有强烈反对。扬苹苹在想，反正他们年龄还小，现在先把她的情绪稳定下来再说。

董玉荷叫何振华去开门，一看是菲菲她们母女俩。

董玉荷开口了："你把菲菲带到你的房间去，我和你阿姨有话说。"

"菲菲的事情有什么进展没有？"

"没有。你没看到菲菲的眼睛是红的吗？"

"我看到了，所以才把她支开的。那常县长怎么就走了？"

"不走又能怎么样？该找的人都找了，该想的办法都想了，已经没有办法了，听天由命吧。"

"实在没办法的话第二第三重点高中也行。现在重要的是要把她的情绪稳定下来。"

"我和老常也是这么想的。"

她们正在聊着，有钥匙开门，是何一夫回来了。

董玉荷望了望墙上的挂钟，才8点多一点，怎么今天回来得早？她正要问他，就听他说："扬老师也在？正准备去你家呢。"

原来常德益已经走出去10多分钟了，想想菲菲的事情又放心不下，赶忙让司机拐回来再拜托何一夫一下。一个山头一只虎。自己远在他乡，可何一夫还在这座山里，不管能否起到作用，跟他说一声反正不会有坏处的。

何一夫的第二句话是："你还记得那个宗老师吧？"

扬莘莘愣了："哪个宗老师？"

董玉荷插嘴了："没头没脑的，说得清楚一点儿。"

"就是县中里的那个教物理的宗老师，他没有教过你们那一届吗？"

"他呀，教过。我记得。"

"你恐怕从学校毕业以后就没有同他联系吧？"

"是呀。怎么啦？"

"他已经来省教育厅工作好几年了，现在负责中小学教育这一块。"

扬莘莘一下子没有反应过来，只是"噢"了一声。

"还有这层关系？"董玉荷一听这话就对扬莘莘说，"那赶紧去找找啊？"

扬莘莘这下子明白过来了："我们一直都没有联系，我去找他未必能见到。"

何一夫说："上次我在省里开会见过他，他很高兴。他说自己虽然是江南人，但大学毕业以后就分配在江北县，一干就干了近20年，对那里是有很深感情的。他还要我跟其他见到的校友说一声，没事常去他那里坐坐。"

扬莘莘张了张嘴似乎想说什么，又没有说出来。何一夫继续说："时间真是不等人，再过两年他就退居二线了。"

董玉荷这时打断了他的话："废话，这个以后再说。菲菲的事情他能帮上忙吗？"

何一夫白了她一眼，好像说"你着什么急呀"。

常德益从何一夫办公室走了以后，何一夫就给宗老师打了个电话，了解了一下情况。南江中学今年计划录取高一新生300名，报考南江中学的上千名学生中间有8个学生外语满分。其中有1名总分在录取线以下，那就是菲菲。全市万名生源中外语满分的有30多名，其中有6名总分不达线的。他们研究了这个问题。过去是"学会数理化，走遍全天下"，现在是"外语好什么都好，不会外语怎么走天下"？再说外语学习是要有一定天赋的，不仅对于本人的未来，对于国家和民族实现走向世界的宏伟规划更是必需的。他们研究后形成的初步意见是：建议外语满分的总分降低5分按第一志愿录取，个别特殊情况由各学校自己决定。原则上是不能让外语成绩在95分以上的学生满足不了第一志愿。该意见马上就以简报形式发往各高中及相关单位。

听到这个消息，扬莘莘高兴得从沙发上猛地站了起来，张嘴正要喊菲菲，被董玉荷拉了一把。扬莘莘瞬间明白了：希望越大，失望也就会越大，等通知下来再告诉菲菲吧。

何一夫和董玉荷知道何振华考上省重点是没有问题的，现在耐心地等候通知书就行。至于菲菲的情况，他们知道自己是帮不上什么忙的，心想常德益是政界人物，回来活动还有不放心的吗？所以也就没有主动过问这件事情。不管怎样，现在总算有点眉目了，他们也感到很高兴。

8月31日是中学开学、学生报到的日子。

何振华、常菲菲和董玉荷、扬苹苹四个人坐着一辆车子，直奔南江中学。

毛毛细雨，纷纷扬扬，丝毫不影响他们几个人的心情。一个月前，两个孩子接到了同一个学校的录取通知书，何一夫和扬苹苹两家大人和孩子们的心才彻底放了下来。两个孩子同上一所高中，也让董玉荷的心里增添了一分喜悦。

扬苹苹心里的一块大石头总算落了地。自从上次何一夫联系了宗老师以后，她的心比原来更加沉重了几分，再有"万一"怎么办？真是寝不安席、食不甘味，惴惴不安地撕着日历过日子。好在只有几天，消息便传回来了：符合外语满分、总分降5分录取第一志愿的要求，就等着录取通知书吧。收到这个消息后，扬苹苹同样好几夜都没有睡好觉，只是心情变了。菲菲进了市里排名第一的省重点高中，将来考上个好大学肯定没有问题，她的前途是无量的，自己要为她好好地规划规划未来。要以未来和前途去转移或推迟孩子在男女之情方面的注意力。尽管他们现在还小，但毕竟已经进入情爱萌动的阶段，引导不好将会耽误他们的一生。何振华是个诚实的孩子，菲菲和他在一个学校上学可以得到他的照顾，自己可以放心一些。但要时刻提醒他们、引导他们，学习是第一位的，要把全部精力放在学习上面。

直到今天去学校报到，两家大人和小孩都还沉浸在喜悦之中。昨天晚上，宫怡芳夫妻做东，张罗三家小聚，庆祝两个孩子考上重点高中。茅茅还在初中学习，宫怡芳当时就鼓励他要以哥哥姐姐两人为榜样，以考入南江中学为目标。

2. 异性激励

真没想到，何振华和常菲菲两个孩子上了同一所省重点高中，又分在了同一个班级，继续同桌。四年的小学加初中的友谊和交往将会得到进一步延伸。

何振华已是一米七三的个子，高鼻梁，双眼皮的大眼睛，不是太白的肤色，憨厚少语的性格，给人一副办事稳重和不容易被侵犯的印象。常菲菲长得特像她母亲，颜值极高，一副单纯可爱的神情格外讨人喜欢。

102

南江中学的学生都是寄宿。何振华和常菲菲两个人周六下午赶回家里吃晚饭，周日午饭后又一同前往学校。平时除了睡觉，就连吃饭也不例外，几乎天天都在一起。实际上他们在一起所涉及的内容都是和学习有关，他们正走在向大学冲刺的路上，无暇顾及其他。每天要抽出一定时间相互练练口语、提高英语水平是必不可少的内容。而何振华在外语学习方面投入的精力则要多一些。这种情况一直延续到高三理科分班，何振华在理科班，常菲菲在文科班。除了上课，其他情况不变，直到他们高中毕业。

作为孩子们的父母，双方家长似乎也非常放心，因为有振华照顾菲菲，振华也不是喜欢惹事的孩子。

如果谈到男女感情方面的问题，不管别的孩子怎么样，何振华和常菲菲在高中学习阶段可以说没有跨越雷池一步。这也是有原因的。一是他们有着明显的奋斗目标，他们在加若干倍地努力着。二是学习太紧张，说进入高中就进入高考的冲刺阶段不过分，特别是省重点高中的学生。三是两人尚处于朦胧阶段，受过的性启蒙教育太少，既无时间更无胆量去实践一番，充其量是异性吸引，相互关心、照顾而已。至于以后在大学校园里，学习轻松，余暇充足，且路上到处都是男女学生成双成对地在走动，墙上贴满了"爱情之窝出租"的告示，他们也到了开启感情闸门的年纪，他们是否还会像现在这样，感情是否会有进一步发展，现在猜测就显得早了些。现在只能说，他们两个形影不离，确实对学习很有帮助，有着一定的激励作用。

何振华和常菲菲两个孩子正常上学、上课，好像没有什么异常。可常菲菲的母亲似乎有点沉不住气了。

望着两个孩子周末一起回到家里，周日一起前去学校，扬莘莘自然很高兴，也很放心。可她又很不放心，望着菲菲日渐增大的胸脯，越发成熟的女性妩媚，她多次想要和菲菲正面谈谈，可都没有说出口。这是荷尔蒙在作怪，属于正常现象，你说和孩子怎么谈？不谈也不行，现在孩子成熟比较早，特别是女孩子。怎么办？再想想不久前发生的一件事情，似乎更让自己有时是坐卧不宁。

周六，扬莘莘上了一天的课，有点儿累，不想做饭，便约了董玉荷去外面吃。两个孩子也要回来，去饭店让他们改善一下。她们估计孩子快到了，便出门了，顺便迎迎孩子。刚出校门口，她们便望见一个男孩子双手托着一个女孩子往路边的医院跑。董玉荷刚张开嘴巴，就听扬莘莘说："那不是菲菲他们两个吗？"随后大叫着"菲菲，菲菲"，追了过去。她们追进了医院急诊室。原来菲菲只是低血糖，这才都放下心来。扬莘莘当时是放心了，可随后便更不放心了，天天如此，与日俱增。

菲菲有低血糖，自己毫不知晓。振华告诉她此前在学校也曾有过两次，当时校

医来了，让去医院好好查一下。今天刚下公交车就突然倒在地上，怎么叫都没用，所以就赶紧托着她往路边的医院跑。

自此，菲菲的口袋里边都装有水果糖、饼干一类，每件衣服每个口袋里都有。何振华的口袋里也被放了糖。扬苹苹再三叮嘱他们两人平时要格外注意。她不敢想象两个孩子如果经常这样接触，最终会发生什么。扬苹苹遇到了迄今未有过的难题和纠结，最终和常德益商量的结果是，关键还是孩子自己。他们要和女儿郑重谈一次，平常也不断提醒着。核心内容是强调学习：现在是高中阶段，马上就要高考了，要把主要精力都放在学习上。感情的事情，处于青春期，喜欢异性很正常，但谈情说爱是另一种性质不同的喜欢。不过对菲菲还不能直接挑明，一则会不自然，二则会弄巧成拙，容易产生意想不到的副作用。

就凭常菲菲的智商焉能不明白父母的意思？扬苹苹刚扯出这个话题，她就明确表态。她的心思真的都在学习方面，前途未定，决不分心，冲刺重点大学是当务之急，诸事之首。感情方面的事情还没有考虑到，就是有时候一两天不见会想他，想他时就找他或者叫他来就是，好像也不是什么问题。何振华呢？本来就是一个要强的孩子，成长的家庭环境在此，自然不用担心。两家两代人最终都统一到：学习第一。

孩子不易，大人做父母的同样不易。

第 14 章　麻麻情思

1. 凝望背影

"那不是茅教授吗？"

"不是他还能是谁呀。"

"你怎么也肯定那个人就是茅教授呢？他原来不是一头艺术家的长发吗？"

"已经剪掉有一段时间了。不过你从他的走姿，还有戴着耳机，或者手机平对着嘴巴这些动作也可以认出来。"

下班时分，何一夫和扬苹苹同时从办公楼出来，一同走在回家的路上。突然看到前面不远处有一个背着双肩包的男人和几个女学生走在一起，便有了以上的对话。

"倒也是。你看他正平端着手机和谁通话呢。"

"还有，除了学生以外，四五十岁成年人背双肩包的全校就他一个人，现在几乎成了他的标志了。"

"是啊。他身上的活力是同龄人中间少有的，他总有一些与众不同的地方。"

恰巧碰见有人给自己打招呼，扬苹苹让何一夫先走，她和别的路人又扯了起来。

南江农林大学的教学区和家属区是连在一起的，中间用墙隔开。墙上开了一个门，叫 6 号门。因为是下班时候，路上可以说是人头攒动。数以千计的教职员工下班了，大几千数的学生下课了。从教学区到家属区只有这一条路，不管是谁都得经过这里回到家属区，回到家里。除非你多绕两三公里从其他门如南门、北门等出去，然后再进入家属区。学生们从这里出入的也很多，因为从 6 号门出去便是一条商业小街，还有去市内的公交车站。其他几个门的外面除了马路几乎还是马路，尽管慢慢地也盖了一些商店，但距离较远，且不如出入 6 号门方便。

扬苹苹和别人东一句西一句地边走边聊着，眼睛却不时地指向何一夫的背影。不知从什么时候起，只要听见对面开门的声音，她都要从猫眼里望望是不是何一夫出去了，然后再跑到窗户那里目送着他走路的后背。何一夫虽不是一米八的魁梧身

材，可也有一米七五吧？反正自己的个子也不高，只有一米六〇。如果自己烫一下头发，再穿上半高的鞋子，走在一起还是很般配的。关键是他走路一直都是笔直腰板，始终都是一副精神十足的样子。他的脸上始终都是春天，忧愁烦恼等好像都与他无关，但也透出一种敢于担当的自信和不容置疑的威严。这是他军人生活的历练，还是事业成功的必然？她经常在想象何一夫穿军装时的样子，又想到当初见面的场景，如果……退一万步讲，如果自己学的是日语，或者他也是英语教授，那天天在一起的机会就更多了。现在在一个单位，见面机会还是有的，不过总觉得言不能尽表，情不能尽溢。此外，自己的梦里也常常出现他的身影，不是在和满屋子穿军装的学生上课，就是在和自己讨论问题，自己也穿着军装。越想忘掉他，就越是忘不掉他，见到他心里就激动，就好像第一次和男性约会一样。这种感觉的存在已经有相当一段时间了，丝毫不见减退。所以她通常都尽量回避两个人单独在一起相处的机会。

上班，下班，上楼，下楼，买菜，散步，同在一个单元里住着，门对门，每天见面的机会真是太多了。她很少正面直视他，但她常常肆无忌惮地从后面盯着他。她经常故意走在后面望着他走路的姿势，她也经常在窗户里面凝望着他那令自己不由得心动的背影。

他原本就是少白头，最近好像白头发变多了。

这几年他辛苦了。孩子上学，日语教学，学科建设，中外交流，行政事务，还有其他社会活动，等等。他真的很辛苦，扬芊芊很理解他。

但他走路的姿势依旧，笔直的腰板，军人的步态，十分精神。

何一夫先回到家里，走进厨房。突然从窗户里看见扬芊芊也到了楼下，头顶一道白色。他想，时间真快啊，她也有白头发了。吃饭时，何一夫望着夫人的满头黑发说："女人还是要少操点心，你看扬芊芊的头发也白了。哎，我问你，她的头发怎么在中间白了一道？"

董玉荷白了他一眼："你真不知道还是假不知道？几年前她的头发就几乎全白了，现在的满头黑发是染的，中间一道白头发是刚长出来的。"

何一夫"哦"了一声："你不告诉我，我怎么知道呢？看来女同志要是太强也不容易啊。"

"就是。不仅在教学和科研方面，就是在日常生活中她也是一个特要强、特爱操心的人。"

2."触电"

春色满园，春意洋洋，春情勃发。

何一夫和扬莘莘去 W 大学参加一个学术会议，同去的还有一个女教师。

何一夫从来不单独和任何一个女同志出差，谁也不知道是什么原因，也没有人去究问过这个问题。他这个人有时候不可理解，特别是在和异性相处方面往往谨慎有余。女学生或者女老师找他谈点事情，他总是要把办公室的门留个缝儿，放个凳子什么的东西隔开，说辞是"通风效果好"。

会议结束的当天晚上，有一个告别宴会。情之所至，环境使然，几乎每个人都喝了几杯，或白酒，或红酒，或啤酒。饭后扬莘莘和何一夫一同走出了饭厅。那个一起来开会的小朱老师说去看一个朋友，宴会都没有参加就出去了。

何一夫和扬莘莘两个人走在校园里，发现 W 大学的校园比南江农林大学的校园要大很多。他们信步来到了樱花园旁，走了进去。

今天晚上的月亮格外明亮，可在樱花园里刺眼的灯光面前就显得暗淡多了。

现在正是樱花盛开的季节。这几天来参观樱花的人从早上 7 点开始到晚上天黑之前，都是络绎不绝。这种情况影响了学生上课等学校的正常工作，无奈学校每年在这个时候都要放几天假。何一夫他们开会的地点在新校区里，直到今天都还没有去欣赏过这个樱花园。今天不去看看明天就走了，所以大家都在晚饭后来到了这里。

说是新校区，其实就是在马路对面。原来是果园，在扩建校区的大洪流中便被改换了主人。说起樱花园，其实是在旧校区里，将樱花集中在一个地方，用铁丝网围了起来。原来只有几十株，经过购买、赠送，现在已经有几百株了。一个名气不大不小的当地的名人题了"樱花园"三个大字，加上媒体的炒作，不几年就名扬神州了。名声虽然很大，但应该不是因为题字的是名人，而是因为它是"樱花"。如果说樱花很多也就算了，可偏偏就这么几百株，还是多年积累起来的。说怪也怪，说不怪却不可理解，说不可理解却也不尽然。

中国土地上的樱花能够扬名似乎和政治也是有关系的，至少这一次是脱不了干系。改革开放之前，樱花在中国好像很是"安分守己"，改革开放以后名声一下子就大了起来，因为樱花和日本捆绑在了一起。

樱花是日本的国花。开始人们都以为只有到日本才能看到樱花，看到樱花就如

同看到了日本。没想到中国大地上也有不少樱花在开着。有人考证说樱花传自日本，又有人说源本中国，至今似无结论，争论了几十年还在继续。据说美国也有个"华盛顿樱花节"，是一百年前一个日本人赠送的。看来日本人就是特别，所到之处，都要留声、留名、留痕迹、留印记，或美名，或其它，而且常常不是短期的。

作为我们一般人来说，樱花在中国土地上就是那么多，其数量和影响都远远不及日本国土上的樱花。日本把樱花当作国花，可在中国却显不到它。中国土地上的花一族太庞大，樱花只是名气和影响很小很小的一种，没有必要把它炒得那么高。要想看樱花就去日本，不要以为在国内看了这几百株樱花就以为是去了日本。

在散步的人们中间，何一夫和扬芊芊他们好像一个熟人都没有碰到，可能也有在外地的缘故吧。扬芊芊的话多了起来，似乎无所顾忌，无所不谈，兴奋异常，与平时判若两人。现在只有她和何一夫两个人，而且远离单位和熟人，多年压抑的心情此时要任性地释放出来，否则今后恐怕再难有这么合适的机会了。扬芊芊毫无顾忌、目不转睛地边走边望着他，送过去一波又一波的电流。她不时地用手撩拨他一下，就差挽着他的胳膊了。何一夫虽然喝了两杯白酒，但他的脑子还是很清醒。凡是公共场合的酒宴，他从来都不会让自己喝醉，也不会吃得很多。是军人的经历，还是其他原因如习惯？他不知道。包括原来在部队节假日聚餐时，最多吃个七八分饱便放下筷子。聚会第二天常常传来谁谁谁拉肚子了，谁谁谁半夜不得不去医院了，可他从来没有过。

虽然今天他没有喝多，但酒精的作用还是有的。平时从没有正眼仔细看过扬芊芊，今天也借着酒精不时地瞅她几眼，在月光下。充其量不过如此，如果再进一步发展，恐怕他没有这个胆量。他们俩就这样摇摇晃晃、踉踉跄跄地走着，不时地碰撞一下对方的身体，可两个人的手始终都是分开的。

何一夫知道扬芊芊喝多了，便力劝她回房间休息。

何一夫把她送进房间正要转身离开的时候，扬芊芊突然在地毯上蹲了下来，"啊"了一声，说是脚崴了。何一夫看她坐到地上好像起不来了，就伸手要把她拉起来，刹那间就有一股电流般的东西迅速从手指传向全身。他猛地把手抽了回来。

扬芊芊这时在不停地哼哼着："疼死我了。疼死我了。"并示意关上门。何一夫自然懂得，别人看见这种场景肯定认为不太正常。

何一夫关上门，不得不将她抱到床上。就在何一夫将她放在床上的瞬间，电视上最近流行的镜头出现了：扬芊芊突然用双手紧紧地搂住了他的脖子，并且顺势使劲一拉，何一夫便一下子趴在了扬芊芊的身上。

何一夫激灵了一下，瞬间好像什么反应都停止了。没有反抗，没有动作，好像电流也终止了。他愣住了。

这真是应了人世间多年总结的那句名言：男追女一堵墙，女追男一张纸。动物界也有一句类似含义的名言：母鸡不叫，公鸡不跳。看来不全是在改革开放以后，自古就有雌性主动向雄性表白可以达到事半功倍效果的例子，区别只在于：数量上现在比以前多得多，方式上比以前更加任性。

何一夫转业以后，发现并体会到地方就是地方，和军队明显有着许多不同的地方。加上社会发展太快，有时总觉得自己真的有点落后于时代了。虽然他参加公共场合的活动很少，但也是有的。不过他给自己也定了一个原则：捏捏脚、按按摩可以，仅止于此。说实话，就这一点自己刚开始也不习惯，虽说没有必要男女授受不亲，但也不能仅隔着一层睡衣任由异性恣意揉搓。早些时候曾有个同事约他去洗桑拿，他都不敢去，至今还不时被提起来调侃一下。后来做了系主任，再后来又做了院长，学校外的活动自然多了起来，自己也慢慢适应某些情况了，但他始终不敢，也不能违背自己定下的那个"原则"。他十二分地知道，即使抛开自己的道德操守不谈，还有的是自己也没有这个胆量。某某异地嫖娼被抓、某某进了派出所，这类消息不断见诸媒体，让任何有这种想法的人都胆战心惊。如果硬要说还有其他的原因，可能就是那句男人们用来自我安慰的阿Q般的名言：女人熄了灯都一样。总之他觉得，万一就是万一，谁遇到了"万一"对谁就会变成"一万"。不仅成为人们茶余饭后的谈资，更是一辈子都要低着头做人，在教育部门工作的更是如此，值得吗？

扬芋芋的举动让他思维停止，感觉全无，但也只是一瞬间。不过他也突然体会到了女人漂亮和可爱的区别与结合，女人的可爱会使漂亮加分，女人光漂亮是不能打动异性的。何一夫早已感觉到，扬芋芋是有名的冷美人，和别人交往如雕像，可每次见到自己好像就不同了，可爱的成分始终都存在。久而久之，何一夫听她说话时就有一种异样的感觉产生，由原来的正常的声音变成听着比较舒服。不管何一夫是否到了专家所说的"心灵盲区"，还只是不知不觉地嵌入了感情，反正渐渐地，何一夫喜欢听扬芋芋说话了。不能说扬芋芋是嗲，应该说是可爱，充满雌性。此时此刻的扬芋芋可以说是两者结合最佳的时刻，不仅漂亮、妩媚，而且可爱至极，不由人不动情绪。

扬芋芋身上的崇山峻岭隔着衣服开始活跃了，何一夫的体内也有了感觉。霎时他明白了正在发生的和将要发生的是什么，他条件反射般地立马控制住了自己，赶忙说了一句"有人敲门"，硬是猛地抽身站了起来，开门出去了。后来他常常回味这个细节，每次都要在心里骂一句："真是见鬼了，当时爬起来怎么那么干脆？"

并没有人敲门。

　　扬苹苹的反应可想而知，她拉过被子蒙在头上，大大地哭了。

　　何一夫回到房间，一下子躺到了床上。他要平静一下自己的心情，整理一下纷乱的头绪。

　　首先回到他脑海的是拉手时的那种感觉，这种感觉还是第一次和夫人拉手时体会过。作家们都用"触电"两个字来形容男女之间的这种感觉，可何一夫此时觉得这种形容似乎又有些不妥。他没有触过电，但从电视、电影等媒体上触电的镜头来看，那种被触电的感觉除了电流急速通过全身以外，外显的是一种恐惧感、寒战感，而不是异性之间发生的那种特别的感觉。

　　据说有个教授专门对此进行了研究，调查比较了数十名自愿者，结论是异性拉手的感觉与触电除了急速通过全身这一点相同以外，至少还有三点不同：一是伴随触电同时出现的是一种对死亡的恐惧感，而拉手是一种异性送来的幸福感，是有生命的。二是触电的电流是一种"寒电流"，让人不寒而栗；拉手是一种"暖电流"，一种高强度的暖流，让人暖彻心肺，是有感情的。三是触电的电流肯定比异性拉手的暖流要快得多、强得多，而且电压要高得多。理论上讲36V以下电压是不至于致死人命的，5V左右的电压就可以使人有与异性拉手相似的动感。话再说回来，如果要用"触电"来描写异性之间的那种感觉，那么电压肯定是很低很低的，它不至于要命，只是瞬间把全身的血液迅速升温、加速流动而已。

　　何一夫感觉到作家笔下的异性触电感觉只是一种类似的夸张描写，实际上就是异样感觉瞬间促使血液流动加快，推动心脏急速搏动而已。人类异性之间的这种感觉不宜用无生命的、无感情的科学术语来加以具体描述，它与真的触电之间不具有可比性。可以换一个词语来表述，如"麻酥酥、酥麻麻"之类，不会让人产生那种触电般的恐惧感。看来这个教授也真是无聊透顶，你说这项研究能有多大的科学价值？这种事情在语言表述上换个词语就行了。

　　想到这里，何一夫的手里似乎还攥着扬苹苹那胖乎乎的、热乎乎的、暖乎乎的、肉乎乎的、有轻微颤动感的小手，浑身也暖了起来。不过好像没有电流了，毕竟他的手里现在什么都没有，只是回味而已。

　　何一夫又想到，扬苹苹怎么会这样？自己一点思想准备都没有。来得快，结束也快，自己强行离开是对的。否则事情的进展凡是成年人都会知道，那样的话自己现在又是另外一种心情了。

　　扬苹苹现在是什么样的一种情况？她会怎么想？她在哭泣还是后悔？她能承受得了我的这种态度吗？会不会产生想不开的念头？

　　何一夫猛地从床上坐了起来。不管怎么样，自己一定要过去看一下，把自己的想法彻底地告诉她，至少自己可以知道她现在是一种什么状况。

何一夫不再犹豫了。

就在何一夫伸手要开门的时候，对门传来了转动钥匙的声音。他从猫眼里一望，是小朱老师回来了。

何一夫回到了沙发上，抽出了一支香烟，情绪渐渐平静了下来，至少不用担心扬芊芊今夜的情况了。明天怎么办？在一个单位工作，又是邻居，抬头低头都能见到，怎么办？何一夫又为难起来了。只要扬芊芊不提，自己就不要提了，喝酒了，什么都不记得了，免得尴尬。

回到学校以后，董玉荷不露一点痕迹地从小朱老师那里得知开会期间的所有活动。何一夫和扬芊芊也就是一顿饭的工夫在小朱老师的视野之外，而且确实是在吃饭，是多人会餐。后来董玉荷又观察了一些日子，并无异常情况，便又放下心来。

作为一个人，董玉荷对丈夫的品德、人格是绝对放心的。作为一个女人，有点隐私是正常的。丈夫正是精力旺盛时期，不仅仪表堂堂，事业上鸿运高照，而且从同事到学生，在他的周围女性占绝大多数。这些都让董玉荷时刻提醒自己对丈夫要存有一份特别的关心。最关键的原因是现如今传统的道德底线在迅速走向崩溃，如今社会，如今时代，董玉荷不敢在这方面对丈夫的关心存有丝毫的懈怠和忽视。

第 15 章　外语之盛

1. 就任院长

时针毫不迟疑地指向了 21 世纪。

神州大地上的外语教育进入了发展的鼎盛时期。从外语语种来说，不仅日语井喷式地发展，其他外语语种也遇到了前所未有的机遇。中国学习人数最多的是英语，将面临着新的改革与创新。英语专业除了传统课程以外，联系社会需求的课程在不断增加，如商务英语、法律英语、旅游英语、计算机英语、文秘英语等。大学英语面向非英语专业，探索在原有基础之上如何继续提高的种种措施，如四年不断线等。其他英语和日语以外的外语语种如韩语、法语、俄语、德语、意大利语、西班牙语、阿拉伯语等，都无愧于这个机遇，得到了空前的快速发展。伴随外语快速发展而来的标志性变化是，几乎在一夜之间，许多大学的校园里都挂起了外语学院的牌子。有的学校没有教授也成立了外语学院，由副教授主持学院工作，或有教务部门领导兼任，甚至有的外语学院院长是机电系或后勤部门什么单位临时调来的。

南江农林大学的外语学院也应时成立了，就在"江东省日语教学研究会"成立后不久。

南江农林大学外语学院下设英语系、日语系、公外系。何一夫出任首任院长。

据说在研究院长人选时，有人提出应该选一个英语专业的教授当院长。何一夫虽然是日语专业，但学术威望、行政能力、人格魅力等，似乎周围还没有人能与之相比。院长是行政职务，光考虑专业不考虑相关能力是不够的。有关部门衡量再三，最终一致同意何一夫出任院长。至于日语培训中心虽然仍由何一夫兼管，但已由他人具体负责日常工作。

外语学院的成立，特别是何一夫出任院长，这给扬芋芋和宫怡芳的心情都带来了超乎一般、超乎他人的振奋。扬芋芋是英语系副主任，自己要趁此暖风加倍努力，力争尽早解决教授职称。宫怡芳调任外语学院办公室主任，想法和扬芋芋应该是一致的，只是目标和内容不同而已。谁都想进步，这是可以理解的。当宫怡芳向她表

112

示三家应该出去庆贺一下时，扬芋芋自然是极力赞同。

三家就在学校附近的一个饭店里坐了下来，庆贺的主题自然是何一夫做了外语学院的院长。说穿了这只是一个借口，三家借此进一步加深感情而已。何一夫呢？对此聚会的名义也没说什么，不必太认真。不管什么名义都无所谓，三家是经常小聚的。但他对行政职务及社会身份等一直都是没有多大兴趣的。不过，省日语教学研究会会长、外语学院院长的身份，这些都把他推到了前台，不由他不卖力气，他也肯定会不遗余力的。南江农林大学外语学科的发展，招生规模的扩大，在学术界地位的迅速提高，几年后博士点的建立，这些都与何一夫的努力是分不开的。

2. "电击"

南江农林大学外语学院成立时，几乎所有市内高校的外语院系都派人来表示祝贺。主要是祝贺南江农林大学外语教育发展之快，还有一层隐而不宣的意思是日语教师坐上外语学院院长的位子有点不可思议。

我国的外语教育，一直都是以英语为主，所以外语学院院长的职务通常都是由英语教师出任，俄语、法语等其他语种教师做院长的凤毛麟角。日语经过这几年高速发展，才引起了人们的注意。至于日语教授做外语学院的院长，全国恐怕也没有几个。来祝贺者有不少是想借此机会认识一下这个引来的日语教授。南江农林大学外语发展之快，同这个日语教授是分不开的。我国的日语教育行情猛涨，认识他不仅对本单位的日语教学就是其他方面如外语领域申报项目、评奖什么的肯定也会有好处。

习惯势力是可怕的，很难改变；习惯势力也是可敬的，约定俗成，不会有人提出异议。何一夫到地方虽然不长，但对有些习惯慢慢也有所了解。在改革开放凶猛异常的时代里，大学和社会几乎是同步的。一般来说，比较大的活动在面子上的宴会结束后，还有余兴节目，即自由安排。除了回去的，有的换地方继续喝酒，有的去卡拉 OK 唱歌，也有打牌的，有去洗浴中心的。余兴节目使彼此之间的感情会有一些加温性的变化，或续尽余兴，或加深感情，抑或改变某种事情的性质。总之，余兴节目的内容非常丰富，意义不可低估，好多在其他场合不能或不易办成的事情，在这里一般都不会留下遗憾。据说日本也有这类活动，叫作"二次会（にじかい）"。中国最近几年，不仅引进了"工作餐"，将其内容不断丰富，更是将传统的酒文化

发挥到极致。有中午工作餐也有晚上工作餐的，不仅有正式的，还有余兴的。这种现象在社会上出现不久，好像就被教育界、学术界引进了过来，好像它适用于各种场合。

何一夫到地方以后，开始时极不习惯，但慢慢地就发现，这种形式的媒介是"酒"。酒，是没有生命的，但它有自己存在的理由，有独到的好处：加深感情、凝心聚力、提高效率、加速成功。三杯酒下去，基本上所有尴尬和不快都不存在，所有事情好像都能继续进行下去。

何一夫有自己的底线，不管哪里的余兴节目总是有选择地参加。这次会议他并没有安排余兴节目，但还是有人邀请他。他找借口东躲西藏，哪个节目里都有他，哪个节目里又都找不到他。他让副院长和办公室主任等去提供交通等方便的一些便利。至于他自己，把几个人送到某洗浴中心门口就说自己先办点事情马上就到。不过他们去洗浴中心与会议和何一夫都无关，何一夫只能提供交通方面的方便，不会参与的。司机在大厅休息，何一夫躲在小车里，不知道什么时候就睡着了。

宫怡芳主任做完了院长布置的工作，就自己回到了小车里。她知道何一夫并没有进洗浴中心，可能在车子里睡着了。她没有立即坐到司机的位置上，而是坐到了何一夫的边上，叫了几声"何院长"，没有回应。

她关注他好久好久了。他才华出众，还有那军人身姿、果敢作风，虽不魁梧却很吸引异性注意的身材，都在她的脑海里占据一定的位置而始终不能离去。不知从何时起，他的言谈举止，一举手一投足，他的所有都成了她关注的内容。她坚信，在自己今后的仕途上，何一夫是一个必须依靠的关键人物。

人们通常形容男女示意叫"放电"。此时的宫怡芳，觉得这是一个绝好的机会，光是"放电"已经不够了，必须更进一步地加以"电击"。她毫不犹豫地将他的头搂到自己的怀里。心想如果他不是醉酒的时候能这样多好？又多亏了酒，没有这酒，自己可没有这个胆量。自己平时都没有胆量正眼望过他，现在可以肆意触摸了。不仅是眼睛抚摸，手也忙乎了起来。她摸着他的脸、他的胸脯，嘴巴自然地凑了上去。这种场合她不知梦见了多少次，今天借着酒意，焉能错过？她任性地在何一夫的脸上盘旋，先用手后用嘴。嘴在忙着，手也变换了位置，依顺序滑到了下面，速度和力度也不由得加快了。呀，立起来了！硬起来了！好厉害呀！

突然，边上有一辆车子的灯亮了，有人说着话从洗浴中心出来了。宫怡芳顿时扫兴得很！

不过这里还真不是"那个"的地方，充其量前戏而已，恐怕连模拟模拟都不行。她下了狠心，姑且先放过这一次，改日再说。他太正规，但必须在这方面俘虏他，他才能在关键时刻为自己说话，自己才有前途，不管用什么手段。从读研到留校，她至今还没有什么办不到的事情。

司机被她叫出来了，她坐到了副驾驶的位置上。在经过办公楼的时候，说是要到办公室去一下。她下了车，接着她给董玉荷打了个电话。

董玉荷把何一夫晃醒了，车子到了何一夫家的楼下。董玉荷随口对司机说了一句："就你一个人把院长送回来的？"

司机只是"嗯"了一声又回洗浴中心接人了。

董玉荷对司机的话将信将疑。这时她突然想到了宫怡芳。宫怡芳现在被任命为外语学院的办公室主任，为什么办公室主任会是她？同她是外语硕士有关，同何一夫没关系吗？何一夫要是不同意学校能硬派吗？肯定有关。有一个扬苹苹在同一个单位就够自己思念的了，又多了一个宫怡芳。这个人可比扬苹苹容易接触多了，而且可以说是任何一个男人见了都会产生想法的漂亮女人。她是办公室主任，成天和何一夫在一起会产生火花吗？现在只有依靠何一夫的人品来把关了。董玉荷意识到，从今天外语学院成立之日开始，自己必须又要多思念一个美人了。

何一夫并不是一点感觉都没有，迷迷糊糊的，好像做梦似的。宫怡芳叫他时，他似乎知道，自己是故意借酒不答应的。现在他好像也醒了一些，被夫人扶着回到了屋里。

不过他今天喝得真有点多了。身不由己，加上兴奋和别人的劝酒，可以理解。他似乎错过了一个终身再难遇到的机会。他当时正欲配合对方、有所反应时，就被外面的声音弄醒了。宫怡芳下车去叫司机，他知道，他不能再清醒了，他也真的就睡着了。

有个校领导曾经借酒同何一夫议论过宫怡芳和扬苹苹两个人，两人皆是绝色美女，一个高傲虚荣，一个可爱甜润。仅此而已，再议论下去就都和身份不相符合了。至于何一夫心里怎么想的，想过什么，是否将她们两人加以比较过，这些他从没有和别人说过。不过，作为院长，身边有两个美女支持自己的工作，心里还是很愉悦的，有时候想想都觉得是一种享受。

3. 花开两朵

外语学院成立，扬苹苹从心底里感到很高兴，毕竟和自己很熟悉、很了解的人

做了院长。这对自己以后的进步和发展无疑是有好处的。虽然自己只是被安排为英语系的副主任，但也算在行政上迈开了第一步。副教授在高校里比比都是，还是等自己评上教授以后再考虑行政方面的事情吧。想来只要自己够教授条件了，何一夫肯定会为自己说话的。他已经是老教授了，又是不同专业，"文人相轻"的干扰肯定会少很多，自己的教授之路也会顺利得很多。再说英语专业缺教授，不仅从大的环境，就是从学院发展的角度来考虑，他也会为自己说话的。自己现在除了教学工作以外，就是要把所有精力都放在科研方面，力争在第一时间实现教授之梦。

扬苹苹又想起了上次在宾馆发生的尴尬。回来以后何一夫并未有异常表现，一如以往。这让扬苹苹也卸下了心里的负担。就把这些都归结于酒后的表现，让它过去吧。以后如果再有机会的话还要试一试，毕竟男女之间跨过这一步关系就会有性质方面的变化，也只有这样，自己的心里才更踏实一些。不过何一夫似乎并不是这类人，自己不能太莽撞了，要更加谨慎一些。扬苹苹又想到，感情方面的投入包括身体方面的投入，但绝不仅仅如此，可以是多方面的。以后要在其他方面加大感情投入的力度，使彼此之间的距离更近一些，感情更深一些。至于身体方面的投入，因时因地因情况再说吧。

第 16 章　双语教学

1. 试点班

　　宫怡芳的先生茅时教授是几年前在引进国外人才的浪潮中进入南江农林大学的，他的专攻是遗传学。他在读博期间并无论文发表，就因为他是"洋博士"，进校即给予了教授职称。据说国外有不需要发表论文即可获得博士学位的。

　　茅时教授研究的是"纳米·基因"这个比较时髦前沿的项目，但回国后几年来有些小打小闹，却无骄人成绩，估计在此领域一下子也不会有太大的进步。作为引进人才，学校里已经有异样声音出现了。不过他的人缘很好，交际能力很强，也很活跃，情商极高，时髦感、存在感尤为明显。一米七八的身材，大额头，光亮的头发，异常干净、整洁，爱背着个双肩包，连早上跑步都带着个耳机，据说还曾有过披肩、寸头的经历。总之什么时髦穿什么，什么时髦用什么，什么时髦就什么，什么样的时髦在他的身上几乎都会及时地得到体现。他的身上总是有着明显的与众不同的标志，好像时时刻刻都在告诉人们：我来了。遗憾的是小有驼背，据说是读博士时候累的，看来博士也不是好读的。

　　你随便问一个学校里的人，都会知道茅时教授。但他在专业方面迟迟没有大的建树，连他自己都备感压力，近乎抓耳挠腮。

　　中国有句俗话说得好："运气来了山也挡不住。"正当茅时在研究方面不知如何突破时，一个新的机遇突然降临到他的面前。

　　改革开放的大潮，裹卷起全民学外语的热浪，持久不衰，且热浪翻滚越滚越大，越滚越高。从整体看，我国大学生的外语水平绝非二十年前所能比及，已经有了全面的量和质的提高。俗话说：水涨船高，大学的外语教育时时都在进行新的改革，提出更高一级的要求。因此，有一些专家提出了"双语教学"的概念，并在一些单位进行试点，以期大学生的外语水平接近或达到母语的水平。

　　所谓双语教学，指的是中外两种语言都作为教学语言，通过学习专业知识（如化学、数学、计算机等）来同时达到掌握、巩固和提高第二语言即外语能力的目的。双语教学不是简单的母语加第二语言，而是要通过专业学习从听说读写等方面全面培养学生的外语能力，达到用外语听说读写及思考所学专业、解决问题的能力。其实质就是通过教学语言的手段来促使学生外语能力的巩固、提高和发展，说得更直白一点，就是用外语教学专业课。即课堂语言主要不是母语，而是外语，不管什么课程，政治课、文学课、物理课、化学课、数学课等。老师用外语教，学生用外语听、说。换句话说，要达到在大学课堂里说的几乎全是外语，中国大学的课堂几乎变成外语的世界。描绘的这个前景无疑是美好的，但对大学生的外语要求则变得很高，专业方面的要求当然也不会降低。

　　就我国目前的情况来看，双语教学中的外语主要是用英语，它要求教师用正确流利的英语进行知识的讲解，同样要求学生用英语回答和提问、讨论。因此，双语教学涉及师生两个方面，不仅是老师，还有学生的外语水平都要达到能用外语交流专业内容的要求。

　　双语教学，这毕竟对于如何提高学生的外语水平是一种创新，尝试成功了对外语学习来说也是一种手段和途径。据说学生在一二年级取得四级英语证书以后就不再理睬外语了，因此到毕业时外语水平大大降低。有学校用当年考过的四级英语试卷对即将毕业的大学生摸底，结果是有近一半的学生不及格。这让英语教学很着急，种种改革措施、建议不断涌现，如加强课外英语角、四年英语教学不断线等。双语教学的提出与这个背景不是没有联系的，既然双语教学，你就不会将外语置之不理。如果试验成功了，一直到毕业外语都会大大得以提高，而不会退步。对于大学外语，双语教学的尝试将功莫大焉。

　　经过了若干单位若干时间的实践以后，双语教学并不像提出者所以为的那么容易，大学生的外语也没有提出者开始所以为的那么有着明显的提高。记得当时也有人对此提出异议，可有人拍板：没关系，先试点。

　　南江农林大学作为名牌大学，当然走在教学改革的前面，也决定进行双语教学的试点工作。南江农林大学进行双语教学试点已经具备了一些基本要求，如师资最近几年就从国外引进了数十名专业博士，学生都是从高考顶尖的高中生中录取的，他们的外语水平是不容置疑。双语教学的老师必须是外语绝好的专业老师，学生也必须是外语绝好的学生。为慎重起见，学校决定先小范围试点，且只局限于英语，待成功后再推广。首先要做的是在全校进行师资及学生的遴选工作。结果却大大出乎双语教学组织者的意料，最终只有两三个老师、不到100名的学生报名。看来双语教学并不如想象中的那么容易实行，至少还未达到受欢迎的地步。学校便决定再稳妥些，在茅时教授执教的专业里选了一个班 30 名学生，由茅时任老师并负责试点的全过程，随时总结、改进、完善。

双语教学对茅时来说是一个机遇，是一根改变自己科研窘境的救命稻草。他是一个极为聪明的人，还有艾米莉这个英国籍女士作为后盾，他报名参加双语教学的改革试点了，学校也批准了。

双语教学的实践让茅时体会到：双语教学实践起来很难，两节课并非如自己想象的那么容易。主要原因是：

①学生的英语水平未达到基本要求。用英语进行日常交流似乎不成问题，如果交流的内容变成专业知识就不那么容易了。

南江农林大学的学生入校时外语都是很好的，而且双语教学是从全校选出来的实验班，外语应该都是顶尖的。结果是一个学期过去了，用外语上课仍然大多听不懂，不仅专业词汇不懂，就是外语听说的能力都是参差不齐的。几乎仍然是汉语和外语各讲一遍，甚至可以说变成了专业词汇翻译课，而且用于翻译的时间长于专业讲解一倍还多。结论是：严重妨碍了专业课的教学进度，急于求成，欲速不达。

②国外引进的博士，虽然外语很流利，但往往知识欠缺系统化，不太能够讲清楚语言结构方面的规律。恐怕有的原文都理解不了，不知其然，更不知其所以然。遇有难点讲解、内容理解困难时往往费时费力，效果欠佳。

双语教学，教授什么？教日常用语吗？能够进入大学学习的外语肯定都不错，是有一定基础的，日常用语肯定已经掌握了不少。教专业词汇吗？用外语解释吗？恐怕在汉语里有的专业词汇学生都不懂。那么用外语教学专业内容效果肯定很差，还是回到用汉语教学为上策。这是芝麻西瓜一起抓，西瓜难以抓到手，芝麻也从指缝里漏掉了不少。再说，专业才是学生的主要学习内容。

要不是在试点，而且作为一个项目，茅时真想停下来了。

茅时的想法是：

①首先要考虑学生的外语基础如何，不仅是外语基础，更主要的是专业方面的外语基础。

②学生要专门学习一些专业词汇。即大外课程可结合专业增加专业外语词汇，专业课时可顺带复习和适当增加专业方面的外语单词，不宜本末倒置。

③专业课也是学习。学生学习的主要内容是专业，不是外语。双语教学时专业学习的时间被记诵外语专业词汇多所占用，顾此失彼，专业知识却所得甚少，得不偿失。

茅时认为，想迅速提高学生的外语水平和能力，心情可以理解，但要在全国各

大学推广双语教学目前不太可能。外语能力包括一般交际能力和专业能力。大学公共外语课应该和专业结合，专业外语词汇在公共外语课内应该得到较多的体现和学习，而不应鸠占鹊巢，一些常用的外语专业词汇在专业课内学习。双语教学现在还只能在极小范围内实行，需要继续摸索、不断完善。总之，外语能力可以通过各种渠道获得，不一定非要推广什么双语教学，不宜耗时费力，事倍功半。

2. 摸索中

自从学校有外语教师开始，南江农林大学在外语与专业方面结合的探讨就开始了。

外语本来只是一门语言工具，外语课只是培养和提高学生的外语交际能力而已。随着社会快速发展，对外语教学的要求日见拔高，但大学只有四年时间，其所能拔到的高度也应该是有限的，更何况外语学习是无止境的。更令外语教学难堪的是，学校一再强调要同理科专业结合，搞出外语特色来。那么理科专业的外语特色究竟是什么？南江农林大学的外语老师对此摸索好长好长时间了，终因种种原因而迟迟不能见效。据说国内有好多理科高校都在摸索该方面的经验。

说穿了，多一种语言学习，作为中学生或大学生是可以的，但要把母语以外的语言当作母语一样使用，那是太高估大学生的外语水平了。就是用母语教学专业课，学生还是学习阶段，用外语教学学生都能懂吗？双语教学在条件不具备时不要霸王硬上弓，这是揠苗助长。专业是专攻，外语是基础，学生学好专业和外语，届时语言一转换不就行了？总比现在专业学习受到影响要好吧？茅时的一年实践也证明了这一点。至少现在在我国实施双语教学的范围应该很小很小。

在一年实践以后，茅时向学校提出了一个比较完整的书面报告，比较全面地阐述了自己的体会和看法。双语教学目前来看还是摸索阶段，属于宝塔尖上的教学，应该允许随时增减进退。最后他提出了一个建议：与外语学院合作，成立"双语教学研究中心"，隶属于学校教务部门。他强调性地认为：双语教学作为教学改革的一个目标来加以实践、来努力、来摸索是不宜否定的，应该继续进行，并应得到加强。从改革的高度来看，这种说法值得肯定，领导层面也是不会有人敢于站出来加以否定的。

茅时是多么聪明的一个人？他要做的是具有前瞻意义的项目，仅此就够他摸索后半辈子的了，原专业研究也可以因此而停止。还有，和那个英国籍的艾米莉女士也可以每天都坐在一个地方了。

"双语教学研究中心"应时应景而生，取得了一块专门研究和实践双语教学的平台，其现实意义和历史意义对于南江农林大学是不言自明的，对于茅时和外语学院来说也是不言而喻的。

"双语教学研究中心"成立仪式结束后自然是酒会庆祝。改革开放以后，生活得到大大改善，有点事情就庆祝，好像已成惯例，一顿饭已经不算什么了。听说有的人多少年都没有在家吃过饭，早中晚餐都在家以外的地方完成。作为茅时个人，这次提议周末三家聚会，其余两家一如既往地毫不犹豫地加以响应。

你说这不是缘分又是什么？何一夫是外语学院院长，扬莘莘是英语系副主任，宫怡芳是外语学院办公室主任。茅时呢？本和外语学院没有丝毫关系，现在也走到一起了。三家本来就处得比较融洽，现在又因工作进一步加强了联系，感情自然会不断得以加深。常德益此时正好在家里。席间他们首先议论的话题自然还是外语教学方面的了。

最近几年，何一夫夫妇之间一个重要的话题就是感慨外语发展之快，而常常是董玉荷先提起来的。尽管她非外语专业毕业，从事的工作也与外语无关，但她看问题的角度往往是不易被否定的。

由于大学毕业生自谋职业，所学专业与职业直接对口者不多，职业难谋；再加上什么都和外语结合、挂钩，都要考试外语，致使外语专业生源猛增。不论日语还是英语、德语、俄语、西班牙语，概无例外。其中又以日语最抢风头，英语不甘于后，双语教学等创新也不断提出。外语学院一夜之间星罗棋布，也是证明。

三家聚会回来后，董玉荷对何一夫说："日语发展快到顶点了，双语教学也是阳春白雪。用不了多久，大学里的外语发展将会萎缩。"

"为什么会萎缩？"

"因为外语学习的年龄提前到小学、幼儿园，外语的基本能力在大学之前就大多已经具备，再加上在国内多数人工作无须使用外语等种种原因，外语的大学教育将有一个很大的变化。"

何一夫望了她一眼，什么也没说。他知道，至少她现在是冷静的。

聚会的第二天，茅时就又和艾米莉去西安调研了。一年多来他们出去调研了若干次，调研报告、研究规划等也相继完稿，可双语教学依旧，难见有较大的起色。恐怕两年三年后都会依旧，不会有大的突破。除非大学入学时学生的外语就已经达到或基本达到母语的水平。

第 17 章　神秘电话

1. 驱车宾馆

又一个周末。

茅时和艾米莉又出去调研了。

这是第几次了？记不清楚了，好像一到周末他们就要出去调研。作为工作，宫怡芳无语，但心里好像有很多话要对人说，如鲠在喉，再不找人倾吐就有被憋死的可能。

自从上次在车子里发生的事情没有走完全过程之后，宫怡芳始终耿耿于怀。最终未能成事，葡萄未能彻底品尝，后来似乎也再无类似机会。她后悔当初为什么不自己开着车子去，时而又后悔为什么把司机叫出来而不是自己开车离开。否则的话还可以体会一下时髦方式"车震"的感觉，不管他醉到何种地步，那个东西还是管用的。我就来一个"霸王硬上弓"，他又能奈我何？她多次设想那个场景，自我体味那种感觉。她真是后悔极了。

自此以后她一直生活在这个后悔之中，特别是在想起有关茅时和女硕士、女博士不清不楚的传说时，尤其是在每次茅时和艾米莉出去调研的时候，更催化了她的这种心情，让她的本性之欲望近乎癫狂。她也曾在梦中实践过心灵深处的幻想。好在她不说梦话，即使茅时有时被弄醒也是懵懵懂懂的，还以为她是梦见和自己在互动呢。

昨天夜里宫怡芳又梦见自己和何一夫在一起了，而且是在大操场上，周围是许多观看的人。后来这些围观的人好像都进入了情节，还有人在喊着"一、二、三"的口令统一节奏。宫怡芳从未在有第三者的场合和异性做过这种事情，更不要说是如此大的多人集体行动了。她经受了空前的刺激和快感，失控似的呻吟着、尖叫着。突然她狂叫了一声，醒了。习惯性地摸了摸枕头边上的位置，她知道无人，因为茅时出去调研了。她猛地坐了起来，受不了啦！今天她怎么也不能再按捺住自己了，她也不需要再按捺自己了。丈夫都出去忙乎去了，自己为什么还闲着呢？

　　她抬头望了望墙上的挂钟，才3点多一点儿，她索性就起来了。她无所事事、坐卧不宁、焦躁不安地熬过了一天。直到晚饭后，她从窗户里看见董玉荷和扬莘莘两个人出去散步了，便毫不犹豫地拨通了何一夫的手机。

　　何一夫告诉她自己在市里参加一个评审会议，没有急事的话过几天回学校后再联系。

　　作为学院办公室主任，宫怡芳当然知道院长在市里开会。宫怡芳开车到了何一夫开会的宾馆。何一夫已在门口迎接。

　　大厅的咖啡馆人已满，没有座位，且来往如梭，不乏熟人。

　　他们进了何一夫的房间。

　　门刚关上，宫怡芳就一头扑进了何一夫的怀里，哭着对他说："何院长，你快救救我，我早就受不了啦。"

　　何一夫愣住了："什么事情？你坐下好好说。"

　　宫怡芳很顺从地坐到了沙发上。

　　宫怡芳止住了哭泣："他们又出去调研了。"

　　"他们？谁？茅教授和那个外教？这是正常工作。"

　　"正常什么？每周都出去。"

　　"你应该相信他们。"何一夫说。

　　何一夫知道这句话的苍白，可除了这句话，他还能说什么呢？

　　"我没办法相信他们，他们在英国时就认识。"

　　"这也不能说明什么呀？何况我们也无权干涉。"

　　宫怡芳："我不管。这次你一定要救我。"说着说着，就又扑倒在何一夫的怀里。

　　"不能哭，你看妆都白化了。"

　　"谁化妆了？你看你看，哪里化妆了？"

　　宫怡芳这时把脸贴了上来。何一夫只是顺口找个托辞，这时歹着胆子真的看了看，确实没有化妆。看来自己平时都没有认真看过她，她的皮肤真白，肤色微红，两行泪水不多不少，好一枝带雨梨花。他不能自控地搂住了她："你让我怎么帮你？"

　　宫怡芳什么也没有说，换了个姿势把何一夫按倒在沙发上。

　　何一夫心醉了。上次在车子里自己是有感觉的。嗨，人生几十年，此情此景至今未曾遇到，一旦错过恐无下次。他没有胆量主动去找她，今天她来了，被动地接受不行吗？挣脱思想中的各种桎梏吧，索性听天由命，任其摆布。

咚咚咚。

他们正在手忙脚乱、正准备冲刺最后防线的时候，突然有人敲门了。

"何院长，我们几个来拜访您，您在屋里吗？"

何一夫条件反射似的马上应道："在。来了，来了。"

好在故事刚刚开始。又是夏天，穿的衣服并不多，加上尚未进入主要情节，更谈不上发展到高潮，又是在沙发上，所以周围并无异样。

宫怡芳赶忙起来拉了拉裙子，整理了一下头发。实际上她剪的是短发，无须整理，只是下意识地扒拉了几下而已。面带百般遗憾，对着何一夫一副欲言又止的样子，确实让人于心不忍。

何一夫这时真想再把她拉过来，管它外面风雨雷电。不过他好像也清醒了不少，机械地说了一句："咱们以后不能这样了。对不起。"

宫怡芳开了门。她走了。

几个客人进来，又走了。

何一夫躺在沙发上，回味刚才和宫怡芳的情景，久久不能释怀。突然，他又开始埋怨自己了，如果事情的整个过程都结束了，肯定还会有第二次、第三次，肯定迟早也会暴露的。那样的话，自己将如何面对双方的家人和周围的人？不仅自己的人品会受到议论，双方家庭也将面临破裂的危险。这件事情也会传到孩子们的耳朵里，孩子们又会怎么看？罢了，罢了。下决心吧！以后绝对不能再有类似情况发生了。

何一夫果然言而有信。

2. 神秘电话

深秋。

南江市依然无凉意，依然到处是穿裙子的女人们和穿着衬衫的男人们。

何振华和常菲菲考上了同一所省重点高中，在南江市的另一边。学校要求寄宿，一周回家一次。两个孩子同校同班同行，互相帮助，互相关照。茅茅进入初中学习，学校就在校园里，吃住都在家里。作为家长们，他们对孩子的情况还是比较了解的，孩子们已经都能适应中学阶段的学习了。

不管是何振华和常菲菲的省重点高中，还是茅茅所在的附校初中，对学生的学习都抓得很紧。所以三家大人因孩子学习牵扯的精力变得少多了，各自按照自己的生活规律正常进行，工作也都很顺利。董玉荷夫妇呢，唯一担心的是孩子的英语。不过孩子在初中时就已经跟上班了，利用暑假又去了两次外国夏令营。孩子也在赌口气，且很用功，所以大人的操心似乎又是多余的了。

一天晚上。董玉荷从外面回到家里，刚打开电视，就接到了一个不愿透露姓名的女人的电话，直言告称何一夫和扬芊芊关系暧昧。

按往日习惯，如果没有特殊情况，两家三口或者还有茅家的人会在晚饭后一起出去散步。董玉荷今天有事，没有去散步。何一夫有应酬，没有回来吃晚饭。这些都是再正常不过的事情了。董玉荷毫不迟疑地对这个电话进行了否定。凭自己对扬芊芊这么长时间的了解，她长得漂亮但还是有底线的，至于何一夫恐怕连思想都还没有开放到那种地步。两家关系好，是一种正常的交往，不仅是邻居，何一夫还是扬芊芊的领导。如果硬要往感情方面扯，交往中有好感甚至有时有点想法也是正常的，但绝不会落实到行动上。这时，电话里又说："不信的话，你去窗口看看。"

不管出于什么考虑，董玉荷还是拿着无绳电话走到了窗口。此时已近晚上 9 点。她看到了自己的老公和扬芊芊一起回来，快走进门洞里了。

他们两个是一起出去应酬的吗？还是院里有什么事情？还是正如电话所说，他们出去约会？是去卡拉 OK 了吗？他们喝酒了没有？做了别的什么事情没有？董玉荷正在快速思考的时候，听见防盗门的钥匙响了。她赶忙放回电话，转身走向客厅，顺手从里面将门打开。趁着门刚打开的瞬间，她故意贴近了他。她并没有闻到什么酒味，或者女人身上的香味什么的。她什么也不需要问了，连想也不要想了。她觉得自己太容易轻信别人了。突然之间她也觉得自己很无聊。记得自己曾经借故去何一夫和扬芊芊的办公室实地考察过。他们两个的办公室是门对门，但都不是一个人独用。院长和书记共用一个办公室，扬芊芊的办公室里则有四张桌子。一层楼里有十几个办公室，楼道里来来往往地还有不少学生。她心里踏实了许多，但也留下了遗憾，一想起这件事就血压升高，自己真是太无聊了。

何一夫一进门就告诉董玉荷，今天和扬芊芊给外教他们开了个小会，然后一起吃了便饭。

何一夫也是 40 来岁的人了，他当然知道"人言可畏""三人成虎"的国情。所以即使去散步或者去菜场买菜，他都总带着夫人，没有单独和扬芊芊在一起待过或者出去过，不管时间长短。几家一起去卡拉 OK 时，扬芊芊曾主动请他跳舞，他都没有给过一次面子，扬芊芊自然知道缘由。似乎直至人老珠黄时，她都难以找到和何一夫单独相处的机会，唯一一次可能就是一起去 W 大学开会那次。嗨，不要再提了。

三家过从甚密，每天至少都会有一次见面，或一起上下班，或一起出去散步。

常德益在外地，茅时由于专业等关系晚饭后几乎没有时间散步，所以三家能够出来散步的通常只有四个人。说得准确一点，三个男人中间就是何一夫和她们一起散步多一些。宫怡芳由于工作和性格等方面的原因，晚上也经常有自己的应酬，原来有空就和扬芋芋出去跳舞，现在扬芋芋很少去了。晚饭后出来散步最多的就是两家三个人。时间久了，恐怕也有玩笑出来了吧。

就在董玉荷接到电话的第二天，常德益从外地专门给董玉荷打来了一个电话，说有人给他打了电话。董玉荷说："我也接到了同样的电话。是宫怡芳直接告诉你的吧？她再变换腔调，我都能听出来。"最后董玉荷说："不管她是直接告诉你还是打电话，也不管你和宫怡芳俩的关系到底如何，我都绝对相信自己的丈夫。你们结婚十几年了，难道产生婚姻危机了吗？"

不管董玉荷嘴里这样说心里到底是怎么想的，常德益是怎么考虑的，反正小小的风波还没有形成就不存在了。

说句实在话，董玉荷对丈夫在这方面的关心从此越发重视了。实际上她一直都很重视，但她始终都处于相信自己的丈夫和"万一"的矛盾之中，对此一刻都没有放松过。反正孩子的学习无须自己操心，除了正常上下班以外自己也没有什么其他的事情。

第 18 章　低血糖

1. 贵人相助

你知道世界上什么最快？不是曹操，尽管有俗语"说曹操，曹操就到"，也不是飞机、火箭，是时间。伟人毛泽东先生曾有过类似比喻："三十八年过去，弹指一挥间。"你说是快，还是不快？

时间飞快。转眼之间，何一夫到南江农林大学已经有十个年头了吧？不仅创办了日语专业，学校的整个外语力量和影响的增加与扩大都同他有着一定的联系。日语专业仍然处于快速上升势头，与日本联系的范围在扩大，影响在增加，层次由本专科增加到硕士、博士各个层面的合作和交流。外语学院成立后，同美国、英国、澳大利亚、新加坡等国家和地区的交往都呈现一种发展、上升的态势。师资队伍建设的速度加快，师资力量得到了进一步整合，不分国内国外，抢夺外语人才。英语引进了一名教授，苟副教授晋升了教授，又引进了两名博士；日语引进了两名副教授，增加了三名硕士；法语引进了一名副教授。学院正在制订新的发展规划，全面提高师资的整体水平，积蓄发展能量，为在适当时候申报博士点创造条件。

不管是大环境还是小环境，当时对外语教师个人的发展与进步来说都是不可多得的机遇。全国人民对于外语的重视程度越来越高，似无顶点，亦无边界。有需求就要有产出，外语教育在毫无顾忌地迅猛狂奔，硕士点、博士点自然也在迅速增加。因为全国的日语基础比较差，所以日语硕士点增加较快，博士点虽有几个，但仍不可与英语相争锋。这是大环境。小环境是：南江农林大学的外语环境已如前述，对外语教师更是有利。只要你符合职称要求的基本条件，一般都会通过相应评审、晋升相关职称的，为了学校的建设与发展，为了国家走向世界的宏图大略。

处于此种环境之中的扬莘莘，晋升副教授以后在学术水平等各方面都有了明显的提高。她不仅出版了两本学术著作，而且发表了数量、质量都有较大影响的论文，

在此期间还取得了南江大学的文学博士学位。从任职副教授的时间上来讲，扬芊芊也到了可以申请教授职称的时候了。她去年曾申请过一次，外审专家未能全部通过。后来又增加了一些成果，今年是第二次申请。不过她的心里还是格外焦急的，她担心申请副教授时候的情景会再次出现，在小组里会被卡住。她和常德益反反复复讨论、分析过好几次，最终的结论都是：听天由命。在整个评审结束之前，扬芊芊心里的忐忑和不安是可想而知的。

教授职称的评审首先要有三个外单位教授级专家评审，通过后交由学科组、学术委员会分别评审通过，最后由相应机关批准发文才生效。

扬芊芊的材料在三个外单位专家评审中，有两个认为合格，一个认为基本合格。学科组讨论时勉强过关，校学术委员会在预投票时未达到三分之二。何一夫在终投票前从"外语专业特殊，职称不能与理科一样要求""外语教授在国内都很少""学院发展需要教授""扬芊芊有潜在学术能力"等方面又一次重点介绍了扬芊芊的情况。此外，可能还由于外语教授要参加省一级评审等原因吧，最终在校学术委员会还是通过了。真是险哪！再少一票就过不了啦。

说句实在话，扬芊芊的条件还是够的，只是没有那么突出而已。何一夫是省评审小组成员，扬芊芊的材料到了省里他自然也会重点加以介绍的。

2. 低血糖

职称评审完成所有程序之后，必须等省里有关部门下文，那时已经是暑假了。在此之前，还有一个公示的程序，没有通过公示的也不乏其人。只有收到正式文件，评审的结果才算落地。所以，在此之前扬芊芊一直是茶不思、饭不想。虽说是暑假，但她不敢外出，天天泡在办公室里，以便在第一时间得到消息。

董玉荷暑假值班。上午收到省里的文件后在第一时间就把消息告诉了等候在办公室里的扬芊芊。

在扬芊芊得到消息之前，董玉荷已经打电话告诉了何一夫。何一夫打开门想去告诉扬芊芊，恰逢扬芊芊正举手敲门。扬芊芊刚说了一个字"我……"就倒在了何一夫的怀里。何一夫不得不趁势抱住了她，赶忙喊在隔壁值班的宫怡芳："宫主任，快过来。"宫怡芳听见外面的动静正欲出来看个究竟，听到喊声，便赶忙应着跑了出来。何一夫说："快打120。"就听扬芊芊哼出了一个字："别。"宫怡芳说："醒了。"便一起将她扶到沙发上躺下。扬芊芊喝了一口水，渐渐恢复过来了，说："我这是低血糖，没关系。谢谢你们。"

扬芊芊坚持在当天晚上聚一次。她太兴奋了，低血糖不是病，没问题。她一改午休的惯例，首先给常德益打了电话，让他晚饭前赶回来。常德益此时已从新疆回来，仍然回到江中县，升任江中县的正县长。插一句，这下子你知道常德益的能力了吧？晚饭前他赶回家来完全没有悬念。作为丈夫，这也是必须的。

接着扬芊芊就专门联系了学校附近的一家最好的饭店，定了一桌酒席，宴请何、茅两家，共三家九人。孩子们也都放暑假了，暂时都还待在家里。三个孩子也为这件事感到高兴。

酒瓶尚未开启之时，宫怡芳倒先开了口：

"值得庆贺呀，芊芊！你真幸运。何院长来了才几年，你的副教授、正教授的职称都解决了。何院长真是你的贵人啊。"宫怡芳不顾周围的反应，继续望着扬芊芊说下去：

"还有，芊芊，今天上午要不是何院长及时抱住了你，恐怕你至少要摔一个大跟头，水泥地上是无轻无重的。"

似乎是"抱住"这个词吧，空气一下子凝固了起来。宫怡芳的目的达到了。她便装着说漏了嘴似的，赶忙把前因后果补说了一遍。

董玉荷也赶忙从尴尬中解脱了出来："芊芊，你这是太激动的原因，以后可得注意的。"停顿了一下又说，"你有低血糖，怎么没听你说过。以后我们对你也都要格外关心了。"

谁都听得出来，话中有话，不知以后当如何破解。

常德益借此机会把话题又转到了何一夫身上：

"我们是得好好谢谢何院长。不仅是芊芊的职称问题，还有我们家孩子上大学、我的侄女儿去日本留学，何院长都是帮了大忙的。"

不知怎么的，话题都集中地转向何一夫。何一夫赶忙调侃说：

"你们看看，好像我就是专门为他们家活着似的。"

何一夫虽然看起来很严肃，但熟悉他的人都知道他偶尔也会开两句玩笑。这时，大家都笑了起来。

扬芊芊此次申报教授虽然难，但与上次申报副教授比较，似乎还容易些，或者说有惊无险吧。这自然和何一夫有关。这一点扬芊芊心里格外清楚，大家也都很清楚。

扬芊芊的心情不用多说：

"是的是的，就是托何院长的福。这次我准备宴请三天，今天喝酒，明天卡拉

OK，后天喝茶。"

何一夫说："现在请客也不是请不起，我们不推辞。省内近百所学校的外语专业只有十来名教授，就冲你升职教授这一点就应该多请几次。"

不过何一夫又突然换了一个话题，说：

"扬老师的职称能够通过和她的二外合格也有很大关系，你们恐怕都不是太清楚，每年有不少人就是因外语不合格而晋升不了职称的。"

常德益刚想接过话茬，就被扬苹苹拦住了："你不懂！先听何教授说。"

常德益不高兴了，经常在公共场合这样，我不懂，就你懂？常德益白了他夫人一眼，径直说了下去：

"知道，我们怎么不知道？具体数字没有统计过，但这种现象大家都知道。咱们学校有一位老师申请十年教授职称都没有通过，就是因为外语不合格。我还有个高中同学大学毕业后从事训诂学研究，在学术界有一定影响，据说非得等外语合格了才能够申报教授。"

不知怎么搞的，这个话题好像很时髦似的，马上吸引了大家的注意。

茅时赶忙插进话来：

"岂止评职称？你们知道吧？咱们学校有个博士都入学七年了，外语不及格就是不能授予学位。听说这还不是个别现象。你说现在攻读博士学位是读专业还是读外语？还有，古文字研究、古文学研究、农业技术员、小学体育老师等，他们要外语干什么？"

宫怡芳说："不要扯远的，眼前就有一件事情。董玉荷升级副处，因为没有外语成绩，黄了。"

"你说得不准确。"董玉荷赶忙纠正说，"有些单位是规定升级副处以上必须考外语的，咱们学校是要副高级职称以上的才能晋升副处。"

"晋升副高职称要考外语吗？"

"是的，外语是必备条件，外语及格是基本要求。"

"那还不都是要考外语吗？"

"那还是有区别的。"

"你申请副高了吗？"

"申请了。但外语考了两次都没有及格。"

"你上大学的时候对外语不做要求吗？"

"有要求，四级英语过关是必备条件。可惜工作以后不需要外语，缘分就淡了，一下子又捡不起来。"

"我就是不懂了，人事干部要外语干什么？一般行政干部要外语干什么？不懂外语就做不了县长吗？中国人非得懂外语，不懂外语就没有饭吃了吗？像我这样的英语硕士，在工作上却用不着外语。"宫怡芳像连珠炮似的一边说着，一边扭着头摇着。

"算了，我也不申请了，反正工作也不需要外语，我把本职工作做好就行了。"

"确实如此。这种不问具体情况都要考外语的做法确实值得反思。听说有关部门正在调研这个情况，一些专业和行业准备免考一些外语，主要看业绩、看贡献。"何一夫顿了一下继续往下说：

"除此而外，就是对在校学生的外语学习也有要改革的声音出现了。中国人学外语花费了太多的时间，这种观点我是非常赞同的。但也有人要走向另一个极端，说高考要取消外语。我个人觉得比较理想的做法应该是：对不同时期不同对象的外语要求要有区别，如初中、高中、本科、硕士、博士。对不同专业的外语要求也要有区别。除英语专业等特殊情况外，以口语交流为主要内容，实用第一，大多数人略知即可。有专家提出高考时外语计入成绩单，或作为参考，或降低难度、比例，是可以适当考虑的。再也不能让大学生及研究生因外语不合格而对毕业产生影响了。"

茅时说："我非常赞成你的看法，但谈何容易。不过有不同声音出现就是进步的开始，是该对外语实事求是的时候了。学生在校学习的时间毕竟是有限的，不能依靠学校课堂上的每周几个小时就能解决外语的所有问题，使外语达到或接近母语的水平。一个人如果需要外语他自己还会努力提高的，不能盲目地叫所有学生都陪着无止境地学习外语。"

聚会结束了。

三个孩子走了，他们有自己的节目。三家大人又去唱了两个多小时的卡拉 OK，便各自回府了。

常德益回家后的第一句话却让扬苹苹有点扫兴：

"你说也真怪呀，我们家的事情怎么老跟何家扯到一起的呢？"

"怪什么？还不怪你自己？你一直在外地工作，有些事情你又插不上手。就说女儿上大学和你侄女儿去日本留学的事情吧，你能解决？我的职称是凭我自己本事的。"

"凭你自己的本事？那前任领导为什么连你的副教授都不考虑呢？"

"几个意思？你又犯浑了吧？我和他连手都没有拉过。你以为每个男人都像你？早知道当初我也应该找个当兵的。"

常德益无语了。他习惯了。每每他有异议发表时，扬苹苹冲撞他几句，他就老实了。

动不动就冲撞常德益，扬苹苹自己也习惯了。在常德益出任县长之前，掏掏口袋、

闻闻衣服上的味道、看看有无长头发什么的，这些电影电视中的动作，扬苹苹每天都要重复的。看来电影电视中的有些镜头也是有现实基础，不是凭空捏造的。常德益出任县长不住在家里，这些动作无法天天完成——对丈夫失控了。这就更促使扬苹苹内心的不安与焦躁，同时也就更加重了她顶撞常德益的心理负担。每次常规事情做完之后，她马上就像变了一个人似的，只要常德益张嘴，十有八九都会遭到顶撞。常德益似乎也理亏似的停住了嘴巴。不知是因为经常分居还是因为其他事情而有愧于扬苹苹？反正常德益没有反击。久而久之，便一直循环而不见终止。

说句良心话，何一夫为常家还是做了不少事情的。对此常德益内心也清楚，也很感激。对何一夫的人品他也是从内心里信任的，只是偶尔心里冒出点儿感觉，充其量是吃醋而已。作为正常的男人这也是可以理解的。作为一个院长和教授，何一夫多年来不知帮了多少人的忙了，该如何来看待？话再说回来，作为一个县长和高级知识分子，其水平和心胸也是不容别人多加怀疑的。今天他只是酒后随便和夫人提了一下，并没有真正往心里去。

3. 持续亢奋

从知道消息到睡觉前，扬苹苹一直都处于亢奋之中，丈夫的话并未引起她过分的解读。虽然在宾馆和何一夫曾发生过让人非常尴尬的事情，自己却并无怨言，并因此而更加敬重他的人品。她常常这样宽慰自己：当时是喝酒了嘛。她依然一如往常地关注、关心着何一夫的方方面面，从内心深处。从教授职称的解决过程来看，如果没有何一夫恐怕还会推迟若干年。当年副教授职称的解决过程就可以说明类似的问题。她也由此推断自己在何一夫的心里是有位置的，至少说他是一个正直的人。有这样一个朋友，值！

她坐在沙发上，端着常德益递过来的茶水。她含情脉脉地望着玻璃板下压着的女儿他们的高中毕业合影，不由得感慨起来。自己的职称问题解决了，从形式上说已经到顶，不必再像以前那样拼命了。孩子明年大学也要毕业，真是喜上加喜啊。

她的眼睛停留在何振华的脸上。这孩子刚来时补习英语的情形犹如昨天，转眼就过去十多个年头。明年他们就大学毕业，可以走向工作岗位了。

何振华和常菲菲他们同在附校读完初中，双双考入同一所省级重点高中，三年后他们又考入华中地区的同一所"985工程"大学，只是专业不同罢了。

扬芊芊心里很清楚，十年同窗，尤其是大学期间的异地同来同往，互相照顾，又都是豆蔻年华，要说他们两个之间没有产生异性好感甚至火花什么的，恐怕信的人就不多了。

现在该是考虑孩子毕业后的去向问题了。是走向工作岗位，还是继续深造？是在国内深造还是留学他国？这些一定要抽空和孩子沟通一下。

扬芊芊一副沉思的样子。

常德益坐在扬芊芊的边上，突然没话找话，提起另一个话题：

"这次评职称，听说单教授在小组会上是极力为你说话的。难道何教授没有出力？"

"不是。他很积极的，但他专业不同。一般情况是同专业的人表态后其他专业的人才好说话。"

"我说呢。如果说何教授不帮忙鬼都不会相信的。"

"据说单教授表态后，何教授的态度也非常明朗。看来当初我们和何教授家走得近是对的。你得跟我学学，看问题要长远些。"

"是的，你多聪明！不过单教授也要去感谢一下吧？"

"当然。听说他上个月办了退休手续了。"

常德益知道夫人的意思了，只是用那双不大的眼睛望着她。

他无语了。常德益彻底无语了。

这不仅仅是针对自己的夫人，似乎也是一种普遍的社会现象，他不无语又能怎么办？

外语学院有一个教师多次教学考核都在末尾，不管是学生打分，还是同行考核。尽管他发表了几篇有影响的论文，但学校明确规定，职称评审教学效果是一票否决。幸亏末尾淘汰制还处在酝酿阶段，否则后果自在不言之中。职称和个人收入早就挂钩了，高中级职称之间收入的差距还是比较大的。单教授认为他的科研和写作能力还是有的，就是教学技巧方面的问题。但对提高他的教学水平真是到了无计可施的地步，怎么帮他都不行。最后研究让他换个环境看看再说。于是建议并极力推荐他去了校报编辑部，一年后解决了研究系列的副高职称。最近听说又同级转聘到教师系列，回到学院做了主管科研的副院长。上次回来看见他和一个人站在路上闲聊，单教授经过身边时他还转头望了一眼。单教授正要和他搭话，他把头又转了回去。那个老师认识常德益，他看见后面过来的常德益就想和他打个招呼。常德益只是抬了一下手便紧赶慢赶追上了单教授，对单教授说："那不是你们系的老师吗？"话一出口，常德益就后悔了。单教授回头一看是常德益，便随口答道："我已经办理

了退休手续。"单教授一边走着和常德益聊着天，一边又不断地回应着跟自己打招呼的人。

常德益这时想起自己当初离开江中县时不是连一个欢送的朋友都没有吗？所以支边回来后非要再回到江中县不可，在哪里跌倒就在哪里爬起来。看来在职在位与否，人际关系是有明显不同的。人与人之间的交往是要有基础、环境、条件的，当然也有人品的问题。自己将来退休后估计也走不出这个结局，现在就要有这个思想准备。只要是存在的，不管合理不合理你都得接受，就像那 PM2.5，你在呼吸时能把它拒之口外吗？

何一夫和董玉荷回到家里以后，何一夫直奔书房，董玉荷一句话也没有说，洗了洗便躺在床上，随手打开电视。但她不知电视里是什么，只有"抱住"这两个字塞满了脑子，别的什么都没感觉。是怎么抱住的？抱了多长时间？是真的低血糖，还是？是双方拥抱还是何一夫抱住而对方没有反应？

董玉荷在床上待不住了，她爬了起来，她要去问个究竟，她要何一夫亲口再详详细细地说一遍。她猛地推开了书房的门，其动作之猛就连她自己都吃了一惊。何一夫吃惊地望着她，张着嘴，欲言又止，不知道发生了什么事情。看着何一夫的样子，董玉荷赶忙改口说："我来看看要不要倒杯水给你。"接着就退了出来。她责备自己到底在干什么？宫怡芳不是都解释了吗？如果再问何一夫，不仅不会有结果，还会加深误解。如果他们之间真的有什么，你也是绝对问不出来的，这也绝不会是最后一次，情节也绝不会如此简单。等以后让自己真正碰见了看他们怎么解释，到时候再一起算账。

董玉荷的心情平静了下来。直到第二天起床、上班，董玉荷都和以前一样，没有什么不同。何一夫昨晚快一点才睡，本想问一问是怎么回事，可董玉荷已经睡着了。最近事情太多，早上看并没有特殊情况发生，便什么也没有说，赶忙吃饭上班去了。

第 19 章　大外单列

1. 大外单列

外语，在中国的地位已经到了无以复加的地步。不仅是面向全校学生的公共外语教学，就是外语专业也得到考生的青睐，此种现象愈演愈烈。在众多的招生专业中，唯外语独尊，文史哲等专业相形见绌。

经过二十多年的经验积累，外语事业在中国兴旺发达，无阻拦、无止境地延伸到几乎所有的角落。外语学习者从大学生延伸到小学生、幼儿园，直至腹中的胎儿。

对于普通中国人来说，外语已经与工作晋升、待遇提高紧密挂钩了，不管你是什么行业，你是什么晋升。外语不仅与学历、学位紧密结合，就是教师、医生晋升职称，行政干部晋升级别，也常常要考外语的，且往往是外语一票否决。外语真的成了一种工具，扩展运用到国内生活的各个方面。外语在中国人的生活当中几乎无处不在，无人不敢不重视。有一段时间某些飞机票上印的全都是外语而没有汉语。这种无视母语的现象不知是否也是在与国际接轨，也不知这种只崇拜外语而无视母语现象的国家在世界上占有多大比例。

且说大学的公共外语教学吧。

英语四级全国统考的成绩是本科生取得学士学位的必备条件。令有关方面异常纠结的是：只有极少数学校、极少数学生从入学起就进入双语教学的试点，外语水平自不用担忧。剩下的绝大部分学生虽能在四年学习期间拿到英语四级证书，但不久英语水平就会大幅度降低。大学刚入学时的四级及格率最高，因为刚从中学走出来，英语还在脑子里。到了大学三四年级，再让他们做当初的四级卷子，竟有一半左右不及格。这种情况岂能容忍？于是便有种种改革措施出来，如有的学校实行"英语教学四年不断线"，不过终未能推行。而极为头疼的是有相当一部分学生因为外语不及格而拿不到学位证书，其比例之高令人咋舌，最高者有的学校可达 15 ％左右。

135

学生着急，学校着急，家长着急，全社会着急。全社会都在探索尽快改变这种现状。这个问题如果解决得不好，将会带来一系列的社会问题，必须慎重考虑，迅速寻求补救的办法。

大学外语教学难以解决的是有两个问题必须考虑：一是外语四级的出题标准问题，为什么补考以后仍有那么多不合格的？出题的标准是什么？据说日语后来降低了全国四级统考的要求，英语呢？再一个就是教学与管理等学校的问题，不过又有哪一个学校敢不重视呢？

作为"211工程"的南江农林大学，对此问题的重视是没有半点犹豫的。上到校领导，下到每一个老师、每一个学生，都异常重视。然而每年的成绩并不理想，即使加上补考，最终合格过关的还不到90%。为此他们走访了其他一些高校，取到的真经已经得到了校教学指导委员会的一致通过：增加"校内四级"考试，以临时加以补救。然而实践了以后效果还是不理想。

新学年开学的前一天。学校教学指导委员会、教务处正在召开教学方面的会议，重点研究的还是与英语四六级相关的一些问题。这个问题经常研究，且需要随时研究，几乎每个学期都会专门研究一两次。为了加强大学英语教学，不断地探索、改进，今天实际上是在下最后的决心：成立"大学外语部"，专门负责大学外语教学问题，上报学校批准。

这是"他山之石"，但愿可以"攻玉"。学校正式下文，将外语学院中的大外老师，包括"双语教学研究中心"一起分列出来，成立"大学外语部"，下设两个系，分别负责本科生和研究生的外语教学。苟教授任大学外语部主任，茅时教授为副主任，扬莘莘为研究生系主任。扬莘莘未能进入外语部的领导班子。

2. 心生芥蒂

外语部成立大会是在下午举行的，实际上就是宣布一下机构和人员的安排而已。

老天爷好像也理解扬莘莘此时此刻的心情，屋外是淅淅沥沥的小雨，屋内是闷热心烦的空气。

会议结束后，宫怡芳直接将扬莘莘拉了出来，并给茅时打了电话，让他带着两个孩子一起吃晚饭，她要和扬莘莘在外面吃。

两个女人出了会场，一边走，一边说。

　　扬芊芊听了大外部班子的宣布以后，原有的希望彻底泡汤，心里异常懊恼，这种结果太想不到了。记得民意测验时自己对苟教授投的是反对票，宫怡芳曾告诉她投苟教授反对票的也有不少，大外部主任除了自己不会有别人。现在怎么是这种结果呢？虽说自己对自己说要有两种思想准备，实际上自己只有一种思想准备。出来这种结果扬芊芊一下子是难以接受的，情绪可以说是瞬间跌落到最低谷，一点精神都提不起来。就听宫怡芳在边上嘀咕说：

　　"怎么能这样安排呢？苟教授在大学正儿八经地只上了一年课，行吗？怎么说也应该考虑你呀，高学历，高职称，教学优秀，研究成果显著。"

　　宫怡芳只顾说自己的，发觉扬芊芊一点反应也没有，便停住了话头，望了望她说：

　　"你没什么事情吧？咱们到外面去走走？"

　　"好的。"

　　"好久没有去舞场了。现在去怎么样？"

　　扬芊芊现在哪有这种心情：

　　"算了吧，就到茶社坐坐吧！"

　　她望了一眼宫怡芳，眼神里有失望，也有一丝疑虑。这一点宫怡芳不会看不出来，便顺着她说：

　　"也好。怎么？情绪有点不高嘛。"

　　"没有啊。"

　　"还没有？看你这个样子，能瞒得了谁？"

　　"就是心里憋得慌。"

　　"是不是大外的事情？"

　　"也不全是。"

　　"外语学院的教授本来就很少，你的科研能力最强、成果最多，为什么主任不是你？"

　　"领导有领导的考虑吧。"

　　"你们和何院长家处得那么好，他也应该推荐你呀。"

　　"嗨，算了，不说这个了。"

　　宫怡芳这下子可是说到扬芊芊的心里了，所以她也没有回避。听说要成立大学外语部，她一直都在做上任的准备，而且是充满希望的。单就她和苟教授两个人来说，论学历，论科研成果，就是论关系，也都是自己排在前面，可结果太出乎她的意料了。这和何一夫有关系吗？这和何一夫没有关系吗？

　　自从她的教授职称解决以后，她知道何一夫的心里是装着自己的，再想想宾馆

里的尴尬，反而使何一夫在她心里的烙印更深了。因此她更加从内心深处，从方方面面关心着他。她当然会顾忌到董玉荷的面子的，这种关心只是在心里而已，或者是董玉荷不在的场合略有异样的表示罢了。至于大外部主任的问题，她更是相信何一夫会不遗余力帮助自己的。大外部主任和教授相比，自然教授比主任值钱得多。既然教授职称评审他都能帮忙，那大外部主任就不会不帮忙。她相信自己的条件是百分之百符合大外部主任要求的，他相信何一夫是百分之百会帮忙的，她做上大外部主任的希望也是百分之百的。最后竟然是这种结果？真是见鬼了。

宫怡芳的声音在耳边继续响起："难道是他捣的鬼？真是人心隔肚皮。我替你收拾他。"

"别别，你千万别这样。"

"我们都觉得你们处得非常好嘛。你看你们帮了他们家那么多忙，再说董玉荷在人事处工作，也可以说上话的吧？"

"你不能这样说。这样就把问题搞复杂了。"

"还是那句老话说得好：知人知面不知心。我一定找机会替你出出这口气。"

自从外语学院成立以后，宫怡芳从原来的基础系到外语学院做办公室主任，已经过去好几个年头了。加上基础系的历史，宫怡芳自认为已经是老资格的办公室主任了，况且自己的工作也很认真，人缘关系都不错。原以为何一夫会帮个忙再升个一级半级的，结果前一阶段学院推荐后备干部时愣是把自己排在最后一名。尽管自己马上就要去做后勤部门的副处长，但心里有个疙瘩还是难以解开。院里要是把自己的名次往前排一排的话，恐怕自己不是校办副主任也是外办副主任了。当初为了留校才没有考虑英语硕士的学位，后来想改行做教师也是有可能的。还不就是你何一夫的一句话？教师没做成，不能参评教授系列职称，不得已只能参评研究员系列职称。花了两年多时间和几千元版面费，发表了几篇关于人事管理方面的文章，总算评上了副研究员。现在要调去搞后勤，看来外语这辈子是用不上了。恨死你了，你这个油盐不进的东西！等着吧。

她们俩此时真是找到共鸣点了。情急之中，难免会流露一点儿情绪的。这是她们此时能够意会和沟通的唯一共同点了，话越说越投机，越说两颗心之间的距离越近。

宫怡芳心里很清楚，不管学院有没有推荐扬芊芊为大外部主任的候选人，就扬芊芊本人来说，要作为第一把手在做人方面还是欠缺一点。特别是评上教授以后，更是一副不可一世的样子。要不是何一夫力挺，恐怕职称解决得也不会这么快。人还是要讲点良心的，至少要实事求是吧，你要真埋怨何一夫就没有道理了。宫怡芳心里想的和嘴里说的不全一样。

俗话说得好："爱有多深就恨有多深。"她们两个在感情方面的隐私是不能与对方沟通和讨论的，只能变成各自心中永久的隐痛，但对于加重她们议论的分量或拉近彼此之间的距离肯定是有帮助的。

当天夜里，扬苹苹做了一个让自己心情非常愉悦的梦。还是在 W 大学的那个宾馆里，她和何一夫住在一个房间里，他就躺在自己的旁边。她把他从身边拉到了身上，她觉得何一夫好像还有点儿不好意思。常德益懵懵懂懂地也就上来了，心想"真是三十如狼四十如虎"啊，不是刚战斗过吗？理解！看来今后还是要常回来。不管了，继续！扬苹苹嘴里不停地在往外吐着满足的声音，常德益在不要命地呼应着。突然，扬苹苹懵懵懂懂之间似乎感觉到身上那个人的动作怎么如此熟悉而单调？她睁开了眼睛，顿觉沮丧不已，一脚便把常德益蹬到了床下。常德益莫名地望着她。她闭上了眼睛。他不敢再上了。他老老实实地躺着，连一口大气都不敢喘出声来。

3. "墙里墙外"

记不清是哪个名人说的：社会地位决定社会贡献，社会贡献支撑社会地位，社会地位影响社会关系。这话是有一定道理的，从某种意义上来说。

真是应了那句俗话：天有不测风云，人有旦夕祸福。单教授退休后不到三个月，突然就住进了医院，两个月后因动脉瘤血管破裂便离开了人间。

扬苹苹想起了许多单教授与自己有关的事情，不仅仅是两次职称评审。

扬苹苹和单教授交往快二十年了。常德益曾经告诉她，不是单教授鼎力活动她是留不了学校的。工作以后，单教授在如何培养扬苹苹的问题上也是花费了很多精力的，别人都戏称她姓单，叫"单苹苹"。

单教授有两个孩子，都移民国外了，在国内待的时间都很少。单教授的夫人身体欠佳，不到年龄就病退了，孩子们专门为老两口请了个保姆。

扬苹苹呢，自觉自己也做得很好。在单位、在工作上唯独敬重单教授，其他人谁她都不放在眼里，而且对单教授也真是关怀到家了。不仅是逢年过节，就是平时，每周也要去单教授家一次，面禀近况，请求指教。而且扬苹苹的腿脚很勤快，遇见什么事情就干什么事情。单教授的夫人对此很受感动，一再对丈夫说："苹苹老师很懂事，你要好好培养她。"他们家有一张椅子几乎就是扬苹苹的专用，这个连保姆心里都清楚得很。

扬芊芊走路从来都是目不斜视的，这次评上教授以后，就更不知道自己身在何处了。这也难怪她不知所处，因为全省英语教授本来就不多，女英语教授就更少了，全省好像加上她也只有四个。

说来也巧，单教授参加学科组评审以后当月就退休了。在单教授住院的几个月里，扬芊芊没有去医院看望过一次。实际上自从评审小组通过她的教授材料以后，扬芊芊就再也没有到单教授家去过。就连单教授的追悼会扬芊芊都没有参加，说是母亲病危住院自己要回去看看。大家都知道这是托辞，她的母亲前不久已经去世了，单教授的家里人对此又焉能不知？

据说单教授在生前对扬芊芊就曾流露过失望的情绪，说扬芊芊不来她坐过的那张椅子就不准擦。每逢此时，单夫人就力劝他给予理解，并不惜假话说扬芊芊最近特忙，或者说出差了，过几天就来。话虽然这么说，可老夫妻俩心里都清楚，都是非常难受的。单教授走的时候，扬芊芊坐过的那张椅子已经灰尘满满，最后也被砸了、烧了。

不管别人如何议论她，扬芊芊都听而不闻。对于单教授的态度反差如此之大，她自然也有一番自己的说辞。她有一个自认为贴切的比喻：退休前后，有如墙里墙外，已处于两个明显不同的平台。在职者犹在墙里，退休者已至墙外，中间隔着墙，已处于两个几乎没有联系的世界。单教授有恩于己，是同在墙里发生的事情，现在他到了墙外，两人关系自然应该进入一个新的阶段。再说，论人品论长相周围和他差不多甚至比他强的大有人在，那当初自己为什么单单和他走得这么近？说穿了就是因为他手中的权力。人与人的关系除了血缘关系以外，主要就是和权力及利益相关了。

扬芊芊这种墙里墙外的说法不管是否有道理，但确实是有现实基础的，此种提法也是有创意的。只是她忽视了人的感情属性，做得有点太过了。

人是有感情的。人与人之间关系的建立和发展需要有一个联系的纽带。墙内或者墙外，关系建立的纽带是不一样的。

人与人之间的关系可以分为两种。一是因工作建立起来的工作关系，二是与工作无关的关系，如家庭、亲戚等。第一种关系可因退休、调离等现状改变而消失，工作上既无来往，由工作建立的关系自当结束，人与人之间的关系由原来的工作为主变为以个人为主。两个人在一个单位工作一辈子，情如莫逆，是工作这个纽带将他们联系到了一起。一旦有一方发生变动，关系便会有所变化，似乎很难再找到共同的话题和理由进行联系了，见面时打个招呼或者问候一声，足矣。也就是说旧的纽带已断，要联系就得有新的纽带。原因是双方面的。在墙内时，因为工作关系而天天要见面或经常要联系，这与自己的荣辱得失密切相关。工作，就是墙内关系建立的纽带和基础。说得更明白一点，墙内的人首先都与一定的地位、权力、资源和利益等捆绑在一起。人与人的交往在一定程度上就是通过人所代表的地位、权力、资源和利益等进行的相互联系，而不单单是孤立的人与人之间的交往。单教授如果不是教授的身份又如何帮得了扬莘莘呢？墙内的交往，人与人之间有的可以随之产生附带感情，而大多数是不存在其他感情的，离开墙内便不再延续。到了墙外，相互之间原有交往的纽带不存在了，人在墙内所代表的地位、权力、资源和利益等都随之归零，孤零零的人与人之间的关系岂不是如扬莘莘所说进入了一个新的阶段？说得俗气一点，当一个人对另一个人无用时，就是失去利用价值时，彼此没有需要了，他们还需要继续交往吗？不管小说、电影、电视里如何描写，人们在如何追求，可现实就是如此势利。

兄弟要走动，关系靠交往。一句话，人与人之间的友谊是靠交往建立或加深的。至于因工作而建立起来的个人方面的感情关系，自然可延续到墙外，自然也可以不再继续。退休后原有关系是否继续相处下去，依人依情况而定。不仅是外单位有过工作联系的人不再交集，就是在一个单位工作到退休的人有的也会直到老死都无联系。

墙内的人把墙外的人看作另类不是没有道理的。墙外的人自然也应该知趣，积极调整好自己的墙外心态。既然已经到了墙外，就要迅速适应新的情况。一切从头开始，自然会有新的纽带重新建立起新的人事关系。这新的关系有的也有可能是以墙内关系为基础的。如墙内时是好朋友，又住在对门，抬头低头都会见到，自然还会继续相处下去，左邻右舍、楼上楼下天天见面为何又要断绝联系呢？

说到这里有一件事情，对扬莘莘的刺激非常之大，她永远都不会忘记，也许墙里墙外的理论正是由此而形成。

常德益的父亲原是当地的一个副县长，任职时夜里 12 点左右在家里接待来访者是常事。退休后身在墙外，无一人至，可他还心在墙内，一下子很难适应，成天郁郁寡欢。虽然和老伴儿还有女儿一家天天住在一起，但退休半年后便抑郁离世。自己的父亲也曾是县里的一个局长，退职后连亲戚都很少登门了。那些退休前的莫逆之交退休后形同陌人的情况还少见吗？为什么"告老还乡"是中国古代官场的一种特别现象呢？不也恰恰说明墙里墙外的大不同吗？告老还乡，至少还有至亲至戚在。对此司马迁早就在《史记·汲郑列传》中有所描述："始翟公为廷尉，宾客阗门；及废，门外可设雀罗。"奉劝诸君：身已移至墙外，就要赶快树立墙外意识。这是必须的。

对于这种现象，也有人把退休前后的情况比作两只航行中的小船，目标、船速等都不具有可比性。既然是在驶往不同目标的两只船上，其间又无必然联系，何必

还要硬往一起拉扯呢？更有更为明确的时髦佳句，不仅指退休前后的人事关系，当包括世间万物：友谊的小船，说翻就翻。

第 20 章　媒体突访

1. 媒体突访

　　南江农林大学的外语部成立了，外语学院继续存在。外语部专门负责全校的公共外语教学，包括英语、日语，还有俄语、法语、德语、西班牙语等好几个语种。外语学院负责外语专业的教学及学科发展等，下属英语和日语两个本科专业，还有英语硕士点和日语硕士点。与外语有关的日语培训中心仍直接对学校负责，既不属于外语学院，也不属于外语部，仍由何一夫兼管。

　　何一夫这天吃完早饭，到了中心刚坐下，市电视台就来了两个人。他们是来调查日语培训中心的有关事情的，因为有人写匿名信，据说还是从日本寄来的。具体内容不清楚，反正媒体来干涉了。

　　一个人拿着个摄像机，一个人拿着笔记本，来到了日语中心。何一夫详细介绍了中心成立及日常的运转情况，并拿出了各个相关机构的批文及有关合同、教学计划等。电视台的两个人听了何一夫的介绍之后什么都没有说，接着就询问了若干个学生。个别谈话，多人座谈，又是录音，又是摄像，全套。

　　日语培训中心成立都好几年了，一直在良好地运行，因为社会需要它。何一夫一直以近似于军队的要求来进行管理，比普通高校大学生的管理明显要严格得多。

　　这个不仅是因为责任心的缘故，还有良心在其中。这些学生的学费比在校生要高一些，他们中间有一些来自经济并不宽裕的家庭，有的来自边远地区，包括新疆、甘肃等。因为高考不理想，所以想让孩子出国深造，或借学习日语找个工作。几年来，培训中心没有出过任何事情，一片点赞。目前却发生了这样的事情，这是怎么了？作为负责人，要对中心负责，对学校负责，对学生负责。何一夫现在不得不停下所有工作，认真反思到底发生了什么事情，怎么自己一点都不知道？匿名信写的什么？他百思不得其解。

学校收到了同样的匿名信。好像非置日语培训中心、非置何一夫于万劫不复之地不可。因为日语培训中心涉及中外合资及国际影响，所以校领导也非常重视，支持媒体直接介入。

两个小时、三个小时都过去了。电视台来的两个人又把何一夫等中心的几个工作人员都叫到办公室，反馈了他们了解到的基本情况，也让何一夫看了匿名信。至此他们之间才开始进行直接交流。结论是：匿名信反映情况不实。祝愿中心越办越好。

何一夫看了匿名信，马上就知道是谁写的了，这个字迹太熟悉了。这是扬苹苹介绍的那个学生，就是常德益侄女儿。这个学生在入学前后曾给何一夫写过两封信，又做了中心一年半的学生，已经结业离开，现在日本留学。据说刚结业时她住在中心曾经聘任过的一个50多岁的异性外教那里。这件事情在学生中间传开了，自然也传到了何一夫的耳朵里，就是瞒着扬苹苹夫妻两个人。何一夫告诉了扬苹苹，跟她说不知情况是否属实。扬苹苹以为她已经回老家看望父母，同时办理留学手续去了，没想到她不仅没回去，还住在一个日本人那里。

常德益侄女儿写匿名信，是报复和异性外教同居这件事情吗？不像，因为她去日本已经快一年了，这样做已经失去意义，何况还有扬苹苹一家的关系在这里。既然这样，那就要从扬苹苹这边找原因了。最近两家并没有发生什么事情，要么就是扬苹苹没有做上大外部主任这件事情传到常德益侄女儿耳朵里了？难道是扬苹苹指使写的匿名信吗？不至于吧？这实在是一种幼稚之举。至于匿名信这件事情扬苹苹是否知道，答案恐怕是肯定的。即使不是她指使的，事后常德益侄女儿也应该告诉她的。

人怎么能这样？真是应了那句形容某些具有阴暗心理的人的话：你不让我好过，我也不让你舒服。还有别的原因吗？何一夫这样做也是为你好，即使不对，也应对个人，也不能公私不分。如果说是因为大外部领导人选的事情，何一夫是怎么也不会相信的，因为这不在他的职权范围之内，学院一级党委只有推荐权。院党委为了大外部主任的事情曾经专门议论过两次，自然也会提到扬苹苹。从何一夫内心来讲，扬苹苹也是可以试用、考察一下的，他曾对学校专门汇报了个人的看法。可学校到外语学院进行民意测验时，几十个人投票你扬苹苹连两位数都没有达到，这怎么能怨到我呢？还是自己找找原因吧。

与此同时，学校纪委也收到来自日本的要求查阅中心财务的匿名信。为此纪委专门请了外面的财会机构，用了好几天的时间进行了审计。毕竟中心财务简单，就是学费收入及日常教学方面的开支，且时间只有几年。结论是，账目清楚，收支合理，符合相关财务管理的要求。

2. 夫妻同醉

事情有了结果之后，何一夫将这几件事情联系到一起，答案自然八九不离十。现在的墙都是透风的，一段时间后何一夫自然也知道了事情发生的前因后果。算了，理解万岁。

不过，在何一夫的心底里感慨还是有的：现在的人都怎么了？大事情你帮了他10次，他很感激你。小事情如果有一次没有帮上忙，也不管是不是你的原因，只要他怀疑到你，你就逃不掉，他就和你彻底翻脸。一次结果可以否定掉前面10次付出的心血。友谊的小船，说翻就翻。人啊，怎么能这样呢？想起来就叫人添堵。

何一夫虽然说心胸开阔，不会为区区琐事而心烦意乱，但他毕竟是个正常的人，心中的压抑感还是存在的。以前好像还没有碰到过类似的事情，实在难以一下子全部排解。周六晚饭时分，他打开了酒瓶，对夫人说："你也来喝两杯。"

董玉荷估计他遇到什么烦心的事情了。她是从来不管先生单位事情的，同样何一夫也是不管夫人单位的事情，他们认为这也是做人的基本原则。何一夫把事情的原委对夫人简单地说了一遍。董玉荷不由得"啊"了一声说："难怪最近她上班也不按咱家的门铃了。路上见过几次，她好像是故意避开的，让你和她连招呼都没办法打。"

董玉荷把杯子里的酒一口就干了，情绪也上来了："都说人是有感情的。这叫什么感情？相处这么久了，说翻脸就翻脸。小猫小狗之间相处时间长了都有感情，何况人呢！你告诉我，人的感情是什么？什么是人的感情？"

董玉荷说着又把一杯酒干了，一杯大概不到一两，她一连喝了三四杯。她一直说个不停："人怎么能这样呢？良心都跑到哪里去了？不说别的，就说两件事情。一是她的职称，不是你的话能那么顺利就解决了？二是孩子上大学不也是靠你的关系吗？这下倒好，对门住着，能不见面吗？见面了怎么办？"

何一夫说："当初转业时就有人告诉我社会上比部队要复杂得多，现在真是体会到了。"

"不就是一个大外部主任吗？值得背后捅刀子？况且这并不是你能决定的事情。"

"是啊。我们感谢并记住她们家对我们的种种帮助，可这样一来今后怎么相处

呢？"

"知人知面不知心，未可全抛一片心。这是教训啊，你以后得注意了。不要谁一找到你帮忙，你就什么都不顾，全身心投入，好像就你能似的。"

"人家开口也不容易，找你帮忙，一是没办法才找你的，二是瞧得起你。"

"算了，这个问题不讨论了。我也讲不过你。"

董玉荷正要继续借酒发发牢骚，看到何一夫把话越说越具体了，便赶忙刹住。

他们夫妻俩一辈子有一个非常值得推崇的默契，就是：谁要是遇到什么不顺心的事情了，另一个决不会火上浇油，总有一方在适当时候能够刹住车。

不过从这件事情来看，也可以证明何一夫和扬芊芊两人之间并未发生过什么出格的事情。董玉荷想到这一点又和丈夫碰了一杯，当然又是另外一种心情，似乎觉得有点对不住丈夫似的。

董玉荷觉得该自我检讨了。人与人相处特别是夫妻之间应该有一个最最起码的人格信任。尽管自己多少年来对何一夫的婚外感情倾注了没有任何遗漏和疏忽的精力，却始终没有发现什么。换句话说他在这方面是经得起检验的。她没有对自己的丈夫采取盘问、跟踪等那些低档次的、容易伤感情的做法，更没有雇用私家侦探什么的。归根结底来说自己对丈夫从骨子里还是信任的，以后决不能让这种不靠谱的念头再出现了。

一来二去，夫妻俩就把一瓶白酒喝完了。他们俩的酒量本来就可圈可点，加上喝的是38度的低度酒，充其量只是微醉而已。不过醉意加上心情，他们懒得电视都没打开，早早就睡下了。

日子就是这样一天一天过的，这点小事算个屁？

董玉荷是大学中文专业毕业生，又在部队院校待了十几年，见得看得要多一些。最主要的是性格、修养和胸怀：性格是阳光的，修养是有底蕴的，胸怀是开阔的。

第二天早上，董玉荷听到对面门响，知道是扬芊芊出门上班了。董玉荷便开门打了个招呼，一同走下楼梯，就好像什么也没有发生过。何一夫他们依然像以前一样和扬芊芊、宫怡芳她们两家相处着。

第 21 章　情已了

1. 子女之间

　　董玉荷和扬苹苹两个女人是在火车上吃的中饭。中午孩子将她们接到宾馆后，她们稍作休息便去校园里观光了。

　　她们在校园里漫步着，发生了如下的对话。

　　"你发现他们两个人在恋爱了吗？"

　　"是吗？我好像也有点感觉，不知道他们挑明了没有。不过这也正常呀！"

　　"你觉得可能吗？"

　　"他们在一起读书这么多年，感情基础是有的，进一步发展也是可能的，从外表看也还是般配的。怎么了？"

　　"我们家孩子外语那么好，将来要出国留学的。"

　　"哦？现在留学也不是什么太难的事情，就是留学也不妨碍恋爱结婚的。"

　　"你们家振华的外语成绩……？"

　　"留学不会有问题吧？通过大学四年，肯定会有提高。再说菲菲留学还要回来的吧？我认为他们俩之间的感情是最主要的。"

　　"我们女儿准备移民外国。你看外国人的生活水平和生活质量都比中国好。"

　　"我懂你的意思啦。我和老何也议论过这件事情，孩子的事情我们大人不管，也管不了。儿孙自有儿孙福。"

　　"我已经和女儿说好了，毕业回家以后马上就办理出国手续。"

　　何、常两家虽说住在对门，经常是顺手摁一下门铃就一起下楼的。由于心知肚明的原因，门铃摁得少了，这次一起来参加孩子的毕业典礼也是没有办法的事情。何况原本也没有翻脸，毕竟在一个单位工作，而且又住在一个门洞里。只是双方心里都有数，不放在脸上罢了。但是说话没有以前那么敞亮了，适当时候都会停住的。

她们俩在校园里逛着、聊着，突然望见了两个孩子手牵着手地在到处找她们。

何振华和常菲菲同时考上 W 大学，在 W 大学一起度过了本科阶段，只是专业不同而已。但在一个校园里，天天见面是没有问题的，常相随。身在异乡，彼此了解，经常在一起，这也是极自然的一件事情。开始时并非情窦已开，也未进入初恋阶段，并没有发生什么过分举动，只是异性吸引，觉得愉悦而已。时间长了，渐渐发生了变化。不仅仅是到了花蕾应该开放的年纪，也还有客观原因。大学里的学习过于轻松，满眼净是男女配对成行，随处可见的短租房广告，这些都是男女之间情感花蕾加速开放的催化剂。主客观的因素，慢慢地在影响着何振华和常菲菲他们两个。在三年级的第二个学期，何振华要外出实习一个月，且住在实习单位。常菲菲突然觉得有异样的感觉产生，似乎不能离开何振华一天，用非常通俗的一句话可来形容此时她的心情：就像丢了魂儿似的。好在实习单位就在市里，两三站路，第二天早上她就跑去和何振华同进早餐了。何振华亦是如此，刚走出宿舍门口就碰见迎面跑来的常菲菲扑进了自己的怀里，他也使劲地抱住了对方。此时两人方知相互之间已有所依赖，并非理智所能抵挡和控制得住的，随之引起两人交往的质变也是水到渠成的事情了。

W 大学是中国国内顶尖、国际著名的综合型大学，已有近百年的建校历史，是教育部直属的副部级全国重点大学，国家首批"985 工程""211 工程"重点建设高校，是世界某权威期刊列出的"中国最杰出的大学"之一，设有人文社会科学、理学、工学、农学、信息科学和医学六大学部。

何振华和常菲菲两个人考上 W 大学，一直是双方父母及原高中学校引以为自豪的事情。他们两个人是小学、初中、高中的同班同学，现在变成了大学同学，千里之外，互相关心，加深加速了彼此之间感情的培养和成长。同地、同校、同往来，四年过去，感情深与不深，作为外人来说，自然见仁见智。作为两位当事人，不知道是怎么想的，直到毕业，他们好像谁都没有主动说过那非常时髦的三个字：我爱你。是感情不到时候？还是觉得青梅竹马，在一个门洞里长大，无须表白？还是他们表达的方式不同？还是他们已经表达了而别人不知道？不过配合默契，形影不离，如同一人，学校里的老师和学生都是看在眼里的。

说起这两个人，还有一段趣话，就是常菲菲非要和何振华在一个大学读书。当初高考是先填志愿，他们两个人填的第一志愿是相同的。分数出来时是何振华超过了分数线，而常菲菲的总分差了 3 分。常家的意见是改上南江农林大学即填报的第二志愿，可常菲菲坚决不同意。作为常菲菲，内心的某个角落里可能还有另外的想法，她好像在赌一口气。为什么考大学和考高中一样，都要差分，而且不多？难道是冥冥之中有什么神物故意阻挠自己和何振华继续交往？我非要和他在一起，非要上同

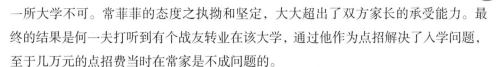

一所大学不可。常菲菲的态度之执拗和坚定，大大超出了双方家长的承受能力。最终的结果是何一夫打听到有个战友转业在该大学，通过他作为点招解决了入学问题，至于几万元的点招费当时在常家是不成问题的。

当第一个学期结束即寒假回家时，他们两个都显得胖一些，脸色也红润多了，不过体征的成熟也更明显了。

扬芋芋望着自己的女儿非常认真地端详了一会儿，又拽着女儿一起站到镜子面前看了看，两个人真是像极了。以前忙着高考，现在考上了，心情放松了，身体也恢复正常发育了。一头长发用皮筋绕了一下，瓜子脸上长着一双大眼睛，不高不低的鼻梁，不大不小的红润的嘴巴。如果拿自己年轻时的照片来比对是没有人怀疑不是一个人的，只是镜子里的自己现在显得老了些，而且与自己相比菲菲似乎也缺少一种傲气，或者说是矜持。接着她所想到的第一个问题是：谈恋爱了没有？自己的女儿是不乏男孩子追求的，自己年轻时就很费心思地来应对这类事情，她会怎么应对男孩子的追求呢？何一夫也不会不追求她吧？隔天一定要好好和她谈谈，教她应对异性追求的个人总结的一些绝招。女孩子恋爱不能谈得太多了，再说上大学并不是你的终极目标，你的目标在国外。

董玉荷进屋后先给孩子倒了一杯水，望着孩子明显胖于上学前的脸庞，胖乎乎的，红润润的，一时高兴得不知如何开口。振华接过水杯，问了一声"爸呢"，就坐在沙发上不吭声了。

董玉荷深情地注视着儿子的脸，鼻梁高高的，眼睛大大的，仍然是一副沉默少语的样子，不过也成熟了不少。可以说已经到了成家的年龄，要是在过去肯定已经结婚成家了。现在看来，20来岁应该正是学习、奋斗的年纪，不应该早早涉及男女之情。这一点她和何一夫在电话里是常常要提醒孩子的，说得孩子都烦了。振华虽然寡语，但心里有数。家庭环境的熏陶，爱学习爱思考性格的养成，还有他是有雄心抱负的，至少他现在想的是应该"先创业，后成家"。

转眼间大学四年马上结束了。常菲菲大学期间英语过了专业八级，二外日语过了国际日本语能力测试一级，何振华英语过了六级，他们都能顺利取得学士学位。他们的感情有进展没有？董玉荷和扬芋芋几乎都在心里想着这个问题。如果有进展怎么办？会妨碍孩子发展的。不过他们都已经到了启动男女之情开关的年纪了，如果没有进展似乎也不太正常吧？

听说双方的母亲都来参加毕业典礼，何振华和常菲菲他们俩赶忙去车站接了过来，安排在学校的宾馆里。他们下午还有一些集体活动，一结束就到宾馆找她们来了。他们决定晚上带两位母亲去参观一下市容，顺便去江边的轮渡上吃晚饭，欣赏一下

夜晚的长江。

何振华和常菲菲远离身边去外省读书，但他们时时刻刻都在他们父母的心里。

如果要说到民族的繁衍与文化的继承和更新，中国传统文化和世界上任何一个国家相比都是极富特色的。自来到这个世界之日起一直到离开这个世界为止，中国人都离不开亲情二字。结婚之后生育子女，操心他们的成长、工作及日常生活，吃喝拉撒，衣食住行，儿行千里父母担忧。到了子女结婚有了第三代亦不变化。第三代应由其父母即第二代操心，可爷爷奶奶仍然有事情要做，如第三代的起居饮食，把屎把尿，接送幼儿园、小学。第三代孕育产生了第四代，第一代如果健在的话还在操心，吃喝拉撒，衣食住行等。纵然身体不能力行，心仍然在忙碌着。话再倒过来说，后一代也必须对前一代负责，冠其名曰"孝"。尤其是前一代不能自理之时，谁若做得有欠缺便会遭到道德谴责。这个当然不属于法律管辖的范围。如此亲情，代代沿袭不绝，构成了中国传统文化的核心内容之一，也使人生富有独特的含义。

有外国在孩子18岁起就不再关心，美其名曰"自立"。如果那样人生还有何意义？如果两代人都如陌人，又将是一个什么样的世界？

关心孩子和让孩子自立是不矛盾的，矛盾都是由某些专家造出来的。关心是在自立基础上的关心，最终决定是以孩子的独立思考为前提的。让孩子自立不是放任，孩子的独立思考不能等同于最终决定。电视里逼迫一个14岁的女孩子独自决定去美国这样毫不了解的地方，具有典型意义吗？这是过高估计孩子的自立能力，结果往往是适得其反，至少常常是揠苗助长。

专家们应该对这种"自立"做一些调查和研究，不能因观点新颖什么的忽悠我们这些普通的中国人。是哪些国家、哪些人对年满18岁的孩子不再关心的？比例是多少？动不动就说什么某某国家的孩子18岁就经济独立，被父母赶出家门不管了。再说具体一点儿不行吗？是不是那个国家家家的孩子过了18岁就都不和父母在一起？在如今规矩日渐遗忘、底线受到挑战、杂草随处疯长、乱象任性滋生的时候，也不要动不动就拿国际惯例、国际接轨来吓唬我们这些没有去过外国的普通人。再说了，难道国外的都是好的？如果这样，那早就世界大同了。对中国也可以做一个类似的调研，赞同和不赞同对孩子18岁后不再关心的比例各是多少？专家嘛，是重视具体数据和事实的，对于应该用事实和数据说话的只停留在打嘴仗上不仅没有说服力也是被人瞧不起的。一直在叫唤，叫唤了几十年的对孩子18岁以后不再关心是国际接轨、国际惯例。这在中国做到了吗？中国人对此是不买账的，依然还讲"忠"和"孝"。专家们还是要静下心来做一番实实在在的调研，然后再发表高论吧。国内懂外语的人渐渐多了起来，你再用国际接轨、国际惯例这类口号来忽悠中国人，

其结果恐怕也要打折扣了吧？

2. 拐点

"火炉"八月的酷热温暖不了常菲菲内心深处的冰凉。

常菲菲躺在床上，一动不动地躺在床上。都 21 世纪了，为什么还有这种粗暴干涉子女感情的事情发生，而且是中国大学的教授？难道就因为她是母亲？

不管怎么说，牵涉到感情、爱情一类的事情发生变化，首先应该是当事人的事情，至少当事人在变化之前应该知道，这应该是底线了吧？

关于常菲菲和何振华的感情未来，已经被她母亲切断了。常菲菲听她母亲说已经和何家摊牌了。从小学六年级到初中，到高中，到大学毕业，11 年的感情被她一句话就终止了，而自己还蒙在鼓里。常菲菲心中极为不悦，又似突然掉进了一个爬不出来的冰窖里。

虽然她和何振华两个人在此之前都没有将这件事情在口头上用那三个字表达出来，但他们两人在大学四年谁都没有再和其他异性深交，而且他们在行动上已经突破了异性交往的底线。时机一到挑明就成，顺理成章。她认为何振华的想法也肯定和自己一样，答案只有一个。现在自己的母亲把这件事情做绝了，她一下子怎么承受得了？她要和她母亲大闹一场。但她底气不足，结果怎么样心里也没有底。

她的父亲和母亲一起生活了几十年。从自己记事起，他们似乎是天天闹，大事小事都闹，可最后还是得听她母亲的。后来她的父亲总结经验了：夫妻俩吵架，男人永远是输家。只要天塌不下来，地球还在转动，她父亲就决不会再和她顶嘴，最多是翻翻白眼而已。有时候是"死猪不怕开水烫"，她母亲吵吵了半天，她父亲竟然一句都没有听进去，丝毫反应都无，绝了！当然这更加会激怒她的母亲。如果抛开"教授"这个光环，仅从做人这个角度讲，她的母亲非常霸道，是典型的不讲理。她曾指着常德益的鼻子说："你给我记住了，男人和女人争吵永远都是输家，女人在家里就是不讲理。"就拿做饭来说吧，今天她说必须将米淘好打开电饭锅再洗菜或者再干别的，可下次她又反过来说，弄得另一位无所适从。不依她可就是不行，她曾把电源关了，也关过煤气灶，非让你按照她说的顺序。教授级别的光鲜恰恰助长了她的这种霸道的性格。也正是这种霸道的家长作风，培养了常菲菲顺从温柔、几乎逆来顺受的性格，当然这只是对她的母亲。

　　不仅是在家里，扬莘莘在外面同样如此，只是语气有所不同罢了。别人说东她就说西，别人说西她就说东。别人话音一落地，她就接了话茬儿，反应极为迅速。恐怕还不仅仅是她的反应迅速，而是她的思维方式与众不同，她的想法就是独特的：与人相左。不管谁提出任何一个话题，不管大事小事，她马上就会说出自己的观点。你说大米比白面好吃，她就非说白面比大米好吃，尽管她是吃大米长大的。夸张到极点来说：太阳是圆的，如果是别人说出来，她就会说是扁的、方的、三角形什么的，反之亦然。有人调侃她要是搞理科的早就出名了，太阳会变成月亮，星星会变成太阳，白天变成黑夜，黑夜变成白天，因为她的观点总是与提出者不同而不顾及实际情况。时间长了，大家也都了解了，也习惯了，只要她一张嘴大家就都不说话了。在她还是讲师的时候，周围人就叫她"扬教授"，这和电影里的"常有理"是异曲同工。后来她评上副教授、教授，"扬教授"的称呼符合实际情况，但"常有理"的意味还是暗含其中的。

　　常菲菲心里实际上很清楚，在和何振华感情这件事情上，和她母亲对抗是没有结果的。可这又毕竟不是一件小事情，轻而易举就听她母亲摆布自己的终身大事，实在是不甘心。最关键的是和何振华在感情上几乎朝夕相处有十多年了，要说一下子就断开，怎么可能呢？现在年轻人的恋爱观、婚姻观并不古板，不少女生在大学期间不换几个异性朋友不算时髦。她也曾拿这个劝说自己，可是无效。她不知道该怎么办，只好暂时先躺在床上，不吃也不喝地躺着。

　　看来这个国产试用空调的质量就是不错，一点噪音都没有。同样都是使用了十来年，那个国外生产的空调的噪音已经提升到连耳朵都快要捂起来了。墙上的空调，冰凉的心，似乎很默契地呼应着。常菲菲似睡非睡，似醒非醒，不时地将大毛巾蒙住头，又拉开。

　　扬莘莘看着常菲菲这样已经过去两天了，以为她绝食了，又有点于心不忍。作为父母这种担心、焦虑和不安是正常的，但做母亲的在关涉孩子前途问题上决不能心软。她不停地去做思想工作，吃饭时照常叫她吃饭，吃不吃由她。她知道这种事情不是靠强迫就能解决的。但她相信时代不同了，现如今已经没有几个能为男女之事而绝食而殉情的了。

　　毕竟是自己的女儿，她没有别的办法，只好又把常德益叫回来商议。常德益回来了，晚饭都没有顾得上吃，三个人就开了一个家庭会议。

　　扬莘莘端了一碗盖浇肉蛋菜齐全的米饭到了女儿的床前，说："你先把饭吃了，我们再跟你谈谈。"

　　常德益也说："吃饭吧，饭后再说。没有过不去的火焰山。"

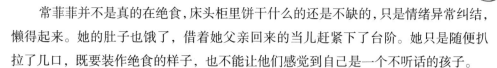

常菲菲并不是真的在绝食,床头柜里饼干什么的还是不缺的,只是情绪异常纠结,懒得起来。她的肚子也饿了,借着她父亲回来的当儿赶紧下了台阶。她只是随便扒拉了几口,既要装作绝食的样子,也不能让他们感觉到自己是一个不听话的孩子。

扬苹苹喋喋不休地强调国外好于国内,生活水平高,安全系数高,没有偷盗和流氓,有蓝天,有海滩,无污染,无农药。你外语好在国外发展肯定比国内有前途。扬苹苹足足说了有十分钟,有事例,有分析,观点明确,论证有据,令人不能反驳。

最后扬苹苹说:"我们不是不同意你和何振华交往,只是感情不能当饭吃。何振华学理科,硕士毕业后只能在国内就业。科技方面中国还落后于世界整体水平,他的前途也是有限的。"

常菲菲一言不发,听任她的母亲在旁边不停地唠叨。突然她冷不丁地冒出了一句:"要是振华跟我一起出国呢?"

常德益和扬苹苹两个人一下子愣住了。常德益望着扬苹苹,遇到事情都是扬苹苹先表态的。扬苹苹望了一眼常德益,很谨慎地说:"如果那样就你自己决定吧。"

扬苹苹嘴里这样说,心里却在想,毕竟菲菲都大学毕业了,只谈工作、事业是不够的,只有男女感情方面的事情才极有可能转移她的注意力。于是扬苹苹接着又说:"我看你还是死心吧,他的性格和他家的经济条件,可能吗?先不谈他。有人给你介绍的那个日本人松下树你以前也见过的,虽然比你大十多岁,但他是日本人,你和他结婚马上就能加入日本国籍,变成日本人。日本的收入不知比我们要高出多少倍,还有全家的社会地位也会随之大大提高。国内现在只要遇到有'外'字的都会受到重视,不仅是引进外资,日常生活也是如此。"

扬苹苹曾经和她说过松下树的事情,今天不得不又扯到这里。

常德益这时才接了话茬儿:"不仅是你的生活水平、社会地位有不同,我们的政治地位和社会地位都会有明显提高。中国改革开放正在深入,中日关系的发展更是迅猛异常,这个大的趋势你要看清楚。"

常德益和扬苹苹他们两个你一言我一语地轮番向常菲菲发起了多角度的、不间断的劝说。

"现在人们的观念都变了。与外国人通婚不仅允许,而且很时尚。最近几年有点门路的女子都和外国人联姻,据说某个沿海大城市的女孩子们早几年就都以和日本人结婚最为流行。你也不是第一个吃螃蟹的人,思想不要有负担。"

"人们的观念正在发生根本性的变化,何况个人问题呢?"

什么话?好像只要是外国男人就行。做父母还有说这种话的?慌不择词。常德益赶忙纠正了过来:

"你说的什么呀？不过，嫁给日本人又有什么不好的呢？日元到菜市场照样管用。还有，男比女的大个十来岁不算什么，现在在城里很常见，也算时髦。"

"就是。前面那栋楼里的徐老师家女儿不是就嫁给了一个大16岁的意大利人了吗？"

"你最好不要错过这个机会。国内一般人对外国现在了解还不多，只要能与外国扯到一起就是一件令人新奇、令人高兴的事情。有一次我去菜场买菜，看到有不少人挤在一起，以为是什么新菜上市的。原来是有个人付钱时夹了一张美元在里面，好多人就都围过来要看看美元到底是什么样子。"

"你和日本人成婚，我们要把日元拿出来也会起到同样效应的。"

常菲菲一直不吭声。

晚饭后，常德益和扬芋芋又来到了常菲菲的房间。

常菲菲恐惧这种轮番式的、不间断的思想工作，终于表态了。

从骨子里看，常菲菲也并不是要坚守爱情到底，只是一下子难以断开。她和振华两个人尽管行动上有所跨越，但好像还没有发誓说"海可枯，石可烂"。她也并不是反对和外国人结婚，她是年青一代的大学生，又是学外语的，思想里的保守成分自然会少一些。自己本科刚毕业，又是学英语的，既然不能和振华继续交往，不如先去英语国家看看，不宜如此急切、仓促地处理婚姻方面的问题。

常菲菲对这些问题还是有自己想法的，这几天好像也理清楚了一些。她认为思想解放不能等同于行为任性，她始终对那些行为放纵的女孩子是不屑一顾的。何振华是学理科的，已经被保送到南江农林大学读研究生，不可能同时一起出国留学。感情是不能长时间分居两地的，她赞成这种发展的、动态的男女爱情观。

扬芋芋看到菲菲的想法有了明显的转变，也退了一步："你去留学也行。不过你要想清楚。通过留学途径办绿卡、办移民不仅手续复杂，而且有很多未知数，如果和外国人通婚那么移民等则可一步到位。机会可遇而不可求。"

在"涉外感情与出国留学"这两个问题上，扬芋芋曾征求过松下树的意见，松下树委婉地拒绝了后者。两者既然不能同时兼顾，只好听任菲菲坚持后者。再说扬芋芋对女儿要求的底线是：出国。单教授的两个孩子都移民外国了，我的孩子也能。日语中心招的是高考落榜生，好多都出国留学了；常德益的侄女儿同样是落榜生，也去日本留学了。你常菲菲的外语比他们优秀得多，只要你同意出国就行，其他问题可以先放一放。

三个人商议的最终结果是：婚姻延后再议，现在继续深造，去美国读硕士。

常菲菲的心里还有退一步的打算。她要去和振华挑明这件事情，力劝振华和自己一同出国留学。说说容易，十几年的感情哪能说断就断了呢？再说也要给他一个分手的说辞。

3. 情殇

何振华和常菲菲从学校毕业回到家里，已经有一个多星期了。刚开始见过一两次，后来菲菲常说有事情，就很难见到了。照道理应该经常见面才是，而且随时都可以见到，毕竟住在对门。不过刚回来才一个多星期，可能各人都有自己的事情要处理，几天不见也正常，不必过分解读。

这一天晚饭后，何振华直接摁响了常菲菲家的门铃。不要再用电话联系了，就住在对门，多此一举。

开门的是常德益。

"常叔叔，您什么时候回来的？"

"是振华啊，快进来。"

何振华进了门，看见扬苹苹在沙发上坐着看电视，叫了一声："阿姨好。"

扬苹苹往另一个沙发上努了努嘴："坐吧。"

常德益对何振华的印象是不错的，不仅知根知底，各方面也都是能配得上菲菲的。他对振华说："菲菲在她房间里，你就别在沙发上坐了。"

"谢谢叔叔。"

扬苹苹白了一眼常德益，没有说话。她想这样也好，感情的事不是说断就断的，要有个过程。好在菲菲的思想好像已经通了，迟早他们是要直面这件事情的。

他们依旧在看电视。

菲菲虽然权衡以后决定以一同出国来和何振华最后谈一次，但毕竟没有把握，所以迟迟没有落到实处。她只好成天待在家里，不敢见他。她舍不得十多年的感情，朝夕相处，历历在目，犹如昨天，但又不能不和他摊牌。

几分钟后，扬苹苹突然起来要去敲菲菲的门了。菲菲如果还没有把这件事告诉振华就有可能反复，那样就更麻烦了。

常德益知道她起来去干什么，没有吭声。

扬苹苹抬起手来正欲落下，就听里面有哭泣的声音传出来。她略微迟疑了一下，便重重地敲响了菲菲房间的门。

稍顷，门开了。是何振华开的门，他只说了一声"阿姨再见，叔叔再见"，就目不斜视地径直走了。

看来他们是最后摊牌了。

扬芊芊对何振华的态度甚是不悦，进门只对菲菲说了一句："感情的事情慢慢来。"便又回到了客厅。

何振华回到家里，一句话也没有说，钻进了自己的小房间。

董玉荷看到了孩子的脸色，问了句："菲菲不在家吗？"

"在。"

董玉荷示意何一夫去看一看，何一夫摇了摇头。

董玉荷想，他们可能是闹了点小矛盾，正常的。她一直没有把菲菲她母亲的态度告诉振华。关键还是看两个孩子，从小学算起也有十多年的感情了，还不至于说吹就吹吧。在这件事情上，男方还是要主动些，必要时父母也可以出面调解调解。她和何一夫商议了一下，决定借孩子顺利毕业一事三家小聚一下。何一夫欣然同意，并说："这件事你怎么安排都行。"结果是扬芊芊以"孩子要回老家看望老人"为理由拒绝了。

一晃又过去了二十几天。

菲菲看望老人回来好像也有十多天了。其间振华还是到常家去了两次，但全被扬芊芊挡住了，他连菲菲的面都没有见到。菲菲家的电话通了却始终没人接，菲菲的手机一直都打不通。他哪里知道菲菲已经换了新的手机号码。

何振华性格内向，但也是敏感的、倔强的。他发了誓言："决不再主动去联系常菲菲。"便又沉浸在书海里了。

女人的心有时候就是比男人要细一些。董玉荷发现何振华最近一直待在屋里看书，连门都不出去，也没有看见他和菲菲联系，两腮的肉也瘦了不少。她心里不落忍，便和何一夫商议，一定要把情况搞清楚。如果需要大人出面，是没有问题的，总之不能让孩子太受委屈了。先和孩子谈谈再说。

晚饭炒了三个菜，比平时多了一个他们父子喜欢吃的狮子头。虽然是暑天，做母亲的还是不怕费工夫，早上天刚亮就去菜市场挑了合适的猪肉。好在暑假，有时间做，还有家里已经装了空调，屋里的空气和外面的暑热是有明显不同的。

冰镇啤酒、洋沟大曲，都拿到了桌子上。他们家一般是不喝红酒的。

振华的性格是内向的，轻易不多说话。但他的心里有杆秤，遇事也有原则。男人要有担当，不能什么事情、什么场合都口无遮拦。但他对自己的父母是没有保留的，和菲菲的事情迟早要告诉父母的，免得他们担忧。

　　酒杯端起之前，振华就把情况大致说了一遍。董玉荷和何一夫悬着的心也落到地上了，他们很快进入了实质性的讨论。

　　董玉荷说："菲菲很不错，我们是看着她一天一天长大的。碰到一个好女孩是你的福气，不要轻易分手。在你们两个人的事情上我和你爸意见是一致的，只要你愿意就是借钱我们也让你出国，不能让你们两个因为出国这种事情而分手。"

　　何振华直截了当地说出了自己的意见："她们家对外国太痴迷了，说他们崇洋媚外一点儿都不过分。即使我们一起出去了，也不能担保以后就不会分手，所以长痛不如短痛。再说失恋的人何其之多，我没事的，过了这一阵子就好了。"

　　何振华何尝不想去国外留学？但自费家里是有困难的。没有奖学金，读完博士恐怕要上百万人民币，如何筹集？恐怕家里有点积蓄也不多，父母月薪加起来才几千元，如何承担得起这么庞大的留学费用？自己在外面读书，家里除了日常开支还要照顾双方四个老人，等等。即使出国，何振华也下了决心不和菲菲在一起了，爱情观不一致的人还是早点分开好。这是他一个多月以来思考的结果。看来脸上的肉没有白瘦，值！振华还说，他在国内读研，开支要少很多。国内学费比国外要低很多，又吃住在家里，可省去不少支出。他马上读的这个专业，有和国外合作培养的内容，三年之内择优一名去国外攻读一年。只要自己很优秀，这不也是可以出国了吗？

　　董玉荷什么也不说了，眼里汪着泪水，孩子长大了，成熟了。不过在她的心里一直有一个想法没有说出来。外国既不是家庭，也不是亲朋，更不是保姆，让菲菲一个人去父母如何能放心？他们到底是怎么想的？但现在出国已经变成一种时尚，不仅同孩子的未来有关，似乎还牵涉到父母的政治地位、经济地位等。而且好像都认为外国就跟自己家里一样，外国就是亲朋好友，就是保姆，外国把什么都安排好了。孩子出国就是一步跨进天堂，即使回国时不是披金挂银，也是留洋学生，待遇等各方面都会大大高于国产学生。可孩子出国后一下子能适应吗？遇到事情同谁商议？受到欺负怎么办？自己抽空还是提醒一下扬芋芋要慎重，可她又会怎么想呢？罢了罢了。两个孩子的关系已经到了这一步，不要多管闲事，徒增烦恼了。

　　何一夫此时也觉得说什么都是多余的，只是拍了一下孩子的肩膀，说："你能这样考虑问题，我们就放心了。不管国内国外，这些都是外因，关键还是靠自己这个内因起作用。现在出国已经不是什么难事了，会越来越容易。来，干一杯！"

　　一杯又一杯，喝了白酒喝啤酒。话题转到了在国内读研的事情，谈到了爷爷奶奶和外公外婆，谈到了菜价、物价，谈到了所有能够扯到的，就是没有再谈起何振华和常菲菲之间的事情。最后，父子两人连澡也没冲就睡了。

4. "客人" 爽约

时间是药,是良药。

自从和何振华没有来往以后,常菲菲的思想慢慢地也拐过弯来了。一切都按照她母亲的安排在进行,渐趋正常。目前已经收到美国一个大学的录取通知书,正在办理出国的相关手续。

出国的所有手续都办完、寄走了。常菲菲就待在家里,热切地期盼着出国的签证,同时也在思念埋在心底的恋人,总想着振华什么时候会突然出现在自己的面前。虽然过去了几个月,但这毕竟是初恋。好像有名人说过,初恋情人会陪伴女人到永远。

现在是晚上8点,扬芋芋出去还没有回来。常菲菲懒得出去,她打开电视,看了《新闻联播》以后,觉得有点不舒服,便躺在了床上。房间里开着空调,舒适又安静。她在细细回味和何振华相处以来的点点滴滴,令人心甜,令人心酸,令人不舍,她的血液控制不住地加快。她猛地坐了起来,她突然间发现例假过了20多天还没有来。

已是晚上12点了,她似乎还没有丝毫睡意。她母亲回来后到她的房间里来了一下。她不敢告诉她的母亲。

她在盼着天早点亮。她起床后的第一件事情就是赶忙用测试纸测试一下。幸亏当初离开学校前多了个心眼,做了一些准备。

常菲菲连早饭都没有吃,直奔医院。医生明确告诉她检测结果,和试纸自测的结果是相同的。

常菲菲慌了。常菲菲真的慌了。

她不敢直接回家,她要先自己好好想一想。她找了一家茶社坐了下来。她想到的第一个人就是何振华。

常菲菲主动联系何振华了。何振华心里被捂住的火苗似乎又被点燃了:"这才是对待爱情的正确态度。看来缘分还存在。"

何振华来了,坐在常菲菲的对面。

望着何振华瘦削的脸,常菲菲心疼得不得了。这才几个月?鼓鼓的两腮的肉好像被刀削了一般,全都没了。现在如果把怀孕这件事情告诉他,情况肯定就会发生逆转,以他的脾气肯定会不顾一切而担负责任的。接着就是结婚,在国内找个工作,自己的出国梦也肯定就会破灭。何振华在国内读完博士,收入肯定不错。但国外回来的洋博士比土博士收入高多了，地位也高，这就是现在的国情。从长远看，为自己计，还是先不告诉他吧。最后菲菲只是说自己已经办好出国的一切手续，要他多保重。

何振华怀着喜悦的心情来到这里，似乎有着某种期待，可最终什么也没有。只是听到常菲菲要出国的冷冷的告知。

扬苹苹知道常菲菲怀孕的事情了。可以想象得到她听到这个消息时的情景，菲菲也做好了被臭骂一顿的思想准备。

扬苹苹狠命地举起了右手，颤抖着停在空中不知如何是好，嘴唇直打哆嗦，说不出一句话来。最后只说了一句"你混蛋"，便回到卧室砰地关上了门。她真是快气死了，老早就开始不停地提醒菲菲不能跨越这个底线，现在成了这个样子怎么办？不能吃这个哑巴亏，一定要找何振华说个清楚，叫他承担后果，赔偿损失。她扬苹苹何时受过这种窝囊气？她扬苹苹的孩子也不能受这种窝囊气。

扬苹苹光顾自己躺在床上生气、发狠，突然想起女儿这时候才是最需要关心的。她走进了菲菲的房间，一把将女儿搂进了自己的怀里。

常菲菲这才放纵地大声地哭了起来。她是爱何振华的，但却不能把实情告诉他，也不能和他倾心畅谈，看到他的样子，心就已碎。目前唯一能够说出心里话的还是她母亲，她毫无保留地哭了足有十来分钟才慢慢地平静了下来。

等稍微平静以后，扬苹苹还没有说话，菲菲便把自己的想法告诉了她母亲。她不想把事情捅开来，那样对双方都不好。她对她母亲说："这种事情不一定是女方吃亏，你要是看到振华现在的样子就知道谁吃亏了。"

看到女儿的情绪已经稳定，且说的话有道理，扬苹苹便不再忍心表示不同意见了："那你说怎么办？"

"不要再让第三个人知道，否则事情会越来越大，最终恐怕我就出不了国了。"

出国这事情在常菲菲的心里现在已经是居于压倒一切的地位。她觉得自己外语这么好，现在成婚确实太早，应该到国外去开创一番事业。

"真是便宜这小子了，走着瞧。"扬苹苹只好如此表态。

她们俩最终商议决定不让何振华知道，连常德益也不让知道。这不全是面子的问题，怕的是节外生枝，耽误出国这件目前最最重要的事情。

一直到常菲菲出国，何振华虽然又摁过常菲菲家的门铃，但两个人始终都未能谋面，当然也不会知道常菲菲怀孕这件事情了。

何一夫夫妇对孩子们感情方面的事情无法干涉。原本想在菲菲出国前欢送一下，让孩子们见个面，可直到菲菲起身去机场的时候，才从茅时夫妇那里得到航班的准

确消息。何振华赶忙打的飞奔过去。就在进入入口处前的瞬间，常菲菲突然狂奔着回扑到何振华的怀里，双双泪奔。

第 22 章　友谊之舟

1. 移居别处

　　且不说何一夫和扬苹苹早就认识，但就何、常两家相处这十几年来说，大人和孩子都几乎到了形影不离的地步。结果因为大外部主任、子女恋爱等事情，两家的关系似乎一下子变得尴尬起来。虽然都没有挑明，但各自心里都有数；虽说没有撕破脸皮，但毕竟不能像以前那样自然相处了。

　　晚饭后，依惯例是三家出去散步的时候，好像她们今天都在家。董玉荷正欲打电话给她们俩，突然宫怡芳的电话就到了，说扬苹苹家电话没人接，估计不在家。

　　扬苹苹从窗户里看见她们俩走远了，也走出了家门。她今天想去跳舞，所以没有接电话。她一边开门一边在想着什么，径直走到董玉荷家门口摁了一下门铃，没有反应。扬苹苹突然骂了自己一句："该死。她们不是早下去了吗？真该死，这都成习惯了。这样不行！"

　　何一夫夫妇毕竟年纪大一些，走的地方多一些，与扬苹苹家相处本就没有什么功利心。两个人商议好了，继续以诚相待，主动，热情，若无其事。两家相处这么多年，感情还是有的，而且人要有感恩之心，扬苹苹帮过我们不少忙。扬苹苹倒觉得难办了，自己两次职称问题、女儿上大学、老公偕女儿留学日本，还有日常不少事情都是托何一夫夫妇帮的忙。其中最为严重的是子女恋爱问题，虽然何一夫夫妇嘴上没有说什么，可他们内心的感觉谁都可以体会得到的。孩子出国了，老公平时又不在家。在同一个单位工作，又住在对门，天天都有随时碰面的可能，你说怎么办？

　　当然，扬苹苹也是有自己的想法的。你的院长马上就要届满被免掉了。再说你也快到退休年龄，要挪到墙外面了。菲菲都长大了，估计我们也不会再有什么事情求到你。至于感情上曾经有过的那点难堪此时似乎也得到了些许弥补。还有，常德益小你几岁，即使退休也要比你迟好几年呢，自然规律是无法攀比的。何况我们现

在还正处在墙里面，而且常德益正是事业鼎盛时期。听说有关部门前几天到县里考察过了，准备提拔常德益到副市长的位置上去。

这样一想，扬苹苹的心里也平静多了，只是自己以后切记必须要改掉出门就去摁董玉荷家门铃的习惯了。切记切记！千万千万！

不久，扬苹苹在学校外面买了一套房子，和何家连招呼都没有打就径自搬了出去。虽说在一个单位工作，但住在外面碰面的机会毕竟要少得多。学校的房子暂时出租。先过了这一阵子再说吧。

不过，在扬苹苹的内心深处始终有一根刺扎在那里，恐怕永远都没有拔除的机会，那就是在宾馆里发生的事情。以后再也不会有类似的机会出现了。不管当时的动机是否含有感情的成分，尽管何一夫后来从没有提起过，尽管带有酒意，可扬苹苹是永远都不会忘记的。自那次以后所有关乎两家事情的处理如果说都没有这件事的影子在作怪恐怕也不是实事求是的，包括现在在外面买房子、从学校里搬出去。

2. 友谊之舟

日出日落。日复一日，月复一月，年复一年。从家里到学校，从学校到家里。

何一夫的院长已经干了好几年了。学校突然在寒假前下文把他的院长免掉了，原因是他的年龄不够再干一届的。

因为年龄等规定被免掉行政职务，这是极为正常的事情。何一夫他们并没有放在心上，一如往常，饮食起居。院长不做了，学科点点长辞掉了，一点行政权力也都没有了。专门从事教学工作，变双肩挑为一肩挑，何一夫反倒感觉异常轻松。无官一身轻，尽管何一夫的官并不大，对此他还是深深体会到了。本科生的课基本不上，主要带几个硕士和博士。外语博士点已经批下来了，这在同类学校中是不多见的。这也是何一夫做院长时努力办成的一件事情。对此他的辛苦不容否认，最主要的是外语学院的学科建设又站到了更高一个层次的平台上了。

再过几天就是春节了，何一夫想春节前什么事都不要做，就是两个字：放松。早上锻炼，饭后随夫人去菜市场采购，然后回家，看电视。据说韩国电视剧有的一部片子就几百集，一定要静下心来看一部。夫人要逛街，陪着；准备年货，一起；还有春节期间的来往聚会等。就是不看书，看书挪到春节以后。几十年了，第一次要和书彻底断绝几天的联系。

除了看书，一切活动依往日的习惯在进行，何一夫似乎并没有感觉到身边有什么变化。

何一夫有个朋友在隔壁南江经贸大学工作。他们的女儿从加拿大回来过春节，他们约何、常两家聚一下。顺便补充一句，虽然他们是何一夫的朋友，但因为何一夫的关系，他们和扬芊芊一家也曾经在一起聚过若干次，可以说三家都很熟悉。但这次聚会被扬芊芊夫妇拒绝了，理由是常德益不能喝酒。哪有做县长的突然之间就变成不能喝酒的了？理由太低级了。反过来想，这个理由也太高级了，就是让你明白这是推脱之辞。三请四邀，直到开席前扬芊芊他们都未到场。何一夫的朋友开始以为是开玩笑，后来感觉到他们两家好像有了什么矛盾，便硬是加强了邀请的力度，想帮他们调解调解。饭菜都上齐了，还在打电话，可扬芊芊关机了。他们望着何一夫夫妻俩，好像在说"？"。何一夫很生气，却又不便发作，只是有点气哼哼地望着夫人。董玉荷呢，一头雾水，不知究底，便说："不等他们了，肯定有什么事情不方便对我们说。我们吃吧。以后再聚。"董玉荷的这番话，大家想想也有道理。

何一夫夫妇想他们家可能真的遇到了什么事情不得抽身，也不便在电话里讲，回去问个明白再给经贸大学那个朋友解释一下。平时处得都很好，不能产生什么误会，如果有事需要帮忙的大家一定都会帮忙。

何一夫夫妇饭后一边走着一边说着，发现前面有几个人从另一个饭店里出来，正是扬芊芊夫妇和大外部苟主任一家。何一夫张嘴正要喊他们，被董玉荷阻止了。

何一夫闭上了刚刚张开的嘴巴。

董玉荷多了个心眼。

何一夫夫妇俩放慢了脚步。

不算太昏暗的路灯下，扬芊芊他们径直往前走着。也许太专注了吧，他们好像并未发现后面仅隔若干米远的何一夫夫妇。

就听扬芊芊说："苟主任，以后我们就跟着您干了，你的工作我绝对支持。"

苟主任说："你们太客气了。工作大家一起做。咱们大外部虽然从外语学院独立出来了，但以后还要和何院长多联系，他的能力和水平都比我高。"

话里有话，扬芊芊自然听出来了："咱们现在和他在工作上已经没有联系了，何况他院长已经被免掉，马上就退休了。我们就跟着您干。"

常德益也附和道："就是就是。"

何一夫夫妇放慢了脚步，后面扬芊芊他们说的什么就听不清楚了。

何一夫说："她和苟教授不是一直都心和面不和的吗？今天怎么？"

"你呀，没学过辩证法吗？事物发生变化是绝对的，这有什么奇怪的！不过扬

莘莘这个人还是很直率的，不仅什么都放在脸上，特别明显，而且行动上变化也特别快，毫无遮掩，立即落到实处。"

何一夫顿时好像也感觉到了。看来两家开始拉开距离了，至少在心里面应该是这样。

何一夫夫妇认为，他们三家特别是和扬莘莘两家可以说相处得已经非常好了，在具体事情的处理上彼此都会注意这层关系。譬如说吃请或请吃，只要有一家提出来，通常都不会或不能被拒绝。因为不是一顿饭的问题，谁做东都行。这还不全是面子问题，谁无故拒绝或被拒绝，至少说明彼此之间的关系已经出现波纹了。

春节期间董玉荷又特地打电话约了两次，都被扬莘莘婉言谢绝了。

扬莘莘夫妇也真是忙，说初十之前都有安排了。可不是？和大外部的领导有空在一起喝酒，就是和何家的聚会没有空。

这里还要补充一句的是，何、常、茅三家多少年来有个习惯性约定。没有特殊情况，一个是春节，一个是生日，不管是大生日还是小生日，肯定都是要在一起聚一聚的。这个习惯是何一夫到这里以后扬莘莘首先提出、三家共同坚守的，至今都没有发生变化。说起来这个习惯都有一二十年了。有时春节谁要回去陪老人，回来后也会补上的。今年春节三家在这里，都没有回去。何一夫年龄最大，所以依惯例应主动相约，可没想到竟会是这样，不知道是否还有别的什么原因没有。

何一夫夫妇再笨也明白了，只是都没有说出来而已。过了正月初二他们就早早回老家去过几天了。那里有自己的家人和亲戚，还有初中和高中的老同学们，还有从小一起长大的发小们，和他们在一起没有势利之说。在老家多过几天，去去今年春节前后产生的不愉快。

果不其然，扬莘莘3月份过生日时，董玉荷专门让花店把花送了过去。可他们还是打破了多年的习惯，与另外一拨人庆生了。

人啊，人，怎么能这样呢？难怪有句话正在走红：友谊的小船，说翻就翻。

第 23 章　今不如昨

1. 县长归来

世间万物，变化是绝对的，有时就发生在瞬间。据说有些领导刚在大会上做完报告就被有关部门带走了，连家都没有回去一下，跟家人都没有来得及打声招呼。常德益县长虽然没有被带走，可关于他的新闻也毫不逊色。

昨天听说常德益的副市长职务正在公示，可今天他就在校园里出现，把办公桌搬进了校工会的办公室。真是谁也没有想到。不像是回家看看，是彻底回来了？也许有别的事情吧？

常德益尽管比何一夫还小了几岁，正处于事业旺盛期，却在一夜之间回到了学校。他彻底回到了原单位，县长不做了。原工作的县里只是派了一辆小车将他送了回来，学校似乎也没有举行欢迎会什么的，只是通知有关部门替他办理了相关手续。能官能民能上能下嘛，这是我党的优良传统，家喻户晓。不过，最近几年除了犯错误等特殊原因外做官的好像只有上没听说有下的。当然，常德益回到学校除了组织上一般老百姓是不清楚具体原因的，最多是议论议论，猜测的语言还是有的。据说是常德益特别喜爱教师这个职业，那么回到原来工作的高校也是正常的。

不知是什么原因，常德益回来后并没有回到教学岗位，而是去了校工会，任职正处级职员。

说是正处级职员，其实并没有什么具体的分工。工会的事情就那么多，本来人就满员。除了工会主席外还有两个年轻人，联系、跑腿等任务轮不到他就都做完了。常德益说是上班，其实无具体事情可干，一杯茶，一张报，一台电脑，天天如此。如狼似虎的年纪，精力尚很充沛，正在鼎盛时期，却享受如此悠闲的生活。不过他一点儿情绪都看不出来，他很能坐得住，对谁态度都很好。

2. 今不如昨

何一夫睡梦里被手机声音惊醒，懵懵懂懂地觉得好像自己刚睡着。他抬头望了一下墙上的挂钟，才12点多一点儿，可不是才睡着？他赶忙打开手机，一看是常德益。这么晚了，什么事情？就听常德益在电话里说："是老兄吗？嫂子在边上吗？"

"我们刚睡下。你快说，什么事情？"

"请你换个地方说话。"

何一夫披上衣服，到了书房，对常德益说："你说吧。我到书房里了。"

"老兄，你赶忙带6000块钱来救我。"

"怎么啦？你慢慢说。"

何一夫以为常德益他们家遇到了什么事情亟须用钱，那他爱人为什么不打来电话？两家之间有什么事情通常都是女人之间联系，男人之间好像很少直接打交道。他们搬出去以后两家自然联系就更少了。常德益避开夫人主动打来电话，肯定遇到了不能让第三个人知道的不小的难题。他正在想着，常德益下面说的话就把他的注意力拉了回来：

"刚才去按摩，被讹了，否则就要叫警察。老兄，你赶忙来救我，你不能告诉你弟妹，也不能让嫂子知道，真丢人！"

常德益毕竟骨子里是个知识分子，又刚从地方回到学校里，他很清楚这件事情传出去有多么不光彩。但他必须对何一夫说实话，不能顾什么面子了。何一夫赶忙安慰他说："你放心，绝对保密。你别急，我马上就过去。"

何一夫嘴里这么说着，可深更半夜去哪里找6000元？看来不跟夫人说是肯定不行的。

何一夫回到卧室，对夫人简单说了说。夫人说："昨天刚取了钱，准备去买电视机的，在柜子里，你赶忙先拿去救急吧。"

"常德益不让我跟你说，也不想让任何人知道。"

"这是什么光彩的事情吗？他夫人又是那么要强的人，知道后这个家非散了不可。你赶快去，把人带回来。我什么都不知道。"

俗话说：无事生非。饱暖思淫欲。这些现象在现实生活中是存在的，好像都是因为不愁吃穿、生活无聊而引起的。

　　常德益回到学校以后，坐在正处级职员的位置上，其实什么事情都没有，按时上下班而已。天天不是上班，就是在家里、买菜、做饭，还有看电视，大门不出二门不迈的。社会活动几乎没有，和原来工作过的地方似乎也彻底中断了联系。一个朋友都不来往了，就连小三小四们都换了手机，否则现在也不会这么清净。其中原因常德益是懂的，他庆幸自己当初没有采取包养的形式。在县长的职位，是不缺相关资源的，自己也不会委屈身体需要的。要说常德益这个人，他很善于总结别人的经验教训，所以他的异性知音除了主动投怀送抱的都是临时召唤。露水姻缘，天天新鲜，天天年轻。当然也不是绝对地每天换一个，相对次数较多的也有几个。心想没有联系也罢，有朝一日重返政治舞台，新的小三小四都还会围上来的。在回来以后这段单调的日子里，常德益偶尔也会找找老朋友打打扑克牌什么的，不过彼此之间似乎觉得都生疏了许多。一个 24 小时全身细胞都在高度活跃的虎狼般的男性县长，突然到了几乎封闭、与事隔绝的地步，如何能够经受得了？一个精力充沛、经验丰富、经历不乏闪光之处的精英人才又怎么能耐得住这种寂寞、安于现状呢？如此这般，又岂是自己心甘情愿的？

　　扬苹苹并没有深问他突然回来的原因，知道肯定遇到什么比较大的事情了。在扬苹苹出去散步的时候，常德益曾经摔过两次茶杯，跟扬苹苹说是不小心掉地上了。毕竟是同床共眠几十年的人，不能在这个时候再伤口撒盐了。扬苹苹知道他心情不好，只是望了他一眼，说了一句"以后注意"。

　　常德益感到无聊、无奈，却也只能如此。他似乎在等待某种机遇的出现，尽管是盲目的。

　　一个月过去了。两个月过去了。过去都快半年了。

　　常德益终于忍不住了，他终于想通了。他感觉到，机遇已经不再属于他，安于现状好像已经是他最好的待遇和选择了。

　　从生理角度讲，常德益毕竟正处在如狼似虎的年纪，一个几乎天天离不开肉食的虎狼突然好几个月不见肉能受得了吗？家里的老婆虽然是个绝代美人，但现在只剩下左手摸右手的感觉了。

　　南江市是他非常熟悉的地方。一天晚饭后，他来到了闭着眼睛都能找到的一个以前经常光顾的场所。心想轻车熟路，安全，照价付钱就是了。

　　常德益跟夫人说有个外国老朋友来，晚上见一面。扬苹苹正好当天晚上有课，不能一起去。你看这个时间的选择也是有学问的，否则夫人要一起跟着怎么办？

　　常德益西装革履，挺直了腰板，就像当初县长的派头一样，在一片"欢迎光临"的叫声中径直走了进去。

一番无须多说的过程结束了。常德益一副情满意足、特别高兴的样子,顺手甩出去了1万元。这个钱自己还是有的。可那位伺候他的熟人不愿意了,非要2万元不可。

常德益愣了:"你不认识我了吗?"他从未自己付过钱。

"你现在还是县长吗?"

如此呛人的话语飞过来,让常德益顿时清醒了许多。他不想在这里纠缠,又从口袋里掏出了钱数了数,只有4000多元:"今天我就带了这么多,下次来给你补上。"

"此一时彼一时。今天少一个也不行。"说着给他看了手机里他穿着睡衣从卫生间刚出来时的拍照。

"我真的就带这么多。"

"不行。"对方就这两个字,多一个字也懒得说。

"你就看在以前经常来照顾你的分上,下次来时再补上好吗?"

"不行。"

常德益的心冷到了极点,刚刚的热情瞬间变成了冰水,从心脏喷射到了全身所有的神经末梢。不过自从通知他回原单位时心就开始冷了,从来就没有热过。原想花点钱到这里临时找个安慰,没想到婊子更势利,更是看人收钱。看来少一分钱今天都走不掉,他一边穿衣服,一边抓耳挠腮:"怎么办呢?"

常德益在脑子里急速地过滤着周围能够帮他忙又能保守住秘密的人。

何一夫将6000元钱给了常德益。加上4000元,常德益数了一下就交给了那个小姐。心想真是窝囊透了,以后再找机会收拾你。我,一个曾经的堂堂县长,让你给要了,以后怎么做人?就在小姐接钱、常德益正要松手的当儿,常德益突然指着何一夫对小姐说:"你知道他是谁吗?日本友人。你敢讹他的钱?"小姐摇头不信。常德益央求何一夫说两句日语。何一夫自打进来后一句话都没有说,日语还难倒他吗?在常德益的一再央求之下,何一夫说了几句。小姐一听就赶忙说:"真是日本友人啊?来,再加1万,中日友谊万岁。"常德益这下子愣住了。这时进来了一个经理模样的人物,顺手给了小姐一个巴掌,说:"滚!你找死啊!"小姐已经握在手里的1万元也让退出来了。那个经理模样的人物向常德益两人始终保持着标准日本式鞠躬的姿势不变,嘴里在不停地说着"对不起,对不起"。

第24章 手机在充电

1. 阴晴莫测

自从博士点批下来以后，何一夫和扬苹苹都是博士生导师了。

何一夫院长不做了，行政权力归零。可扬苹苹的系主任还做着，权力一如既往，毫不减少。何一夫院长被免掉以后，扬苹苹的心情似乎也变得好多了，对常德益的话也多了起来。

在和研究生们讨论了"中国英语教育中的外围因素和干扰"这个题目以后，扬苹苹就回家了。她坐在沙发上一边看电视，一边等着常德益回来。这个题目是一个博士生提出来的，她觉得很有研究价值。她要听听常德益的看法，很多时候他的思路比自己要开阔得多。这一点在内心里扬苹苹是承认的，也是由衷佩服的。

常德益回来了，他正在掏钥匙。

常德益看见扬苹苹坐在沙发上，脸上好像是春天，就对她说："听说振华最近要从国外回来了。"

"好啊。还要去吗？"扬苹苹随口答道。

"好像不去了。他们家说到时候聚聚。"

"聚聚？那你去吧。"

"什么意思？"

"请你也没有请我。你去吧。"

"当然包括你啰。"

"那为什么不直接跟我说？"

"你呀！我也是在路上碰见董玉荷，她告诉我的。谁不知道你的脾气？肯定还会跟你说的。再说孩子到家的日期还没有定。"

"是吗？你要知道这是对人最起码的尊重。"

"知道知道。大家都知道，只有亲自给你说才是尊重你，只给我说就是对你不尊重。"

常德益说着赶忙换上拖鞋，把买来的水果从塑料袋里拿出来放在饭桌上，然后提着蔬菜准备进入厨房。他有时觉得自己就是这个命，人不认命不行。他突然又转过身来，说："我们是不是要表示一下？"

"怎么表示？"

"老规矩，请孩子吃顿饭呗。"

"我看免了吧。两家现在已经没有什么联系了。他父亲已经不是我的领导，院长被免了，人马上也要退休。你不知道这句流行语吗：'退休退休，关系皆休；下台下台，下辈子再来'。"

扬莘莘的脾气秉性常德益自然很清楚。要貌有貌，要才也有才，就是太实在，说得准确一点就是太势利。她的反应也非常快，总有一套一套的。

俗话说"女大十八变"，是说小女孩从小孩到大人的成长过程中变化比较大。原本指外貌，现在看来也不尽然。对于常德益来说，扬莘莘都已经几十岁的大人了，还犹如未长大的孩子，脾气说变就变。其中有三次较大的变化，足以让他铭刻终身。

结婚之前，扬莘莘宛如依人之小鸟、温顺之绵羊、怀里之猫咪。那个时候她还是自己的学生，硕士在读，直到毕业留校后结婚。结婚后半年左右，发生了一件事情，让扬莘莘完全变化到另一个模样。

常德益刚从外面关上办公室的门，准备下班回家，突然里面的电话铃响了，而且响个不停。他只好又掏出钥匙，开门进了办公室。一个外教突然呕吐不停，腹痛不止，外宾楼把电话打到办公室。常德益接了电话以后迅速要了一辆车子，叫了两个学生一起把外教送到市人民医院，检查确认为食物中毒并带有阑尾炎急性发作。初步安排好外教后已经快晚上9点了，他才想起夫人在家里等着吃饭。他赶忙跑到护士办公室打了电话，可扬莘莘就是不接。回到家里，夫人已经睡在床上，饭菜洒在地上，饭桌压在蛋糕上。他这才想起今天是自己的生日，上班前她是给自己打了招呼的。常德益趴在床前详解原委，再三道歉，扬莘莘就是不吭声。当时要是像现在有手机彼此就可以及时联系，她也不会如此生气了。常德益在心里还是自责的。

自此，扬莘莘脸上的表情丰富多多，变换多多。少有晴天，常是多云、阴天，甚至小雨到中雨。大雨是不会有的，因为知识分子爱面子，怕别人笑话。你把饭桌都掀翻了，这样也好。人本来就应该真面目示人，特别是伴侣之间，不应该有什么地位、师生等身份级别的考虑。不过，常德益作为男人，作为老师，他采取了与人不同的做法。从此，不管你脸上的表情如何变化，不管你说什么，也不管你做什么，常德益一概是不表态、不吭声、不反对，听之任之由之。

　　第二次变化就是自己出任副县长以后，是心情也罢，还是小别也罢，好像扬芊芊脸上的表情是晴天占主导地位了。晴天多一点当然好了，常德益也乐得好心情，家和万事兴。

　　第三次变化就是这次回来。扬芊芊脸上表情变化的频率明显在加快，忽而晴天，忽而阴天。而且完全是一副领导、支配者的面孔，什么老师，什么丈夫，统统没有商量。买菜，做饭，大事小事，常德益只有服从这一个选择，不得提出任何异议。常德益毕竟是 50 岁的人了，说成熟也应该都熟透了，以不变应万变，乐得做个哑巴，轻松。

　　此时此刻，常德益看到扬芊芊的脸上似乎又布满了乌云，就赶紧闭上嘴巴，连白一下眼睛的动作都没有了，低下头无声无息地走进了厨房。

　　扬芊芊此时此刻的心情，则更是常德益所不能了解的。脸上多云，可心里却全然不同，用一句方言就是："美得太"（意为非常好）。再详细阐释一下就是：你们家振华不是在外国读博了吗？怎么又回来了？我们菲菲就是比你强，她要嫁给外国人。将来定居国外，回国来就是华侨，说不定市长、省长都会出面接待呢。现在你不比了吧？哼！

　　她完全忘了要和常德益讨论什么题目这件事情了。

　　扬芊芊偶尔也会静下心来扪心自问：是谁在和你比？不就是你自己成天在和这个比、和那个比，比这个比那个，累不累？有些可攀比，有些则不可攀比。两个孩子一个是男的，一个是女的，虽说在一起长大，但也不具有可比性。你歇歇吧，不要再这么攀比下去了，有意思吗？

2. 手机在充电

　　何一夫吃过晚饭有点事出去了，董玉荷正在收拾厨房。

　　董玉荷突然听到门铃响，以为是丈夫忘了带钥匙。可开门一看，竟是扬芊芊的父亲。董玉荷大吃一惊："叔叔，怎么是你？"

　　她突然觉得此话不妥，便赶忙改口说："叔叔快请进。"

　　扬芊芊的父母原来单独居住。自从扬芊芊的母亲去世以后，她的父亲就和儿子、儿媳妇住在一起了，这样子女们也放心些。今天早上儿媳妇和她父亲怄气，她父亲一气之下就跑到女儿这里来了。到了南江后她父亲才发现钱包和身份证都丢了。好

在女儿家他熟悉，便硬是从车站步行十来里到了学校。家里没人，他便敲了董玉荷家的门。董玉荷听了此话，一边给老人倒了一杯水，一边说："别急，您先喝口水，我这就给你打电话联系。"

手机打了两次，没有人接，又打第三次，被掐断了，又打第四次，索性关机了。

董玉荷知道扬苹苹是故意不接的，甚是不悦。怎么电话都不接？两家越是这种情况，就越不会随便打你电话，肯定是有事情嘛。扬苹苹啊，你怎么就想不到这一点？

董玉荷对老人说："您别急，估计她在上课或者不方便接。我现在给你下碗面，待会儿我再打。"

老人端起了董玉荷给他做的鸡蛋面。董玉荷又打了几次手机，就是打不通，手机关了以后好像就没有再打开。

老人把一碗面条吃完了。董玉荷也没有联系上扬苹苹，她没辙了，只好把何一夫叫回来。见此情况，何一夫说："不要打了。你发个短信，她睡觉前肯定会开机的，一开机就会看到。"

他们告诉扬苹苹的父亲，说你女儿刚搬走，我们也不知道她住在哪里。她手机也关了，估计有什么重要的事情，待会儿她开机一看到信息肯定会来的。实在联系不上今天就住在这里，明天再说。

此时的扬苹苹呢？正在家里看电视，她想：我就是不接，就是懒得听你说话。

说来真巧，事情的发展也真能绕弯子。

扬苹苹的弟弟以为他父亲中饭是在亲戚朋友家吃的，以前也有过，所以没放在心上。看看天都黑了一阵子了，父亲还没有回来吃晚饭，他便着急了。联系了周边的亲戚朋友都说没有看见，估计到他姐姐这里了。于是就打电话，打了几十分钟，愣是没打通。他知道姐姐的新房子里还没有装座机，唯一的联系方式就是手机。他也知道姐夫去外地出差了，没有办法只好打了常德益的手机。常德益自然也联系不上扬苹苹，便想到了何一夫家。果然老人在这里，只好告诉地址拜托他们把老人送过去。

也真是这么凑巧，老人钱包丢了，扬苹苹没有告诉老人新家的地址，何一夫夫妇愣是就没有想到此时还可以和常德益取得联系。

何一夫夫妻俩打的把老人送过去了，摁了半天门铃，就是没人开门。隐约听到里面有脚步声，估计是在望猫眼吧，外面对着猫眼的是董玉荷。

董玉荷心里清楚得很，便大声说："叔叔，你闺女好像出去了，还是先回我们家吧。"老人说："这可真是麻烦你们了。这个丫头到底去哪里了，手机也不开。"

老人的话音刚落，门开了。老人急了："你怎么电话也不接？"

扬苹苹对何一夫夫妻俩说了一声："对不起，手机在充电。"

何一夫夫妻俩愣是站在那里，好像没有一点儿反应。也就是几秒钟吧，他们觉得很长很长。在老人连续地说了"谢谢，谢谢"之后，何一夫夫妻告辞了。

南江农林大学有个规定，女同志 55 岁退休，男同志 60 岁，是博导的根据需要、本人申请可以延长到 65 岁，不论男女。

董玉荷已经退休，何一夫不准备申请延聘，再有些日子也退休了。他们家已经步入了和以往不同的新的生活轨道。他们何尝不知道扬苹苹说的那句流行语呢？只是他们夫妻俩稍微改了一下，变成："退休退休，关系皆休；下台下台，调整心态。"他们心里知道这种态度还是消极的，可一下子就是情绪调动不起来，可能人退休以后还有一个适应期吧。万事看得再淡一些，慢慢适应吧。

第 25 章　海归博士

1. "月亮"之议

曾经，一批又一批、越来越多的中华民族的子孙离开 960 万平方公里的熟悉的土地，到两眼陌生的异国他乡去留学、去镀金、去发财。若干年以后，他们开始陆陆续续地返回祖国了，回到那曾经生他、养他、育他的故乡热土。

何振华从国外回来了。董玉荷专门给扬芊芊和宫怡芳两家打了电话，扬芊芊也没有再找什么理由。三家在相隔一段时间以后又一起小聚了。

遇到类似事情三家以前在一起小聚是再正常不过的事情了，不知什么原因有好些日子没能这样了。地点选在学校附近，宫怡芳主动负责张罗时间、地点等。

席间。

茅时说："振华，你学成回国来找工作，这很好。别的国家再好，如果没有立足之地的话，与自己又有什么关系呢？再说以两点论来看，任何国家都有长处和短处。开始时是有些国家比中国生活水平高，可国内现在比国外发展速度快，生活水平和某些发达国家相比也可以说不相上下。国内的发展机会比国外也多了，近几年海归的迅速增加就是一个很好的证明。"

茅时好像对此深有体会，一口气把核心内容全都讲出来了，好像不让别人有插嘴机会似的。

常德益这时也想插嘴附和几句，却又被扬芊芊堵了回去："你不懂！你让茅教授他们先说完。你半道插什么话？"

这里插一句，自从常德益离任县长回来，扬芊芊的一些口头禅如"我们家常县长"什么的都听不到了，只有这一句"你不懂"还保留着，而且不再区分什么场合，脱口而出。常德益呢，最不高兴的就是扬芊芊这种不分场合和地点指挥一切、干涉一切、包办一切、盛气凌人而不容反驳的语气。恐怕大多数男人都反感女人的这种做法吧？

其实女人又何尝不是反对男人如此呢？传统的乖女孩似乎已经没有了，贤妻良母很难找到了。女汉子占据了主导地位，而且在数量、比例上有大幅度的增加。妇女要彻底解放，和男性处于平等地位。实际情况是没有绝对的平等，往往都是女性强于男性。解放，平等，决定于男女双方的素质和修养，真正做到也是一件于双方都很幸福的事情。不过具体到某个女人来说要是想控制男人的一切、动不动就颐指气使，就不一定很幸福了。常德益此时已经不是以前的常德益了，岂是扬芊芊的一句"你不懂"就能阻止得了的？他正欲开口，何一夫已经把话题接过去了：

"对于国外的盲目崇拜，大家最近几年看得都比较多了。不知从何时起，涉外变成了一种虚荣，形成了一种风气。只要是和外语、外国甚至地区有联系的就都让人盲目地去羡慕、不顾一切地去追求。从心理学角度讲，这就是一种他人强于自己的潜意识在作祟，别人家的葡萄就是甜，进而产生趋异趋新心理。也有人说这是围城效应。凡是自己没有见过的都认为是比自己的好，也不管自己对这些是否了解、了解多少。这是一种善良的、不满足于现状的、追求新奇好的正常心理，也是一种急于脱离现状而不是改变现状的对美好的向往和追求。改革开放扩大了对异国他域长处的了解，似乎也加重了某些人对本国短处的不满，由此而更滋长了对域外的盲目向往与不顾一切的追逐。"

常德益这时赶忙接过了何一夫的话题："我同意何教授的说法。趋异趋新、盲目崇拜外国的心理，又会常常给人以冲动，甚至震撼，到了一定地步便会失去理智，不顾一切。我的一个大学同学在美国取得博士学位后留在了美国，我们都知道他在纽约工作。这次菲菲去看他时才知道他在距离纽约 100 多公里的一个小镇上开个小商店。当初他要是回国的话，现在肯定也是个博导。不过国内的发展速度之快也是我等不能先知的。"

"是啊，"茅时接着说，"听说有一个老人在国外辛辛苦苦挣了几百万，结果回来时不够买一套房子的，国内的发展太快了。最主要的原因是，在国外你再有才能也是个外国人。不是说国外什么都不好，不能待，除非你是特别顶尖的人才，不然的话往往都是开个小商店或者打工什么的。这样单纯地过过自己的小日子一般是没有问题的。改革开放这么长时间了，国内的人们对国外的了解也多了起来。但千万别忘了在任何地方都要找一个让自己的才能得到充分发挥的平台和适合自己生存的立足之地。"

何一夫说："中国对外国的了解还要继续加强，学习外国的长处不能停止，关键是要避免盲目地崇拜。有些人把外国看作是桃花源，在国内稍不如意、不顺心就往国外跑，认为国外是天堂，遍地是黄金。还有些人是把外国当作避难所、避风港，

逃避国家和政府的制裁或逃避其他什么。这个则与我们普通人没有什么关系了。"

常德益觉得好像有点扯远了,赶忙插嘴转了另一个话题:"我看到过这样的报道,说一个在加拿大的中国留学生学习中途又跑回国内重新报名参加高考。"

茅时赶紧接着说:"我注意过这类情况。中国人出国留学真正读书的是少数,大多是去打工、做体力活的。就是留学生打工的很多也是以体力劳动换取报酬的,而且报酬往往比本国人低好多。有不少人一说自己孩子在外国打工就觉得光鲜得很,不知他们是怎么想的。最近就有媒体报道在日本有若干名中国研修生失踪,他们的父母估计都是后悔莫及。日本所谓研修生就是打工的,说着好听而已。"

他们还举了一些中国人在国外被歧视、被侮辱的例子。

说句内心话,在知识分子中间,既有盲目崇外者,也有能够比较理性分析的、成熟的中国人还是有的。何一夫对此有个通俗的比喻。他说外国的好与不好不是一个字或者两个字就能概括出来那么简单。与外国交往犹如人之恋爱,只有结婚后才能更深刻了解对方。没有去过外国的人就说外国如何如何好充其量是鹦鹉学舌而已,恐怕自己连一点底气都没有。国家如人,当一分为二。再说外国好的地方中国人不一定全适应,反之中国好的地方外国人也不一定全适应。核心问题是:外国再好也是外国人的,不是中国人的。

关于外国,还有一个很关键的问题,就是人们的看法也在变化。若干年前,不少人是从生活水平角度来考虑的,盲目地引申为国外的一切都比中国强。现在中国的生活水平等各方面都在大幅度提高,随着对外国的不断了解,盲目崇拜的情绪也在逐步减弱。

关于外国,何振华的体会格外深刻,没想到与父辈也能找到共鸣,不吐心中不快,借此机会他接着他们的话题就说了起来。

当初自己选择国外读博,一个原因是自己觉得如时髦言论所说:外国月亮比中国月亮圆。在交流合作培养的一年时间里,自己也确实感觉到国外的种种长处,如自然环境好、人事关系比国内简单,等等。更重要的还有一点,就是那个合作单位的科研条件和环境确实比国内优越,仪器确实比国内先进,于是便决定听从导师的劝留,在原地方继续攻读博士学位。

何振华当初决定读博是怀揣崇敬心情的,结果取得一个博士学位竟然用了七八年时间,而且都不是自己的原因。这也是他万万没有想到的。

何振华读博的学校是澳洲的名牌高校,学制三年。谁料想,读到一年多的时候,学校突然不给导师拨付经费了,导师便回了原籍英国。何振华知道自己是来学习的,迟早一年毕业也没关系,只得又另择学校、师从另外一个导师,一切从头开始。新导师是学术界名人，两年以后去美国高访一年，后来扔下几个未完成学业的学生移民美国了。

何振华茫然了，怎么办？他是来学习的。半途而废不是他的性格，自始至终地做完一件事情对自己坚强毅力和良好性格等的养成也是有益处的。最终他又换了一个高校，重新开始攻读博士学位。前后他在澳洲待了近 10 年时间，拿了博士证书后就毅然决然回国了。外国所给予他的心理落差太大了。

在澳洲读书期间，成天就在实验室和宿舍之间往返。生活单调些，但感情还是有的，不过似乎也感觉到了一些什么。听说某人在某国家八年、某人六年才拿到博士学位。中国人在澳洲拿到博士学位的固然有一些，可还有更多的人没有拿到学位。估算了一下，来澳洲读博的人不少，好像拿到博士学位的并不多。和自己一起来澳洲读博的两个校友，最终也没有拿到学位，虽然拿了澳洲的绿卡，可最终他们还是回国了。

在国人心中，出国就要拿绿卡，就要定居，博士帽举手可取，在国外的都是浑身缀满黄金的人，回国的都是在国外混得不好的人。对不起，这是以前的旧看法，现在有也属正常，但不全面、不客观。

何振华对外国有了新的体会和认识，有了一分为二的分析与结论。虽然这种认识和分析不一定全面和准确，但至少他认为，如果不是在要害部门如国家实验室之类，中国人在外国一般是不被认同或者受到重视的。中国籍的科研人员又有几个待在外国的要害部门呢？

何振华想到曾经从书上看到过的关于著名科学家华罗庚的一则故事。1950 年，华罗庚毅然放弃了在美国"阔教授"的待遇，冲破重重封锁回到祖国。途经香港时，他写了一封《告留美同学的公开信》，抒发了他献身祖国的热情。他满腔热忱地呼吁："为了国家民族，我们应当回去！""锦城虽乐，不如回故乡；梁园虽好，非久留之地。"自己不能与这些科学家比，现在还只是一个尚无成就的普通学生，但爱国之心从没有动摇过，爱国之热情从没有丝毫减退过。

不管这些了，还是回到祖国去吧。

在国内就不会有这么多啰唆事，十年恐怕两个博士都毕业了。

还有一点，何振华更是如鲠在喉。中国留学生在国外常常自诩为"边缘人"，是指从中国出去的留学生，不能融入当地的社会，每次回来探亲都只说外国的长处而回避其短处，主要原因是怕家里人担心。自己也是这样。现在有一句新的名言：一出国，就爱国，移民了才更爱国。这种说法是有广泛基础的。国外生活中的不如意处是远远多于国内的。在国外中国人永远是外国人，永远都具有"华侨、华裔"

这类明显有中国标志的身份。外国人对中国人总体来说是友好的，但总有人在骨子里瞧不起中国人。且不说日常生活中遇到的被蔑视、被辱骂等尴尬事，就说一到关键时刻总想到你不是本国人，即使你拿到了绿卡，甚至改变了国籍。当然，有"华侨、华裔"类标志的回到中国还是很吃香的，通常都还是受到特殊待遇的。

听了何振华的述说，常德益说："我的一个朋友的女儿在美国还遇到导师迟迟不给签字的情况。导师不签字，论文就发表不了，就得推迟毕业。"

何振华赶忙说："我这因为导师签字问题也推迟了一年多时间。"

茅时说："你们说的这种情况在国外是不奇怪的，国情不同，自然不能一概而论。但这些情况在国内则是很少出现的，除非极为特殊的情况。在国内，导师发生变化，学校还是要对学生负责任而重新安排新导师的。"

"我同意你们的看法，中国人在外国永远都是外国人。即使你加入了外国的国籍，也不要忘了你的根在中国，因为你的祖先是中国人，你来自中国。"常德益望都不望扬芋芋一眼，总是不失时机地说上几句，因此他今天的心情也感到特别好。

"您说得对，各国皆有长短，但我们根在中国。中国人去国外读博在有的国家是很难取得学位的。还有，"何振华异常感慨地说，"中国每年有上万名学生在国外读博。不能以为国外培养的博士都是顶尖水平，像钱三强、邓稼先、李四光、梁思礼那样的毕竟极少极少，凤毛麟角。我曾特别关注过这类情况。现在国内培养博士的水平也不一定比国外就低。清华有个女博士在读期间发表 4 篇论文，影响因子累积破百。近几年全国每年博士发表论文在 10 个以上影响因子的就有几十名。"

茅时说："确实如此。国内不仅培养水平上来了，最近我注意国内的一些实验室，发现科研设备也已经是国际一流。"

扬芋芋这时好像是总结性地说："是啊，国内的科研水平提升得很快，相对来说国外就慢了。看来我们对外国还有必要进一步了解、不断深化认识。但有一点是肯定的，振华回国是正确的选择，尽管你已经拿了澳洲的绿卡。我们支持你，希望你继续努力，再创新成绩。"

常德益也附和着："振华，你的选择是对的。不管是在国内还是在国外，作为我们中国人，现在已经不仅仅是适者生存的问题，而是跨上更高一个层面即择优生存的问题了。祝你一切顺利！"

毕竟是小聚，不能光说话，还是端起酒杯吧。

2. 立足

各国皆有长短。何振华的认识和体会在不断地深刻着。

何振华回国后的主要想法就是找一份比较理想的工作。

他非常想做一名教师，既教书，又能继续博士阶段的研究工作，因此一心想进高等院校，首先联系的也是高校。现状是高校实在难进，高职似乎也进不了，虽然他拿到了外国名校的博士学位证书。

何振华回国后的前半年主要在南江市找工作。不仅因为对这里有感情，还因为他的家在这里，他的父母亲在这里。

他首先将简历投给了南江农林大学，面试的结果当天晚上就反馈了回来：专家小组只有一票反对，但被学校某个机构否定了，否定的理由是：超过了 35 岁。招聘文件里说原则上不超过 35 岁，何振华已经超过了一个多月，也算超过。"原则上"是书面用语，执行时是不能有半点马虎的。何振华满怀希望要为南江农林大学出力，可偏偏不能如愿。他突然想起了面试时有位老师问了一句："你父母亲都退休了吧？"

又一场面试结束了。

第三个高校的面试也结束了。

结果都是否定的，各有各的理由。

何振华通过三个学校的面试，似乎体会到了点什么。这一次他降低了要求，一般院校即可，但他下决心这是在南江市的最后一次面试。

他面试完了以后，回家和老爸喝了两杯。不是庆祝，离通知还早，只是他下了决心，如果还通不过的话就不在南江市找工作了。今天面试的单位缺少学科带头人，是一般本科院校。自己是一个已经发表了 11 个影响因子论文的海归博士，应该没有多大问题了吧？发表 10 个影响因子论文的博士在整个中国都是有竞争力的。只是父母已经退休，年纪渐渐老迈，不愿意离开故地，所以才首先考虑在南江市找个工作。

面试第三天，结果出来了，意见是：今年名额已满，建议到更高水平的大学去应聘。有传言说，人选早就内定了，是本校一个处长未来的女婿，其他人都是陪衬。

国内就业太难了，还是自己运气不好？何振华准备到其他城市的高校再去试一试，可他的父母亲却不同意了。他们要和他一起移居国外。

何振华的心里多少都清楚一点父母亲态度变化的真正原因。父母亲自从来到南

江农林大学以后，工作几十年一直到退休，对学校是有深厚感情的。现在孩子想继续服务都不可能，并不是条件不够，有个只发表四个影响因子的都进来了。如果孩子能够发表更多一些影响因子的论文也可以让他到其他一流大学去试一下，但只有11个因子。虽说比较突出，本市都不行，去其他外地院校就更没有把握了。一个没有政界背景的退休的大学教授，不能再让孩子去参加这种没有把握的面试了。先跟孩子到国外去，好赖先找个平台或者干脆说先找个饭碗。以后有成绩了也是中华民族的后代，这一点是怎么都否认不了的。至于老两口，受党培养多年，从小就受到"好男儿志在四方""埋骨何须桑梓地"的熏陶，现在老了随孩子移居国外，有祖国的日益强大做后盾，想必生活也不会差到哪里去。

说句心里话，何振华也感觉到了在招聘的操作过程中似乎有一些只能感觉而无法表达、只能意会而不可言传的让参加面试者无能为力的东西存在。媒体曾说某公务员考试第一名因体检不合格而被淘汰，后换了几个医院复查皆为合格，但位置没了。说得更清楚一点，就是人事关系太复杂。恐怕其他城市也一样，关键还是自己的成绩不是拔尖的，还没有达到国际一流。话再说回来，每年数以万计的国外博士回国有几个能是钱三强、邓稼先那样的呢？

看来"海归"回国，人脉往往是个短板，国内用人讲才能，有时也夹杂人脉。

就在何振华父母办理移民手续、何振华待在家里停止找寻工作的时候，南江农林大学的校长派人要去了何振华的简历，第二天就作为特聘的人才通知何振华上班了。

时间长了，有些内幕也就公开了。学校在研的一个大项目的子课题与何振华博士阶段研究的方向一致，且暂时无人领头。项目主持人很想让何振华领头负责，但进人名额已用完。该项目完成时间是五年，还有三年。导师曾私下让他先进来，编制等一年再说，何振华当时没有表态。

第 26 章　缘定日本

1. 吻别了，美国

阴错阳差。

就在何振华回国探亲又飞往澳洲攻读博士学位的第二天，常菲菲从美国回到了南江市。不过他们两个恐怕早已情同陌路，即使见面也没有感情方面的共同语言了。

常菲菲望着世界闻名的科罗拉多大峡谷，走在好莱坞大道上，从月亮岛观赏尼亚加拉大瀑布，仰视纽约两边的高楼大厦，疾驰在前往机场的高速公路上……她万分感慨：这些美好都不属于自己了，因为自己在这里找不到合适的工作。在这个全世界都向往的国度，竟然没有自己的立足之所。再见了，亲爱的美国！吻别了，亲爱的美国！

作为菲菲的母亲，一个中国大学的英语教授，扬莘莘一直不明白，女儿英语这么好为什么在英语国家找不到工作。这是什么原因呢？扬莘莘似乎也明白点了什么，可就是跳不出这个思维框框，她不知自己到底迷在了哪里。好像美国人也有不少没有工作的，他们的英语肯定比自己女儿流利得多。这是为什么？直到有一天常德益点了她一句："你那么聪明怎么弯在这里了？美国人来中国学汉语，就是学一辈子水平能超过中国人吗？"她这才突然悟了过来。

扬莘莘总算迷过来了。看来学问再高有时也会犯非常低级的思维错误。原以为扬莘莘只是崇洋媚外而已，现在才知道钻进这个死胡同也是她崇洋媚外的一个原因吧？

扬莘莘赶忙跟女儿说了这个想法。女儿说只有你到现在还迷在这里，英语在英语国家就像汉语在中国一样。再说英语也不是万能的，只是人与人之间的交流工具而已。她们母女两人最终都彻底明白了，英语只有在像中国这样需要英语的非英语国家才会备受重视。于是扬莘莘又和女儿说找工作要扬长避短，你的长处在美国来

说就是汉语。

常菲菲刚到美国的时候，曾去拜访过她爸爸的好友、大学同班同学侯辉叔叔。侯辉在美国攻读博士期间回过中国一次，谁都知道他取得博士学位后要留在纽约工作。

常菲菲找到了侯辉。他在距纽约100多公里的一个小镇上开个小商店，和一个越南人结了婚，尚无子女。夫妻两人异国他乡相怜相依，日有进出，吃穿倒也不缺。常菲菲把带给他的两条中华牌香烟拿了出来。侯辉说了声"谢谢"，并掏出了三五牌香烟抽出一支点着后说："这个比中华烟劲儿大，抽着过瘾，也便宜。"侯辉非常热情地招待了她，只在最后分开时说了一句关心的话："有什么需要帮忙的地方尽管跟我联系。"常菲菲看出侯辉日子过得并不舒心，后来就再也没有联系过他。直到有了回国的念头时，常菲菲又去了一次侯辉家。侯辉这才对她讲述了自己当初的经历。

侯辉取得博士学位后在西雅图的一个社区大学里找了一份工作，西雅图地处美国本土最西北角的华盛顿州，又不是名牌大学，还因为国内的同学、朋友、亲戚等都知道自己在纽约工作，所以没有去。嗨，都是虚荣心在作怪。侯辉继续说。现在看来首先要找个立足的地方然后才能谈到发展，不能自我感觉太好。理想的工作始终都没有光顾过侯辉，时过境迁，最终他不得已开个小商店。是在美国找工作还是回国，侯辉并没有对她明说，只是让她面对现实，寻找适合自己生存的地方。国外再好，城市再大，作为个人只需要一个赖以生存的位置，立足而已。

侯辉的现状对常菲菲最终下决心回国是有一定影响的。

常菲菲在美国取得了硕士学位以后，又在美国待了一段时间，硬是没有找到一个合适的工作，便动起了回国的念头。自己外语这么好，回去在国内找一份理想的工作是不成问题的。虽说父母现在供她在国外读书、消费什么的没有问题，可她也于心不忍，而且她也要自立。但是，美国是人们所羡慕的天堂。光是在纽约，光是景点就有不少是世界级别的。如联合国总部、自由女神、华尔街、中央公园、大都会艺术馆、归零地、帝国大厦、百老汇和外百老汇、第五大道、SOHO商业区、华盛顿广场、唐人街、洛克菲勒中心等。许多中国人到终老都只停留在向往的阶段，可自己现在就在这里，能轻易回去吗？原以为这些都属于自己的，可现在产生要回国的念头，舍得吗？

到了美国以后，常菲菲也慢慢清楚了，美国并不是完美无瑕的，自然有其长处和不足、先进和落后。虽然出国这件事情，包括自己日常生活的一切都是由母亲全部安排的，但对国外的盲目崇拜也是自己认可的。现在自己是骑虎难下，不回国不行，可现在回去也做不到。自己暂时还不能离开这里，不仅仅是自己舍不得、父母肯定不同意，还有自尊心也会让自己受不了，回去后肯定会被别人笑话的。她的母亲好像已经告诉所有人说她在美国找到了一个非常理想的工作，而且是在大城市纽约。她母亲要她除了纽约其他地方都不要去。她要再坚持一段时间。都说美国遍地是金子，自己再找找看。

　　她拿着学位证书，在寻找各种不同的机会。她总结了，自己所能做的工作就是两个方面。一个是在饭店里端盘子，她的自尊心不允许；二是教外国人学汉语。跑遍了纽约的所有有可能的地方，常菲菲愣是没有找到一个职位，在这里的中国人太多了。于是她便把信息发布出去，附上自己的照片。一个叫作山本有木的日本小伙子找她来了。小伙子很有钱，说很爱她。他表白了爱意。她和他同居了。常菲菲的脑海里显现出来的和何振华十多年的感情交往，竟然没有现在这样实在、实惠，问题就是这么简单、直接。日常生活无需她操心，每天教山本有木两个小时汉语就行。她给国内的回话是找了一个很好的工作，中学教师，教中文。不少中国人的心态有一段时期就是这样：国外的中学教师比国内的大学教授都体面，在国外打工比国内的正式工都让人敬礼，开个街头的小商店也强似国内的所有职业。你明白了吗？

　　常菲菲的心里异常清楚，自己和山本有木只是同居而已。她下决心一定要混出个样子来再结婚。中华血液中的面子和事业心决定她不能安于现状，她这辈子一定要在事业上做出成绩来。常菲菲是个聪明人。一段时间以后，她也似乎明白了自己的理想在美国这样的国家是实现不了的，只有回到祖国才有可能实现。现在祖国正处于全国重视外语、全民学习外语的时代，她凭自己的外语水平在中国肯定能够找到一份可以大展宏图的工作。她把自己的想法告诉了她的母亲，她母亲死活不同意。她母亲说不管找个什么工作都不要回来，即使是美国的清洁工，也比在国内的地位高，你也要给我待在那里。

　　连中国人自己好像都不怎么明白，只要拿了绿卡，在国外不管做什么事情也比国内强。只要是国外的什么都好，竟然有人把外国厕所里放有卷纸这件事也拿来在媒体上赞叹一番。作为最让人不解的是扬芋芋作为我国一个名牌大学的外语教授，位于中国知识分子的最高一个层面，怎么也这么崇尚外国、贬低祖国呢？难道中国就这么不值一钱吗？

　　从早晨起床到晚上睡觉，从日常生活到学习、到出国等，常菲菲的一切都是由母亲安排的，不能有不同意见，更不用说反抗了。对此她已经习惯了。在美国这段时间的实践，告诉了常菲菲，不能再听她母亲摆布了，她要对自己的一辈子负责任。但远在国内的父母之心，又让她不能和母亲呛着来。话再说回来，扬芋芋要是不同意，

常菲菲是很难鼓起勇气回来的，多少年养成的思维惯性和定式是难以改变的。她要动动脑筋，曲线说服她母亲，让他们最终不得不同意自己回国。年轻人毕竟脑袋反应快，知道怎么抓住关键和要害。为了说服她母亲，常菲菲先把一篇在美华人写的文章转给了她。文章是关于在国外取得国籍或绿卡的华人就业情况的，大意如下。

在美国，八成多的华人集中在私企，其中餐馆里厨师最吃香。有80.4%都集中在私人企业，属打工族。有13%的美国华人在政府机构或是由政府支付薪水的机构就业，6%的美国华人自己开业当老板。

在加拿大，中国人很难找到对口的工作，幸运者基本上也是出苦力，像搬运工、包装工、装配工等。

在澳洲，脏累苦的工作钱赚得多，多数华人以此生活。

中国人在国外得到的最好的岗位比例极低。但这种好岗位在国内遍地皆是，更何况其他职位呢？扬芋芋虽然懂得这个现状，但她就是不能同意常菲菲回到中国来。

与此同时，常菲菲不断地告诉扬芋芋，美国并不如人们所想象的那么全都美好。除了就业以外，治安情况也远不如国内。一年内竟有数以万计的人死于私人枪击案。连环杀警、警官醉驾撞死高才生、公然持枪闯进校园、儿童在家里被流弹致死等，此类报道几乎天天都见诸媒体。常菲菲几乎天天都要告诉她母亲这类消息。她也曾在大街上目睹警察被袭击，在医院里目睹一个老太太被枪击而死。美国的私人持枪呈明显的上升趋势，因私人枪支而引起的死亡率很高。看到女儿经常报告的这些治安方面的消息，扬芋芋慢慢地就坐不住了。

常菲菲在美国这段时间里，还有两点是她所难以忍受的。首先就是前面提到的安全问题，在一个允许私人持枪的国家生活学习，菲菲是很不习惯的。持枪者都是百分之百的高素质、一个精神病患者都没有？一个也不会有情绪失控的时候？常菲菲到美国过了一段时间以后便注意到这个问题了，常常令她焦虑、烦躁，去超市买东西也是环顾左右、慌慌张张的，更不要说是像国内那样逛商店了。所以待在屋里的时间比国内多得多，可以说几乎天天都是待在屋子里的，她想自己迟早会患上抑郁症的。第二点就是连个闺密都没有，曾有两个中国同学处得不错，但却不能交心，后来便各奔前程了。遇到什么事情就只能同家里商量，但远隔重洋，电话、邮件等常常难以说清楚，又怕家里担心，所以没有特大的事情是不和家里人说那些日常琐事的。平时连个商量、倾诉的朋友都没有，对于原来有母亲包办一切的菲菲来说已经感觉自己有很大很大的进步了。但菲菲决意不在美国待下去了，决心已定。

扬芋芋呢，关注美国的安全问题也有一段时间了，越关注就越是坐不住，就越是像热锅上的蚂蚁。刚开始她以为是女儿不愿吃苦或者受了什么挫折，年轻人缺少磨炼，她没有往心里去，还鼓励她要不怕挫折，不怕困难。但是，扬芋芋慢慢也感觉到了，远在美国，既然思想方面有了问题，电话里是很难做通的，再说思想工作也不能包办。要是在一起多好啊，电话交流毕竟不如面谈。有半年了吧？菲菲几乎每天都要说到回国这件事，看来是要重视这个问题了。这样下去不行，如果有病了怎么办？如果遇到安全问题怎么办？像美国那样先进的国家，遇到什么问题依靠政府都应该能够解决，可为什么在安全方面远不如中国呢？虽说安全问题并不是美国社会的全部，但要是被谁碰上了那不就是百分之百吗？尤其是对一个举目无亲的留学生来说，万一碰上了可真是叫天天不应、呼地地不灵了，和家里说不定都不能及时联系呢。

扬芋芋的想法松动了，为了孩子的安全，为了孩子的未来，不得不如此。

常菲菲回国了。

常菲菲离开了山本有木，离开了美国，她回来了。

南江市地处沿海地区，外语工作比较好找。常菲菲十几年来专情于英语，中小学时就几次参加过英语国外夏令营，大学毕业后又在美国待了几年，英语肯定是非常非常优秀的。既然已经回到了祖国，一个大学老师的收入岂是她所能满足的？她到好几个外资企业面试，最终却选择了一个日资企业。因为在南江市使用英语的外资企业并不是很多，而且南江市已经有较长时间的英语人才积累，单纯的英语人才并非紧缺。日资企业在南江市正是上升时期，工资要高于其他外资企业，而且日语人才紧缺。常菲菲的日语在出国前就有一定的基础，在美国又同山本有木生活了较长一段时间，日常交流是不成问题的。不过某企业的一个日本人看好的却是她的英语水平。

中国人学习一辈子的日语也难以与日本人匹敌，同样的道理，中国人和日本人学英语肯定都是比不上英语为母语的外国人。据说日本人的英语是很难恭维的，不要和英语国家比，就是和中国人相比差距也很明显。日本人自己可能也清楚，英语能够说得很好的日本人是不多的。当时中国懂日语的人很少，很难满足交流的需要，无奈日本人与中国人之间也常常寻求另外的桥梁——英语。常菲菲的日语不是特别好，但英语无疑让日本人佩服，她被一家日资企业录取了。当然，她的美貌也是让那个日本人情不能自已的，不久他们之间就到了谈婚论嫁的地步。

2. 缘定日本

那个日本人叫野田太郎，常菲菲和他没领证就结婚了，说是到日本去办理相关手续。但是常菲菲的心里始终有点不踏实。

这次与那个在美国的山本有木的情况有所不同，当时只是同居，没到谈婚论嫁的地步。现在和这个日本人是结婚，没有结婚证怎么行？说到底还不能算是结婚，最多只能说成是婚前同居，要咨询一下可否在国内登记结婚。可她母亲扬芋芋认为自己的女儿如果能拿到日本的结婚证则更有面子，因此就力劝：要相信日本友人，中日一衣带水，友谊第一，你看中日关系现在多好？冰都融化了，你看不透中日关系发展的这个趋势吗？再说你看周围有多少女子嫁到日本去现在不是都没有回来吗？离婚回来的是极少数。你对日本人怎么能有这种不信任、心里不踏实的感觉呢？

虽然没有领结婚证，但外人不知道，婚礼照样进行。全家都认为这是很有面子的事情，婚礼办得轰轰烈烈、体体面面。老家的亲戚都来了，周围的朋友都来了，单位的同事们都来了。和日本人结婚，而且马上就办理移民手续，这在当时是一件非常时髦的事情。这在改革开放后是一件社会允许、人们羡慕向往的大事情。虽然有的人平时不太喜欢扬芋芋的待人接物，或者是有过什么摩擦，但都不能不去。子女婚姻是大事，还有礼尚往来的习俗，还有和外国人通婚，等等，反正来了不少人。单位里未能前来参加婚礼的人员，自然有喜糖相送，单身者男性外加一条七星牌日本香烟，女性外加一件资生堂化妆品。当时常德益还在任上，自然来捧场的朋友也不会少，不过还是控制了规模。这毕竟是在南江市，离开了自己的地盘，常德益也不敢太过造次。

婚礼的地点选在市里最高级的一家饭店。扬芋芋夫妇感到异常兴奋，比自己当初晋升教授、提为县长都高兴，都感觉特有面子。当然，婚礼的开销是由女婿出的。他们夫妇两人最后都喝醉了，是由同事送他们回家的。

只有常菲菲自己知道，野田是因为自己的体型发生了明显变化才同意结婚的，又因为他在中国工作，恐怕也有不得已而为之的因素在里面。至于没领结婚证就举行婚礼他们之间究竟是怎么说的，只有他们当事人知道。

不过有一点是真的，婚礼之前，扬芋芋家的电器都更换成了日本的产品，包括一辆日本产的轿车，还有脖子上围的、手上戴的等。扬芋芋逢人便不失风雅地把脖

186

子伸给别人欣赏，将手镯、手表暴露在别人的眼前："你看，这些都是日本产的。"言外之意这个女婿选对了，其兴奋的程度和幸福感不亚于是自己结婚。

何一夫夫妇自然也被邀请去参加了常菲菲的婚礼。直到婚礼结束回到家里，他们都没有说一句话。不过毕竟是好朋友的孩子远嫁外国，何一夫觉得有些话不说不快，不能对外人说，对自己夫人说说总是可以的吧？

"你听说了吧？法律系朱老师的女儿带着孩子从日本回来了。"

"全校都传遍了，我怎么能不知道？怎么啦？"

"听说当年远嫁日本时候很风光，全家都很张扬，现在只有母女两人回来。"

"这有什么？此一时彼一时。海浙市的一个朋友前几天打电话来说，他们那里这几年也有不少类似的情况出现。不过这应该是一种正常现象，就是国内婚姻也有不少破裂离婚的嘛。"

"按道理讲，涉外婚姻，就是国际婚姻应该是一个很正常的事情，结婚与离婚都不应该有这么大的轰动。"

"这件事情全校都知道，她们家还能不知道？你可不能对扬苹苹她们家提类似的这些事情。当年远嫁外国的女人不是有很多也没有回来吗？朱老师女儿的事情不具有普遍性吧？"

"我这不是只跟你说说嘛。"

"不说这件事情了。他们家肯定有通盘的考虑和打算。你喝了不少酒，早点儿洗洗休息吧。"

3. 情何以堪

常菲菲和野田举行婚礼一周以后，他们就坐上飞机去日本了。

一路上野田对常菲菲关爱备至，呵护有余。这让常菲菲很是感动。其实自从相识以来，野田对她的关心一直都是无微不至的。虽然离开父母，将要去一个陌生的国土，和一个文化和生活习惯等都不同的人厮守一辈子，野田的举动还是让常菲菲在心里感到很踏实。更让她骄傲的是自己嫁给了一个外国人，几亿中国女性中嫁给外国人的又有几人？她歪在野田的怀里睡着了，嘴角、脸上全是春天般的笑意，踏实而满足。

他们先到东京的一家宾馆里住了下来。野田去总部报到以后，请了几天假，带

她逛遍了东京都市圈，包括横滨、银座、千叶等。在后来的几个周末还分别去了京都和富士山等名山名水，这些都让菲菲心里很感激。野田这是让自己在体型变化还允许的时候先游览一下。碰到这样体贴的丈夫真是前辈子修来的，尽管他的年纪比自己大了不少。她每天晚上都要和她母亲通一番电话，传递天天出新的无以复加的幸福和满足，然后通过邮件把当天拍的相片发回来，第二天又让野田把照片专门洗好了从邮局再寄回来。

野田上班去了。菲菲在遐想相夫教子的日后生活。

扬芋芋被女儿的心情感染着，她的虚荣心得到了极大极大的满足。事实证明，女儿嫁给外国人是无比正确的，如果当初和何振华结婚肯定没有现在这样体面、富有和满足。每天晚上她都端详着女儿在东京、京都各地发回的照片到很晚很晚，然后便将照片在第一时间给更多的人看，把女儿的幸福和满足传染给更多的人。自然每天她也都会给老公叨叨又叨叨，说女儿这步棋走得太对了。

两个月后。

从日本返回一条出乎扬芋芋意料的消息，菲菲的移民手续暂时办不了，暂时也不能去进行结婚登记。

发生如此大的变化，扬芋芋顿时觉得不知如何是好。她问女儿什么原因，女儿说不知道；问女儿什么时候才可以办移民手续或者去办理结婚登记手续，女儿仍然说不知道。换作一般思维的话就应该会想到事情有了如此变化，极有可能是发生了质变，至少应该在思想上有所准备了。可扬芋芋不这么想，她认为是时间问题，或者是手续方面的问题。她劝菲菲要绝对相信野田，相信日本友人，而不应该有别的想法。

且不说扬芋芋，而让菲菲更为悲催的是，突然有一天野田告诉她，自己在家乡神户已经有夫人和两个女儿了。要她回神户去分娩，由他的原配妻子照顾。他的工作也已经转到了神户，明天就动身回去。

像常菲菲这样既有才又高傲的女人怎么能忍受这种凌辱呢？她坚决不愿意。最后野田就把她一个人扔在了宾馆，给她付了两个星期的房费，留下联系方式独自回了神户。同时把菲菲的护照也拿走了，现金一点儿都没有留下。

中国人在描写绝望时常用的一句话是"连死的心都有了"，此时的常菲菲连死的心都出现了几次。一个正常人的自尊让她不能就这样再回国，她也不能求助于父母。周围的人会怎么看？父母的脸面何存？她也不能在这里继续住下去了，带的钱已所剩无几。再说护照被拿走，即使想回国也回不了了。身在异国，举目无亲。怎么办？怎么办？最终在临产前，常菲菲她不得不去神户了。

到了神户以后，她似乎发现了野田为什么把她护照拿走的原因。原来她常常想，却想不通，野田为什么对自己态度变化如此之快？为什么又不让自己离开他？原以为是日本男人的大男子主义作怪，听说日本女人的地位本来就比中国女人低，野田是想彻底控制自己，要自己任由他摆布。可这样做也太过了吧？或许还有他的良心过不去等原因。到了这里才发现可能还有另一个原因，是自己比他的原配妻子既年轻又漂亮。她的原配不谈年龄，就是相貌也可能是属于最丑的那个档次了。常菲菲的心里似乎因此有了一点点底气。但其后在那里天天都与异样的眼光相遇，慢慢地，她悟到了，这种异样的眼光不仅仅是吃醋，还有蔑视。蔑视的不仅是她这个女人，而是她这个中国的女人。

常菲菲住在一间偏房里，生了一个女儿。半年以后，野田对她的态度彻底改变了。几乎每天野田都是半夜回来，要她必须跪在门口迎接，否则拳脚相加，偶尔还被一脚踢到墙角。她自己还被逼出去打工，养活自己和孩子，否则就只能看他们的赏赐了。泪已尽，心已死。常菲菲像木头一样地过着每一天。最后野田在其自杀的威胁下，不得不将护照还给了菲菲。

中国有句古训的前半句是：知人知面。常菲菲到了日本、到了神户才算真正了解了现在的丈夫。此外，还有更让她忍受不了的一件事情。那个在美国曾经和她同居的山本有木竟然回到野田太郎的家里，称呼他为"姐夫"。这让她感到极度恶心，也促使她几次走到房子的最高处又退了回来。最后她明白了，她不能这样离开世界。不仅因为舍不得孩子，更重要的是她总算明白了自己是一个中国人，故乡是中国。生在中国，死也不能死在外国。她不能让日本人看笑话，也不能让亲人们伤心。她要以亲身经历告诉中国人，在国外中国人是没有什么绝对的平等可谈的。说不定他们会把你打入另册，他们会瞧不起你。不是每个外国人都对中国人友好的，国外再好也不是你的，因为你的根在中国。

4. 东京畅想

文学家们形容人的心情或表情通常用节气如"春、夏、秋、冬"，或以天气如"晴天、阴天、多云"等。自从常德益突然回来以后，扬苹苹虽然对他有着夫妻般的同情和理解，但很少对他有过好脸色，即脸上很少有"春天"或者说是"晴天"。

他是曾经给自己带来过美好的令许多人羡慕的生活。自己虽然已经取得知识分

子的顶级职称，但还是不止一次地遐想着比现在更高档次的生活，可他回来了。问他什么原因，他说自己也不清楚。哄鬼呢？自己做过什么，最清楚的莫过于自己了。虽说能官能民，能上能下，但不犯错误现在好像都可以一直干到退休的。他回来肯定有原因。干部犯错误无非是：①政治错误；②作风错误；③经济错误。现在几乎不存在政治错误的问题，作风错误好像也不是什么问题了，社会还赋予一个专门的称呼以承认其地位：小三。那他回来就是经济错误了？如果是这种问题，说爆发就会爆发。因此扬莘莘每天好像都在战战兢兢地过着日子，越想就越是胆战心惊，越想就越是在脸上显现不出春天或者晴天来。

常德益回来已经有一些日子了，一切似乎很正常，从表面来看也没有什么异样。既没有"小三"般的女人来找他或与他联系，也没有纪委方面的人来找他。扬莘莘的心情渐趋平稳，但仍没有变好，要恢复到以前的心情恐怕也很难了。现在能给她带来好心情的只有女儿常菲菲了。

扬莘莘从外面散步回来，坐到沙发上，顺手又把茶几上的相册拿了过来，里面全是常菲菲刚去日本时拍的照片。这几乎是她每天晚上睡觉前必做的事情。

这些照片是她值得骄傲和自豪的证据，也是她得以炫耀的材料。除了董玉荷和宫怡芳两家在第一时间看到这些照片外，凡是来到她家的人，包括第一次来访者甚至是学生，她都要拿出来讲说一番。照片一直放在茶几上，不仅自己欣赏方便，也便于向他人宣传。值得一提的是，她的口头禅也常常改成"我们日本"了："你看，我们东京塔多高啊！""这是菲菲和她爱人在京都拍的照片，你看我们京都的风景很独特吧？""这是在我们日本的横滨拍的，这是银座，这是千叶……"

她改得对！没有问题。女儿嫁给日本人了，那日本不就是女儿的了吗？自然也是女儿母亲的了，说"我们日本"肯定没有错。只不过是听到的人都不接这个话茬，或望望她，或岔开说别的，或走开。听着刺耳！

开门的声音。

她知道是常德益回来了，她头都没有抬一下。常德益望了一眼扬莘莘的脸上，既非春天也非冬天，便什么也没有说，径直走进卧室，打开了电视。

和以往一样，扬莘莘又一次翻开了菲菲刚去日本时寄回来的照片，将它们一一从相册里抽出来，然后按时间顺序一一摆在茶几上。

首先端详的是那张东京塔的照片，拍得很有味道。两个人站在塔的底座边，人头比塔尖高。东京塔斜竖在后面，塔尖直插云霄，蓝天白云衬托在塔的周围，也在两人的后面。东京塔是东京的标志性建筑，是全世界最高的自立式铁塔，可360度俯瞰东京全景，晴朗之日可远眺富士山。我以后去日本要看的第一个景点就是东京塔，俯瞰全市，先对东京有一个全貌的了解，然后一个一个挨着参观，反正退休了没有什么紧要的事情。

这是秋叶原，日语教材中有专门一课介绍过。这是皇居、神社、富士山、银座，这是京都的金阁寺、银阁寺。看来他们去了不少地方。每次看到他们又去了一个新地方拍的照片后，扬莘莘就想：真是个傻孩子，你身体不便，何必急着连跑了这么多的地方？你以后就是日本国民了，这些景点还不就是等于你自家的一样，想什么时候去就什么时候去？身体第一，先把我那个日本籍外孙顺利生下来。

这张是他们两个人在泡温泉。怎么这么多人？总共有五六个吧？这大概就是传说的男女混浴吧？不过他们个个都围着浴巾，浴池也比较大。以后去日本的话和女儿女婿也可以一起洗浴了吧？不过刚开始肯定还是有点不好意思的。

自从菲菲和野田认识以后，扬莘莘家每周都要吃一两次日本料理的。什么刺身、寿司、饭团、天妇罗、火锅、石烧、烧鸟等，凡是在南江市里能吃到的日本料理都吃过。不过这张照片中的生鱼片好鲜艳，令人欲滴馋涎。野田正往菲菲的嘴里送一个什么菜，好像是天妇罗吧？他们两人这么恩爱，我们也知足了。日本本土做的料理肯定比在中国做的要地道，以后去了再慢慢品尝吧。

此时的扬莘莘欣赏着女儿寄回的照片，犹如身入其境，自己正在日本的某个高级饭店里和女儿女婿共进晚餐呢。外面是东京塔、秋叶原、银座，是金阁寺、银阁寺，是全日本。每次欣赏这些照片时扬莘莘的血液里都会涌动起如此令人动荡回肠的感觉。

常德益开门出来了，把扬莘莘从日本惊回到沙发上了。她没好气地说了一句：

"你就不能轻一点儿吗？"

常德益张了张嘴，什么也没说，去卫生间了。他开门已经是轻到不能再轻了，但他不能辩驳，也不愿辩驳。自己回来后的心情你一点也不顾及，这就算了，成天看那些照片，有用吗？想的话就去一次，现在也不是去不起的。

191

第 27 章　根在中国

1. 东洋来电

常菲菲最终还是决定带着五岁的女儿回国了。

异乡虽好，毕竟还是他乡。不管如何美好与先进，它都不属于自己了，它又何时属于过自己的呢？它连临时寄居的寓所都不是，它是虐待自己、欺凌自己、带给自己不尽屈辱的地方，它是自己连一分钟都不愿意再停留的地方。常菲菲经历了在美国特别是在日本这几年的日子，终于悟到了这样一个极为简单但又付出了很大代价才明白的道理：树苗只有在适合生长的土壤里才有可能长成大树，外国再好也不是自己自由生活、发展的最佳场所。只有祖国才适合自己的成长与发展，才是自己得以精神寄托的唯一的地方。不管祖国现状如何，未来会怎样，认祖归宗是眼下唯一的出路。她又要回到祖国，重新开始找寻原来的自己了。

虽然女儿去日本好几年了，但因为还没有退休，所以扬莘莘连一次日本都没有去过。主要是工作走不开，扬莘莘对工作负责任是有名的。尽管教师可以不坐班，但她多少年如一日，第一个上班，最后一个下班，没有特殊情况绝无例外。当了系主任后更是如此，就是放假了几乎每天她也要去把办公室的门打开一次。

二是大外部的主任不可能永远空缺。首任主任苟教授因为数年前的女学生带着孩子来找他，影响较大，所以上任不久就被免掉了。当时扬莘莘的心里又燃起了希望，专门找了学校有关部门毛遂自荐，可学校偏偏任命了另一个教授临时主持工作，她的心又一下子掉到冰窖里。但主持还只是代理，大外部的主任暂缺，这也让她没有绝望，她要再最后一搏。她不仅又去找了学校的有关部门，还找了校长，详细说明自己是大外部主任的最佳人选，可以在较短时间内让大外部的工作有明显起色。从此，她比以往工作更积极，和领导的配合更默契，和同事们的相处更融洽。她在等着突然有一天学校公布自己是大外部主任的任命。

扬荸荸还在做着大外部主任的美梦，同时心底里也在计划着将来夫妻退休后去日本如何和女儿女婿一起生活。恐怕那时外孙女肯定都上学了吧？她和老公去了以后，要把接送外孙女上学及家务活统统包下来，让女儿和女婿安心工作，没有一点儿后顾之忧。

有时候扬荸荸好像也察觉到菲菲刚去日本时情绪很好，后来便明显有点不同，问她她什么也不说。常德益也感觉到了这一点。他们商议了几次，估计是个生活习惯，还有孕妇的正常反应等原因。要相信日本友人，相信中日之间的友谊，但是一定要抽空去看看。常德益怎么说也不愿意去，可以理解。扬荸荸就更不能去了，就是假期也要待在学校里，好像明天就会有什么与自己相关的重大事情会发生。扬荸荸也想过，去日本是迟早的事，眼下还是自己的事业要紧。中层干部又快到集中换届的时候了，自己不能有一丝一毫的闪失，毕竟年龄大了，这次机会如果错过了，绝对没有下一次。

时间就这么一天天过去，日子就这么一天天过着。新的大外部主任的任命始终都没有消息。

深夜。万籁俱寂。

扬荸荸不知道睡着了没有，又好像是在美梦中，躺在床上迷迷糊糊的。突然电话铃响了。才凌晨4点钟，谁呀？肯定有急事。再一看，是日本来的电话，但又不是女儿家的电话号码。她激灵一下地坐了起来。

"是菲菲吗？出了什么事情了吗？现在打电话来。"

"对不起，妈，把你吵醒了。我和孩子最近想回去一下。"

"这孩子，回来就回来呗。"扬荸荸顿了一下，又说，"我没关系，年纪大了，睡眠时间也少了。"

"那好，机票订好后我再告诉你。"

"好的。"

扬荸荸放下电话，就再也睡不着了。

女儿从来没有这么早打过电话回来。尽管日本比中国时差一个小时，但现在也只是凌晨5点钟，国内才4点钟。发生了什么事情？肯定是发生了什么事情。不然为什么不用家里的电话？她知道女儿有时候脾气异常倔，电话里问她她绝对不会说，只有等她回来自己主动说出来。反正开始订机票了，到家后再问吧。估计他们又闹别扭了，夫妻之间闹点别扭是难免的。

"要是野田欺负她怎么办？他们现在没有领结婚证，菲菲还是中国国籍，闹僵了牵涉中日关系问题，那事情可就变大了。"

"应该没有什么大的问题，没听菲菲说过什么嘛。说不定又是菲菲在任性，回来一定好好说说她。单身在国外，不要和在家里似的，凡事能迁就就迁就。"

"要相信日本友人，要相信中日友谊，日本人民对中国是友好的。不友好的是极少数，至于人渣就更少了。"

"哪一个国家都有人渣，日本肯定也有，不过比例肯定很小很小。"

"即使只有一个人渣，被谁碰上可就倒大霉了。上帝呀，你一定要保佑菲菲呀。"

"怎么会呢？野田我们还是了解的，温文尔雅，见人就点头，非常懂礼貌，修养很好，我们应该相信他。"

"一个人在国外，大人终究不放心，我们还是早点退休过去吧。看着孩子在身边，心里踏实，遇到事情也好商议商议。现在远隔大洋，毕竟电话里不是商议事情的最佳地方。"

扬苹苹越想越心烦，不停地、语无伦次地自言自语着。现在真是没有办法，有力无处使，老虎吃天，无从下口，只有等菲菲回来再说。她干脆就起来不睡了，把厨房、厕所等又仔细打扫了一下，总算天亮了，该下去拿牛奶了。

常德益睡在另一个房间里。不过两个房间的门都没关，有什么情况随时都可以知道。毕竟夫妻俩都是50多岁了，这种年龄也进入心脑血管疾病开始拜访的年龄，马虎不得。

女儿的电话铃声他听见了。明天再问夫人是什么事情吧，看来没有什么大的事情。如果有急事的话，夫人肯定会马上叫醒自己的。常德益连身都没有翻就又睡着了。

一阵狗叫声把常德益从梦乡又叫了回来。是做梦吧？要不还是在乡下？以前在农村时，只要有狗一叫唤，全村的狗都会跟着叫起来，一叫一片，不过大多在夜里。现在就是夜里呀，难道又回到乡下了？常德益把眼睛彻底睁开了，确认不是在乡下，又把眼睛闭上了。可这狗是哪里的？是误听，还是在梦中？狗声又起来了，好像只有两条狗在叫。常德益问夫人："哪儿来的狗叫声？"扬苹苹告诉他说，天快亮了，是宠物在散步。

宠物在散步？是在嘚瑟主人吧？也许在切磋技艺或者讨论什么吧？慢慢你就习惯了。据说有的恋人因为没有冲破世俗的勇气，或者别的什么原因，有时也会借着宠物而相见，说几句话，或聊解无奈，或传递心声。宠物的主人是不分老少婚否的。你没有看见年轻的男孩子女孩子也有牵着宠物的吗？主人在说话，两只宠物自然不甘于后。不过这种狗叫声在城里还是很少见的，尽管城里的宠物在日渐增多。

常德益被狗叫声弄醒以后就再也没有睡着。想想昨天夜里回来就比较迟，到很晚才睡着。好像当时家属区里的猫叫声此起彼伏，让你也不能安然入睡。你听见过

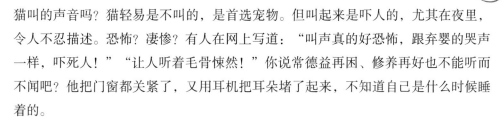

猫叫的声音吗？猫轻易是不叫的，是首选宠物。但叫起来是吓人的，尤其在夜里，令人不忍描述。恐怖？凄惨？有人在网上写道："叫声真的好恐怖，跟弃婴的哭声一样，吓死人！""让人听着毛骨悚然！"你说常德益再困、修养再好也不能听而不闻吧？他把门窗都关紧了，又用耳机把耳朵堵了起来，不知道自己是什么时候睡着的。

真是时代变了，好多以前农村出现的现象现在城市里也有了。有媒体就曾大声问："为什么现在城里的狗这么多？"媒体经常报道的是城里的狗咬人，而不是农村。农村的狗也咬人，媒体却多报道城里的，为什么？难道城里狗的地位也比农村狗的地位高？非也，因为城里人太多，狗只要张嘴就会咬着人。常德益家虽在大学校园里，但也在大城市边上，狗多了狗叫声自然也就多。不过这种凌晨的狗叫声也只是偶尔听到。而同是宠物的猫就太可怜了，虽说是位于宠物之首，可路边的野猫却多了起来。

校园里处处都可以看见为宠物设置的吃食点，可前来吃食的主要是宠物猫。它们被主人抛弃了，被主人赶出了家门，主人已经不顾它们的死活了。宠物瞬间变成了"失宠物"。它们只有逗留野外，期待新的主人，事实上是它们对活着并没有完全绝望。每天总有一些新主人在不定时候将剩菜剩饭拿来，这时就有好多失宠的流浪猫围过来。这些失宠物白天懒洋洋地睡在太阳底下，虽然看上去很惬意，但也掩盖不了一副老态龙钟的样子，难以找到当年作为宠物时的气质和修养。它们无时无刻不在等候新主人的到来。可惜的是这些新主人也是不定人、不定时、经常变换的，特别是稍长一点的假期如寒、暑假就更是很难见到了。新主人不出现，那么这些失宠物都去哪里了呢？不知道。新主人一出现，它们又都回来了。估计面孔数量每次都有所增减，此失宠物并非都是彼失宠物，此新主人恐亦非彼新主人。

常德益虽然没有亲自养过猫，但这种状况他是见到的。他常在心里感慨：当年让它们异常风光，将它们捧在手里、搂在怀里的主人们怎么都不见了呢？既然善始为何又弃之不顾、不能善终呢？想到这里，常德益觉得猫还是挺可怜的。据说这是人类的共识，因此人们对猫的凄惨的叫声给予了最大的同情，说猫是在叫春。动物类的叫春都是这么吓唬人类的吗？

还有，来的都是宠物猫，宠物狗呢？怎么都很少见到？好像在这些临时吃食点极难见到流浪的宠物狗。

宠物猫被主人遗弃了，宠物狗好像仍被宠着。早上 6 点不到的时候，家属院里就可见到宠物狗们在徜徉了，不时听见它们欢快的叫声、追逐声和撕咬声。和宠物狗一起徜徉在现代化都市里的好像有不少是三四十岁的年轻女人。多的带着三四条，怀里抱一个，手里牵一两个，剩下的散跟着。偶尔也能见到个别妙龄男女牵着宠物

狗的。都说城里养狗养猫的和农村不一样，农村人养狗大多是为了看家护院，城里人养狗好像不是和权有关就是和钱有关。宠物象征着主人的身份和地位，一般人是不去问津的。宠物主人的档次听说都很高，狗和猫这类动物在城里的档次因此也得到了提升，美名曰"宠物"。可偏偏最近有人在媒体上说养宠物的都是档次不高的。这话不好听，也不准确，应该再加一个词：不一定。即：养宠物的不一定都是档次不高的，否则会得罪人的。宠物的主人为此动不动就打人，这种报道还少吗？有的人手里拿着卫生纸，时刻准备在为宠物服务，你说档次不高吗？有的人只是牵着狗，甚至放纵狗任性，好像即使拉在红地毯上也会无动于衷，你说档次高吗？大学校园里，特别是家属区里，狗的排泄物是不难见到的，你说这属于哪一个档次？话再说回来，不管你是养狗养猫还是养其他宠物，如果手里牵着缰绳、拿着卫生纸跟在后面，普通居民一般还是能够接受的。

还有，从宠物狗的称呼上你也可以看出它们地位的"高"来。在以前，"狗"多用作贬义，什么"哈巴狗""看门狗""摇尾巴狗"等。现在不同了，"狗"的地位与人同等，有的甚至超过人类。你没见到宠物的主人非要让人给宠物披麻戴孝的报道？从宠物狗的称呼也可看出宠物主人极具文化水平，如：墨脱、吉利、欢欢、黑豹、悍虎、白龙、黑虎、大黑、戴维、怡香、韵寒、莉姿、梦璐、沛玲、灵芸、诗茵、静璇、婕珍、沐卉、琪涵、佳琦、昭雪、倩雪、玉珍、茹雪、正梅。更有那与生活密切相连、通俗易懂的称呼，如"宝宝""宝贝""儿子""发财"等。一个年纪轻轻的大男人在校园里大叫宠物狗为"宝宝""宝贝"，常德益听了顿时就起了一身的鸡皮疙瘩。

宠物狗被主人遛着，风雨无阻，享受着主人"儿子""宝宝"的呼叫声。可你见过遛猫的吗？猫是主人的儿子还是女儿？宠物猫被抛弃后称呼也变成了"野猫"，到处都可以见到。可你见过宠物狗被抛弃的吗？没有见过。

算了，这是动物界的事，不去想了。不知道外国的宠物是什么情况，它们听得懂其他国家宠物的话语吗？它们和外国宠物见面交流时需要翻译吗？

这才真是胡思乱想。不知什么时候狗又不叫了，常德益又睡了起来。天才蒙蒙亮，再睡一会儿。

扬芊芊自从接了菲菲的电话以后就再也没有睡着，东想想，西想想，也在胡思乱想，想想女儿的事情，又想想常德益的事情。

常德益从新疆支边回来又回到原来的县里做了县长，一个任期过去了，副市长的职务已经公示，即将任命。正在常德益踌躇满志地要实现又一个五年计划时，他被双规了。几个月后尊重他个人的意见，回到了原来的工作单位。能官能民、能上

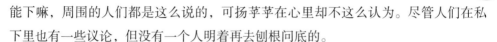

能下嘛，周围的人们都是这么说的，可扬苹苹在心里却不这么认为。尽管人们在私下里也有一些议论，但没有一个人明着再去刨根问底的。

常德益回到学校了。他自己清楚，如果不是留了个受贿清单交上去，恐怕连学校都回不了。但外语丢的时间太长，他自己经没有信心再回到教师队伍里，只好提出到工会去。扬苹苹隐隐约约地感觉到，常德益的事情好像还没有完。

常德益回来后除了上班，就是待在家里。一个人出出进进，不同人深交，也无人同他深交。

常德益和扬苹苹分床睡觉已经有一段时间了，说是要确保睡眠充足，才能确保第二天的工作质量。她理解他，她对此已经习惯了，对世态炎凉现在多少也有了一些间接的体会。因此早上起来她并没有告诉他女儿夜里打电话这件事情。告诉他他又能怎样？他恐怕一点忙都帮不上，反正等女儿到家再说吧。

2. 昔日舞伴儿

正值下班时分。车流，人流，且堵且流。三四站路的远近足足坐了一个小时的公交。

扬苹苹此时已经坐在了宾馆的包间里，她约了昔日的舞伴儿。她提前半小时到达这里，要了茶水，点了酒菜，恭候那个曾经被自己伤害过的舞伴儿。还是那个宾馆，还是那个房间，不过房间里现在装修得气派多了。这次只有他们两个人，是她主动约他的，而且是约了三次他才答应的。既然他答应了就应该会来，关键是自己如何开口。是先鞠躬道歉呢还是怎么的，结果会怎样，自己的心里一点谱都没有。

舞伴儿一进门就说：“真是太阳从西面出来了。你找我有什么事情呀？”

他知道扬苹苹的脾气，又有过昔日的教训，不要说幽默、讽刺，就连一句多余的话都不敢轻易吐露，只能淡淡地先打了一声招呼。他知道扬苹苹肯定是遇到了只有自己才能帮她解决的事情，否则是不会约他的。

“你先请坐下，先请喝杯水。”扬苹苹笑容可掬地把他摁在沙发上坐下。

舞伴儿望着她。好几年不见了，虽说风韵犹存，但不比当年舞场时的样子，更比不上成天围绕自己转来转去的小鲜肉们了。女人年纪一大怎么变得这么快？甚至就连那点可怜的气质好像也被可掬的笑容淹没了，简直判若两人。

舞伴儿非要她说出是什么事情，否则决不吃请，茶杯也不端。

扬苹苹只得说出了实话。她怕会冷场什么的，又赶忙变换了话题。她恭维道：

"听说你发达了，做了宾馆的老总。恭喜恭喜。"

话题扯了出来，不得不多说几句了。321 工厂原来是个不算大的军工单位，后来转制时，舞伴的舅舅一夜之间变成了工厂的董事长。工厂下面有个小宾馆，就让这个舞伴儿来管理了，现正在申请三星级酒店。

舞伴儿一听这恭维话，似乎忘记了一切，端起茶杯一下子就喝了一半，接着就吹了起来：

"小宾馆，小宾馆。不过我们正在制订五年发展规划，我要把他变成涉外型宾馆。"

扬苹苹口里连声应着："应该，应该。"赶忙又给舞伴的茶杯续上水。

又喝了一杯水。舞伴儿吹得差不多了，突然想起了昔日的难堪，情绪便上来了："你照镜子了吗？那边有镜子。"说着便站起来要离开，真是小人得志，猴子不管怎么打扮怎么包装都还是猴子。

扬苹苹岂能让他现在离开？赶忙跪了下来。

舞伴儿彻彻底底地愣住了。

扬苹苹的女儿回国以后一直找不到工作。外资企业不用说，大学进不了，连中学都满员，一般都不进人了。自己教过的学生、丈夫带过的研究生，还有帮过他们忙的那些人都拒绝伸出援手。自己因为身体原因辞去了系主任职务在家休息，丈夫虽说是正常工作变动，可现在办什么事情好像都不行了，原来经常走动的常德益的几个老乡好像也见不到了。人怎么都这样，没有一个感恩的人，感情都去哪里了？就好像谁突然下了命令似的，或者说是他们都商量好了似的，碰见都不认识了，能回避就都回避。就连学校车队的司机态度也和以前不一样了，一副冷冰冰的只是看在钱的面子上。为了女儿的工作她还专门找过正在论文答辩的一个博士生，听说他的父亲是南江市的一个副区长。那个博士回答说他父亲在新疆支边，一年以后才能回来。扬苹苹心里清楚，远水不解近渴。后来才知道那个博士的父亲并未去支边，而那个博士也拿了学位证书离开学校了。这怎么可能呢？人还是有感情的嘛！不是说"师生如父子"吗？对此扬苹苹百思不解。万般无奈，最后还是宫怡芳告诉她这个信息，她不得不来求他了。好歹先找个工作，有个平台再说。这真是在"求"！

舞伴儿叫她起来，她就是不起来，跪着把想说的话一口气都说完了。

舞伴儿拉她她不起来，最后还是舞伴儿把她抱起来的。可感觉和以前大不相同了，老了就是老了。他把她放在了沙发上。她紧抓住他的手不放。

他不得已望了望茶几上放着的简历，拿起来看了一眼，带着不屑一顾的神情说："我这是个小宾馆。你女儿是海归，英语那么好，委屈她了吧？"

舞伴儿说的也倒是实在话。

"不委屈，不委屈。就先放在你们公关部吧，那里是需要懂外语的。"

他在看简历，实际上是在看简历上的相片，活脱脱的一个扬莘莘的再版。不过没有扬莘莘的那种英气和傲气，却透露出可爱和灵气，让人不忍将目光离开。

舞伴儿连声说："那好，我回去研究一下再通知你。"便硬是抽出手快步出了包间。

扬莘莘已经把姿势降到最低最低了，她这辈子哪里有过类似举动？自己虽是令社会尊敬的教授，但平时自己太狂妄，太目中无人，关键时刻无一人帮忙。不然的话怎么会来找这个流氓呢？就在房门从外面关上的瞬间，她把酒瓶什么的全都扒拉到地上，趴在桌子上号啕大哭起来。

那个舞伴儿突然推开门对她说："叫你女儿什么时候来面试一下。"

扬莘莘连声说"谢谢"。可舞伴儿已经离开了，不知道他听见了没有。

服务员看到那个舞伴走了，又从外面将门关上了。

扬莘莘突然不哭了，想想人怎么能这样呢？面试纯粹是个借口。她又想起前几天和宫怡芳的对话来。

3. 真人面目

宫怡芳对扬莘莘说："听说菲菲从国外彻底回来了？"

"可不是？回来有一段时间了，我们住在外面不太方便。今天是特地来看看你的。菲菲，快叫'宫阿姨好'。"

"这就是菲菲吗？几年不见，更有气质了。"

"这是菲菲给你买的包，说是什么名牌的。你看还满意吧？"

"每次回来都给我带东西，你们太客气了。我们两家是什么关系？以后不能这样了，下不为例。"

宫怡芳口里说着，手里却把包接了过来："哎呀，这是正在流行的 XY 牌子的名包。谢谢菲菲了啊。"

宫怡芳把包把玩了半天，翻过来翻过去的，像是自言自语地在说："这么高贵的包，要是再有点儿什么点缀的就更上档次了。"

宫怡芳说的好像是包的设计，可扬莘莘并不糊涂。

扬莘莘连这点常识都不懂吗？好歹她也是做过多少年的官太太了。她把该考虑的都考虑到了，该做的都做到了。

　　她赶忙接过话茬："就是就是。你看看包里面的标签都与中国的不一样。"

　　"是吗？我看看。"

　　宫怡芳说着就从里面将标签掏了出来："真是漂亮。哎呀，怎么还有银联的标志？"宫怡芳自知说漏了嘴，赶忙将标签塞进包里，嘴里说，"包漂亮，连标签都与众不同。"

　　扬莘莘也赶忙打圆场："要不怎么说是名包呢？"

　　菲菲带着孩子回国了，不用打听宫怡芳想当然也会猜出几分。今天她们母女两人前来的目的，凭着宫怡芳的智慧，不说也知道是为了什么。还没容扬莘莘开口，她就把扬莘莘的嘴巴堵住了：

　　"菲菲的工作我在想啊，暂时很难找到理想的。你去找找那个人，或许他能直接安排在他的手下。先临时找个位置，以后再慢慢找。那个人现在是一个宾馆的领导了，你也认识。"

　　"你说的是谁呀？"

　　"就是一起吃饭你不给他面子的那个人。我待会儿就给他再打个电话。"

　　扬莘莘明白了。她拽着女儿赶忙离开了。她真是伤心到底了，人啊，人！

　　菲菲自始至终一句话都没有说，是经的事情多变得成熟了，还是吃惊：这是他们家多年交往的宫阿姨吗？

　　扬莘莘知道宫怡芳夫妇的门路比自己要广，加上还在位置上，只要肯帮忙肯定会帮上忙的。原本何一夫他们也是可以求他们看看的，但关系弄到现在这个样子，况且他们也不在位置上了。所以她便不惜放低身段、充满希望地去找了宫怡芳，结果是太出乎自己的意料了。

　　扬莘莘和菲菲回到家里。常德益看见扬莘莘满脸严冬的样子就什么也没有说，仍然坐在沙发上看电视。菲菲和他父亲打了声招呼就哄着孩子去小房间里了。扬莘莘呢，砰的一声从里面关起了卧室的门，一头栽倒在床上生闷气。她首先生宫怡芳的气，良心都被狗吃了；接着又生菲菲的气，竟然连老公都搞定不了；接着又生常德益的气，你要是还在位，菲菲的工作还要费这么大的力气吗？最后是生自己的气，那么多的学生中间肯定会有一个学生能够帮上忙的吧？可为什么没有一个帮忙的呢？说到底为什么自己要在家休息？别人还以为你彻底退休了呢。

　　最终，扬莘莘还是腆着脸去找了那个昔日的舞伴。为了女儿，脸面什么的似乎都不重要了。

第28章　河东河西

1. 租赁

俗话说得有道理：十年河东，十年河西，有说"三十年河东，三十年河西"的。时间没有这么绝对，但说的都是一个道理：随着时间的推移事物会发生变化则是绝对的。

这个不是迷信，其中蕴含着一定的哲理，即事物的发展都是有规律的，任何结果都是有原因的。如果做人太张狂，自然会有其相应的结果。

何一夫夫妇吃过晚饭散步后回来坐在沙发上，一边看着电视，一边闲聊。何一夫说：

"听说菲菲回国了，到现在工作都还没有落实。"

"说起来菲菲的运气真够背的。你还能帮她一下？"

"我现在手中已无权力，帮不了的。"

"不是说你的院长帮她，我是说你的人脉。"

"这两者是联系在一起的。院长职务没有了，人脉自然大打折扣；退休了，旧的人脉需要重新加以评估，当然也会建立新的人脉来代替。"

"也是啊。菲菲的爸爸做县长时人脉多广，现在恐怕也不行了，听说没有一个人伸出援手的。扬芋芋呢，系主任不做了，在家病休，情况也可想而知。这孩子太可怜了。"董玉荷说着说着，不由得叹了一口气。

"如果从她们本身找原因就是她们对外国太钟情了，一点儿余地都不留。"

"不过谁也想不到国内发展得这么快。这么好的外语在市里竟然找不到一个合适的位置。"

"我们都帮她留意着吧。"

"就是。尽管她们没有找我们，能帮忙时也一定要帮帮她们。"董玉荷突然岔

201

开了话题，"听说茅茅娶了个日本女孩子，不知最近过得怎么样了。"

"女孩子家里开了个不小的公司。茅茅的岳父是董事长，茅茅是董事长助理。他专门负责职工培训，说穿了就是不定期地组织员工们学习汉语什么的。"

"上次回来看到那个女孩子还是很懂礼貌的，见人就鞠躬。尽管我们对此不太习惯，但总比那些眼睛长在脑袋上面的回国留学生要强吧。"

"是啊。这些年我国在子女教育方面有些是要反思的。"

"不知他们什么时候再回来探亲？"

"前一段时间听他父亲冒了一句，孩子在那里不习惯，想回国。"何一夫拿起遥控器又换了一个台。董玉荷赶紧问道：

"怎么回事？在国内是找不到这样工作的。他说什么原因了吗？"

"没有。我估计不全是工作方面的问题。"

"那是什么问题？"

"不知道。你想，国内对入赘这种事情至今都没有取得一致的认可，何况茅茅是在自尊心几乎每个男人都失控的日本呢？"

"你怎么到现在还有这种思想呢？茅茅现在的这个位置前途可是无可限量的呢。"

"人总是要有一点儿精神的。小时候我就看出来茅茅这个孩子情商特高，不到万分无可奈何他不会产生回国想法的。"

"那他的爱人怎么办？是离婚还是带到中国来？"

"说跟着一起来中国，她的父母反对也没有用。"

"看看这个日本女孩子，真是爱情第一呀！"

说到这个话题，何一夫感慨地说："是否出国学习，拿绿卡，定居外国，凡是与外国有关的，主要看当事者的感受和需要。这些事不是做给别人看的，更不要说和外国人结婚了。"

"是啊。出国学习也罢，与外国人结婚也罢，说得粗鲁一点，就好比一双鞋子，只有自己知道是否合适。不要老想着在别人面前刷存在感，一旦成为事实是否吃苦吃亏自己都得受着。"

"就是，适者生存，择优生存。前天我看见茅茅的父亲，说两个人准备回来办公司，他就是去市里打听相关规定和要求的。"

"世界太大，真是什么样的人都有。听说隔壁大学有个老师是从日本留学回来的。他在日本留学期间和一个中国籍的女同学结了婚，生有一男一女。后来夫妻两人都回来报效祖国，不久女的又回日本了。"

"为什么？"

"说国内空气差，食品不卫生。回来就成天待在屋里，大门不出二门不迈的。出门就戴口罩，也不管是冬天还是夏天。"

"她父母呢？"

"她父母说她也没有用。她又不离婚，每年只回来一次看望孩子，20 天左右。"

"这也算一个奇葩。那在日本肯定有一份好工作吧？"

"据说，在一个小商店里帮老板卖东西。已经六七年了，估计迟早会离婚的。"

"为什么？"

"她先生目前正是事业旺盛时期，不愿意再回日本，身体也累出了毛病，两个孩子还都在上小学。大人小孩都需要有人照顾。"

"她不回来，又照顾不了，最终可不就是离婚？"

"最近一段时间我在看《外国人在中国》这个节目，做得很好。有中国女人嫁给外国男人的，也有外国女人嫁给中国男人的。尽管中国人喜欢往国外跑，也有不少外国人来中国不走的。有媒体说美国总统奥巴马的弟弟就生活在中国，他说中国人很欢迎我，我不靠哥哥。有媒体登载西安小伙子举办古典婚礼迎娶美国姑娘，还有日本、德国、突尼斯、坦桑尼亚、越南等，涉外婚姻中嫁到中国来的女孩子逐渐增多，涉及很多国家。"

"中国正在走向世界，从理论上讲婚姻应该不分国籍和民族的，慢慢地，人们就都习惯了。"

"不同国家、不同民族的人组成一个家庭，除了生活基础以外，关键还是看两个人的婚姻观是否一致。"

何一夫和董玉荷两人正在聊着，突然听到有开门的声音，估计是振华他们回来了。

何振华回国以后也结婚了，他们结婚后就搬出去住了，不过在一个家属院里，不远，就一碗饭的距离。

是何振华一个人回来的。他进门先打了一个招呼，然后说：

"菲菲请我帮她找个工作。"

话刚开头，董玉荷就大吃一惊："什么？你再说一遍。"

"菲菲请我在单位里给她找个工作。"

"请你？你有那个本事吗？肯定是她妈出的主意。嗨，还真有这样的人！当初请他们吃顿饭都请不动，何必呢？"

何一夫说话了："都过去好几年了，算了吧。看在他们家孩子的分上，能帮忙就帮一把吧。"

"不是，我就是心里不舒服。当初看你院长不做了，就180度大转弯，太实在了。还有，她老公不是做过县长的吗？自己女儿的工作都找不到了吗？"

"算了。她老公县长不做已经好长时间了。人情似纸，世事如棋，我们有体会，难道他们就例外？"

何振华说："妈，人生何处不相逢，三十年河东，三十年河西。人们都说你是一个胸怀很大的人，就不要纠结这些了。"

"我不是记住这些小事。我们诚心诚意待他们一二十年，也帮他们做了好多事情，最后他们连招呼都不打就搬到外面去了，好像从此绝交似的。她今天能这样做，估计也是山穷水尽了吧？你要能帮他们我不会反对的。"

何一夫这时对何振华说："你妈就是借机会在家里发发感慨而已。现在工作这么难找，你有什么门路？"

"院资料室准备面向社会招聘一个租赁人员，我和院长他们说说，看能不能适当照顾、优先考虑一下。"

董玉荷赶忙说："不可能。扬芋芋那么要强，怎么能让孩子屈尊租赁的位置呢？"

何振华说："是菲菲亲自说她母亲愿意的。"

董玉荷说："太不可思议了。再说当初菲菲要是不和那个日本人结婚，肯定也会找一个像样的工作，至少不会像现在这么难。"

何一夫说："这有什么想不通的，此一时彼一时。谁会想到社会发展如此迅疾，留学生回国突然间就如大海波涛，一浪追着一浪。"

董玉荷说："菲菲的前途就是坑在她妈的手里。说得难听一点，她妈就是一个十足的崇洋媚外，亏她还是一个外语教授、高级知识分子。"

何一夫他们虽然嘴上这么说，但从振华找工作的情况来看，菲菲的工作肯定还要难找。她一不是博士，二是婚姻不顺才回来的。现在心理负担肯定有，压力也肯定不小。

何一夫和董玉荷不止一次地议论过和常家的关系，心里不悦是不悦，但他们的看法最终还是归结到一点的。现在人与人之间的关系虽不像战争年代那样有风风雨雨的考验，但经历过一二十年相处以后，至少是有感情的。这种经过沉淀下来的感情值得珍惜，也应该珍惜，决不能受世俗所左右。所以不管常家对他们如何，他们都一如既往，有什么也决不放在脸上。正是这种人生观决定了何一夫夫妇给人们留下了心胸宽阔的印象和好评。

董玉荷突然又对何一夫说：

"菲菲在日本和日本人一起生活了好几年，她的日语肯定不错，你不能给她推荐个单位吗？"

"这你就不了解了。中日关系的发展已经开始出现波纹，教育系统对此反应是异常敏感的。有些学校的日语专科都停招了，日语本科也大多在压缩规模。就拿江东省来说，原来有 30 余所学校招收日语专科，突然之间大部停招，就剩下两家了。岗位在减少，就业人数在增加，不少日语毕业生的工作都是与日语无关的。还有这十几年来培养的大批日语研究生已经走上社会，连日本回来的博士都难以找到满意的工作。菲菲的日语肯定不错，可她只有英语硕士证书，没有日语方面的学历，你说怎么推荐？"

"还真是此一时彼一时啊。学校里那个日语培训中心呢？"

"你没有看到社会上的日语培训机构有不少已经关门了吗？学校里的日语培训中心的波动也很大，这几年快要撑不住了，每年只招收 20 人左右。如果不是和日方的合同没到期，估计已经不存在了。"

董玉荷又说："你跟振华他们学院的院长平时关系不错，那你也跟他说说，能照顾就尽量照顾一下吧。"

董玉荷毕竟是一个大度的人，在家里偶尔发发牢骚也是可以理解的。何家三口都是乐于助人的人。

常菲菲去资料室上班了。

说是工作方便，常家又都搬回来了，搬到了原来的房子里，就是在何家对门的那个房子。

毕竟何、常两家都在一个单位工作。常家在学校的房子也没有易主，最主要的是他们已经相处很长时间，原来的感情基础还是很好的，几个女人之间也没有撕破脸皮。还有在给菲菲找工作过程中所遇到的种种情况，加上自己的思考，借着菲菲工作的解决，常家赶忙搬了回来，三家的关系自然会慢慢恢复。不过要想回到当年那种几乎毫无芥蒂的地步恐怕还是很难的。但至少和对门的何家不能再有别的负面想法了。

2. 郑重宴请

常德益的侄女儿从日本留学回来了，在上海一家日资企业工作。工资比同城国内企业同等情况的要高出不少，她对此非常满意。抽个星期天她专门来南江市看望

常德益他们。从高考落榜生到白领阶层，这些都出乎她本人及常德益全家的意料。常德益侄女儿是幸运的，她按时毕业并在日本找到了一份满意的工作，后来又回到了上海。常德益他们都从内心里感激何一夫他们。

扬芊芊和常德益侄女儿见面第一句话就问她为什么不继续留在日本工作，将来可以拿绿卡，成为日本国民。常德益的侄女儿并没有正面回答这个问题，只是说了一件事情。和自己一起去日本的一个男同学在另外一所大学读书，大学三年级时突然失踪了，和家里和同学都失去了联系。他的家里当初勉强为他提供了一年的学费，不到一年他就靠打工维持了学业。每天下午5点左右他就离开学校去打工，据说要到午夜12点多才回到住处。失踪后有的说他加入了黑社会，有的说他挣大钱去了，有的说去其他国家发财了，还有的说他贩毒去了。他的父母去日本待了将近半年，始终打听不到消息，叫天天不应，叫地地不灵。最终是绝望、凄凉和孤独陪伴着两个病病歪歪的老人坐上了回国的飞机。扬芊芊也从媒体得知有一些中国的学生因为成绩不合格等原因而不能续签签证，觉得没脸回国，因此而变成黑户口继续逗留在日本，有的甚至还混入了黑社会，今日不知明日事。他们的父母都还以为自己的孩子在天堂读书呢。可怜啊，中国的为人父母。

这是扬芊芊第一次亲耳听到关于留学日本的不同的声音，似乎也验证了自己对日本好感的动摇。她没有再说什么，只是摇了摇头。看着衣锦还乡的侄女儿，她也没有再追问什么，只是叮嘱她和菲菲尽量回避日本方面的话题。她又想起了和何一夫家相处的坎坎坷坷，想想自己有时与他们路遇却无视而挺起胸膛走过去的样子更是羞愧难当，便决定借此机会郑重地宴请何一夫他们家一次。

常德益的侄女儿闻听此言，连说："不妥不妥。匿名信的事情万一他们问起来怎么回答？"

匿名信这件事情，是她们在打电话时说起来的。常德益的侄女儿觉得对扬芊芊不公平，便一气之下写了几封信当即塞进了附近的邮筒。常德益的侄女儿将信发出去以后就后悔了，便赶忙联系扬芊芊看有办法补救没有。扬芊芊一听脑袋就炸了，谁让你管这件事情的？没办法只能将错就错，静观其变。可在扬芊芊的心里至今都忐忑不安，欲言还休，始终有块垒在。

扬芊芊说："通过中心去日本的学生有很多，怎么知道就是你写的？这件事情到今天他们都没有挑开来，估计他们并不知道是谁写的，所以不会再提起。而且这次是你回来专门感谢他们的。我们两家之间至今也都没有撕破脸皮，至少在表面上和以前一样。你放心，不会的。"

说是宴请，范围并不大，只有五个人。菲菲说要加班，何振华另有饭局，就剩下四个老人和常德益的侄女儿了。

扬苹苹和常德益的侄女儿两个人专门去何一夫家相邀一起走的。正当他们开门准备出发的时候，一对夫妇从楼下赶到何一夫家的门口。看上去 50 岁左右，但满脸沧桑，似从田间刚刚上来，原来他们是来感谢何一夫的。他们的儿子通过日语培训中心去了日本，毕业后上个月回到国内已经在另一个沿海城市上班。孩子以后抽空一定来当面感谢，他们夫妇先来报个喜。何一夫不得已收下了他们拿来的一包煎饼，恐怕都不止 10 斤重。何一夫将煎饼分了一半给扬苹苹。扬苹苹她们硬拉着这对夫妇去饭店一起吃了饭。

饭后，这对夫妇走了，扬苹苹她们在饭店里又坐了一会儿。扬苹苹说："你们做了一件大好事。如果不是日语中心，这些农村的孩子高考落榜又如何上得了大学，更谈不上留学外国了。"

董玉荷说："我们也没有想到会这样。大概来过有四五家了吧？有的是孩子本人，有的远自河北、陕西。他们都是发自内心的，就是为了说一句谢谢。"

"如果没有这个中心，他们的孩子就会继续务农，有的变成农民工。是改革开放、是日语中心改变了他们的前途，为他们铺设了另一条道路。"

"是啊。对此我们也常常感到很欣慰。他们都拿着家乡的特产，红枣、核桃什么的，礼轻人意重。每次我们也都尽量请他们吃顿便饭。"

常德益的侄女儿也走了。他们四个人继续坐着闲聊。

扬苹苹又主动说起有人给菲菲介绍了一个对象，是台湾企业家，比菲菲大 18 岁，在南江市投资一个制药企业。但菲菲死活不同意，真是不可思议。她想征求一下何一夫他们的意见。

何一夫和董玉荷对望了一眼。何一夫先开口了："好事！恭喜恭喜！什么时候吃喜糖呀？"

扬苹苹说："刚认识不久，正在进行中。"

董玉荷白了何一夫一眼，接着扬苹苹的话说："还是要多了解一些好。"

谁都听出这里的弦外之音，扬苹苹自然也听了出来："我对菲菲说了，一定要了解清楚。现在大陆和台湾的来往方便多了，必要时可以专门去台湾了解一下。"

回到家里，何一夫对夫人说："怎么还不接受教训？非得嫁个大陆以外的人才有面子？"

"当初有好多女孩子出嫁外国，最近几年你看有多少独自带个孩子回来的？咱们这个家属院里就有两个。如果再轻易结婚的话，苦有的吃了。"董玉荷也颇有同感地附和着。

"还有什么中国香港户口、台湾新娘，好像国外去不了，就往港澳台挤，反正不是在大陆就行。这些人不知道都是怎么考虑的。"

"你怎么就不能理解他们呢？时代不同了，中国人生活条件好了。不仅满足于适者生存，而且进入择优生存的时代了，自然要优中选优。"

"大陆把他们养大，现在倒变成一个可怕的地方了。恐怕不全是生活水平的问题，还有一些其他的原因吧？"何一夫有点声高，"他们现在要的不是生活质量，而是地方，是面子。好像大陆是一个让人特没有面子的地方。"

"大陆已经不是十几年前的大陆了，生活水平有了明显改善。好多外国人都在申请中国的绿卡，倒是中国人自己往外跑。说到这里还有一个人格问题呢，他们怎么就悟不到这一点呢？"

"话再说回来，"何一夫说，"涉外婚姻不能说一概不好。这里面有一个绝对不能忽视的问题，就是除了了解以外，有一个婚姻基础。婚姻基础除了经济基础外还要包括两个方面，首先是感情，其次是平等。年龄相差近20岁，彼此之间能产生对等的感情吗？这算什么？如果碰上人家已经有夫人的你再挤进去算什么？家中地位不平等，如何生活？如果谈不上感情，一味看重对方的政治地位或经济地位，或有所图，或虚荣心作怪，结果肯定是不理想的。"

是啊！有些中国人就是媚外，不问子丑寅卯，一听到是国外的就崇拜得不得了，一听到是中国台湾、香港的就羡慕得了不得。远嫁日本的少女带着孩子孑然一身回国，北京姑娘嫁到非洲天天睡在树下，等等。这些到底都是一种什么思想在指导？是崇洋媚外还是趋异、趋奇心理可以解释得了的呢？还有什么其他特殊的原因吗？可也真怪，有许多外国的男人或女人却来中国落户。国与国之间来往自由，婚姻自由，也许是一种不可阻挡的趋势，但远嫁外国的中国姑娘和老公一起回到中国的比例最好能再高一些。

第29章 电饭锅与马桶盖

1. 东探日本

常菲菲的工作几经折腾，现在终于落实了，常家也相对稳定了些。扬芋芋决定趁着假期出去散散心，首选的是跟团去日本。

女儿在日本的时候没有去成日本，现在女儿回来不去了，她下决心一定要去看看这个岛国到底是个什么样子。是什么原因让许多中国少女不顾一切地委身前往，其中又有许多少女或孑身一人或带着孩子离开原配而毅然决然地返回？日本曾经在中国犯下天理不容的罪行，可今天为什么仍有那么多人向往日本、崇拜日本？她虽说心中有疑问，但她坚信日本人民和中国人是友好的，像野田那样的人不能代表日本人民，他在日本人中间肯定是极个别极个别的。至今她都这样坚定不移地劝说菲菲。虽然这次去日本只有一个星期时间，但可以有一个表面印象，至少以后对关于日本的判断时初步有一个感性基础。她要去实地考察一下。

扬芋芋去日本了，她带着和同去旅游者不全相同的心情。东京、京都等的市容、风景对她没有新奇之感。当初菲菲发回的照片她不知仔仔细细地欣赏过多少遍，从网上等不同场合她也做了不少的功课。女儿到了日本，是日本人了，日本是女儿的，当然将来自己和老公去了，日本也是自己的了。对自己的东西怎么能不了解呢？至少是东京，从每一个景点到每一条街道、每一个大的建筑物，都装在她的脑子里了，就好像亲自到过一样。因此她并没有像有的游客那样，感到处处新鲜，随时都要感叹赞美一番。

有位名人说过：人的从众心理很强大。这里只能说扬芋芋也是人。先不谈扬芋芋此次旅日的感受到底如何，心理状态有无变化，只是回来时马桶盖买了四个，电饭锅也买了四个。她的想法是，给双方老人各送一套，结果一套也没有送出去，双方老人说是改用起来麻烦，硬是不要。怎么办？只好先放在家里。在扬芋芋的计划

中还要送一套给何一夫家。何一夫是搞日语的，家里怎么能没有日本产品呢？尤其是日本货突然被爆买的时刻。扬芋芋怕丈夫多心，选择最合适的时候和他说了一下。丈夫只是斜了她一眼，什么也没有说。扬芋芋想好的事不容变更。好像除了结婚典礼常德益有过发言权，她一辈子就没有一次听过丈夫的，丈夫是否表态都是形式。在这件事情上同样如此，征求意见是必须的，按照自己的意愿办也是必须的。常德益习惯了。

扬芋芋想想何家的人品，特别是在人情似纸、家庭处于极低潮的时刻伸出援手帮女儿找了工作，常常是唏嘘、感慨。想想那些势利者，有时近乎咒骂。人，怎么能这样呢？扬芋芋看着电视，又想到这里，不由得想骂一句：八嘎呀路。突然间她张不开嘴了，自己不也是这样的吗？看到单教授退休，看到何一夫退职，就比任何人都势利。自己就是个忘恩负义的人，有什么资格骂别人？自己就该骂。

说句良心话，为人方面她没有害过别人，作风方面她没有随波逐流，还算洁身自好。扬芋芋这个人还是正派的，就是做人张扬，有时近乎张狂，蛮不讲理，不讨人喜欢，还有因一叶障目而盲目崇外。事实已经教育了她。至于发明"墙里墙外"的理论，虽说失之偏颇，但她也是普通人，给予理解吧。

扬芋芋自己抱着马桶盖和电饭锅敲开了何一夫家的门。她怕伤了何一夫的自尊，又怕有行贿的嫌疑，想了又想，措辞了又措辞，终于把意思表达清楚了。一是日本货都说比中国货质量好，不仅是电饭锅与马桶盖。二是搞日语专业的不能落后潮流。三是专门带给你们的，费用照收，一分不少拿。谁叫咱们两家处得这么近呢？依何一夫的意思和脾气，当时就让她拿回去，可董玉荷觉得这样不好，最终是亲自陪着扬芋芋一起将东西送回去了。他们也非常委婉地、不伤自尊地表达了以下几个意思。一是家里的这些东西都还很好用，不需要换新的。米饭是否好吃取决于大米而不是电饭锅，白面是做不出大米味道的。至于马桶盖嘛，一天才使用几分钟，现有的还可以再用好多年呢，放一个在家里是浪费。再说日本的马桶盖再好也不能24小时都坐在上面吧？至于搞日语专业，他们家里没有一样家具是日本产的，教授还不是照当吗？

说也奇怪，何一夫去了若干次日本，就是没有买回一样日本电器什么的。唯一可以解释的是，何一夫家里不缺。除了中国自己有健全的日用产品外，出口中国产品的还有美国、德国、韩国等，为什么非买日本产品呢？日本商店里的好多产品都印着"Made in China"，何必多此一举呢？对于最近出现的"日本爆买"这种现象，作为日语教授的何一夫也百思不得其解。全世界都在注视和议论这个发生在与日本渊源甚深的中国人身上的奇葩现象。

2. 狂刷存在感

扬芋芋搬回学校以后，又回归晚饭后无事散步的生活了。

几个人一起走在校园里，就听她喋喋不休地诉说此次日本之行的感觉。突然手机响了，她就说了一声"你们先走吧"，便打开手机接了起来。董玉荷说："我们慢慢走等你，你快一点儿。"扬芋芋一边大声地打手机，一边原地转圈子。也真是的，对方说了没几句就把手机挂了，原来是打错了。扬芋芋呢，依然故我，你挂你的，我说我的。她还在大声地对着手机絮絮叨叨地说着在日本的见闻。这时如果有一个人过来打个招呼，相信她就会立马把手机和耳朵暂时隔离开来点个头，然后继续通话。

是年纪大了、经历事情多了，还是去了一次日本心情变好了？扬芋芋再也没有以前那种目中无人的英气了，似乎也看不出她还是一个教授，活脱脱地变成了一个极普通的女人。从骨子里讲，她就是一个普普通通的女人。

董玉荷她们已经走远了。扬芋芋并没有赶上去，她还在大声地对着手机说话。

她刚从日本回来，她要把去日本的感受与喜悦、高兴等都尽量地告诉更多的人。对董玉荷她们不知说了几遍了，光今天就已经是说了第二遍。不要说董玉荷她们，想想连自己都应该烦了。她要寻找和等待新的听众，让他们和自己一起享受去日本旅游的快感。

日本真是一个礼仪之邦，从机场到每一个角落到处都有欢迎中国人的场面。每个日本人都对见到的每一个中国人鞠躬；日本就是干净，走了一两个小时皮鞋上硬是没有一点灰尘沾上；小镇上都挤满了中国人，不管什么东西搬出来立马就会被抢光；日本24小时不休息似乎也满足不了中国人的需求，连半生的米饭团子也给中国游客带来了某种满足。外国人吃牛肉不是有六分熟七分熟的吗？日本连做的米饭好像也都有这个区分。田中家自己吃的米饭还没有熟，不知谁说了一句"日本的米饭也分几分熟的"，顿时米饭被抢了一空。田中夫妇对望了一眼，好像在说："真是开了眼界了。"日本的马桶盖可以帮你解决便后的遗留问题，既节约了纸张也无须自己用手。还有日本的安全套不仅比中国的结实，据说给男女双方的感觉也比中国的强烈。日本产的避孕套都被中国人抢光了，日本人没办法又从中国进口再卖给中国人。有报道说某个日本公司已经开始筹备在中国建设生产安全套的工厂了。你们抽空也去日本看一看吧，收获真是不小啊！菲菲去了日本又回来，那是她没有这个福气，怨

不得野田他们。这真是印证了那句名言: 环境可以改变人。但没想到改变得这么迅疾!

今天真是怪了, 正是晚饭后散步时分, 怎么看不见一个可以倾吐感受的人? 扬芊芊在小花园边上足足转了十来分钟, 光电话就打了好几个, 可愣是没有见到一个熟人, 只是见到几个面孔熟悉、只能点头而不能倾吐的人。扬芊芊还是一个要面子的人, 她总不能主动将脸贴上去说: "你们和我一起分享去日本的喜悦吧。"

扬芊芊悻悻地抬起了脚步, 顺着董玉荷她们的后面快步赶了过去, 但思想还沉浸在旅游日本的相关回忆里。她似乎忘记了去日本的初衷, 似乎也忘记了女儿是去过日本的。初心已改, 别人又奈你如何? 日本的魅力真是不一般哪!

3. 窝囊

扬芊芊从日本回来的第二天, 常德益就去外地出差了。常菲菲最近几乎每天晚上 10 点之前都在资料室加班。因为资料室要搬迁到另外一栋楼去, 资料要逐一整理, 工作量还是不小的。

扬芊芊散步回来一个人躺在沙发上, 想想那天回来, 幸亏丈夫要了一辆面包车。一路上, 她对丈夫不停地说 "电饭锅如何如何, 马桶盖如何如何"。他们毕竟是 50 多岁的人了, 就听丈夫说: "你辛苦了, 休息一会儿吧, 回家再说。"丈夫说了三遍, 扬芊芊总算听出话外之音。刚进家里, 扬芊芊就点着常德益的脸: "我出去才几天, 你就烦我说话了? 什么情况? 你是不是有别的女人了? ""到机场来接自己的夫人, 还打个领带, 穿这么整齐给谁看的? "扬芊芊不停地数落, 不停地唠叨。反正常德益都习惯了, 他就当什么都没听见。只是那张嘴巴在他耳朵上不停地絮叨, 让他受不了, 他不得不辩解了一句: "还不都是你让这样的? "扬芊芊好像也数落累了, 一听这话便停了下来。是啊, 她对自己丈夫的仪表是有明确要求的: 胡子不多但要天天刮, 头发要染黑, 皮鞋要亮, 裤子要有叠线, ……恨不得常德益去厕所时都让他系上领带, 穿着皮鞋。

常德益把饭菜热了一下端了上来。扬芊芊顾不上吃饭, 打开行李, 首先把四个电饭锅、四个马桶盖拿了出来, 对常德益说: "要是好拿的话, 还想多买几个。这次只买了四个, 我们自己用一套, 两家老人各一套, 还有一套是给何一夫家的。"常德益说: "好好好, 都听你的, 快吃饭吧, 再不吃就凉了。"扬芊芊根本没有听进去丈夫在说什么, 继续说自己的: "日久见人心。董玉荷一家对我们真是没得说的。

这种人现在很难找了。"扬苹苹这个人说起来一点儿都不小气，为人处世都很大方，就是霸道，嘴巴臭。这时她又对丈夫说："你看看这马桶盖，这电饭锅，你看看。"常德益了解夫人的脾气，饭凉了再热吧。他只好接过马桶盖看了一下，又赶忙拿过电饭锅看了一下，一个一个的，又拿过老花镜看了一遍，又看了一遍。

常德益怕伤了夫人的自尊，再被数落一番不值得。一直等到出差回来，常德益这才指着电饭锅上的一个很小的图案对扬苹苹说："你看这是什么？"扬苹苹看了半天："什么呀？不就是一个图形吗？"常德益说："这是浙江一家工厂的标志。是中国产的。"扬苹苹一听就脱口而出："胡说八道。日本怎么会骗人呢？"她又看了看家里正在使用的电饭锅，可不是也有这样的标志吗？再认真地看了看，才发现电饭锅上面清晰地印着几个很小很小的英文字：Made in China。再去厕所一看，马桶盖上同样有这样的英文字。她一屁股坐在了厕所里的地上，而不是坐在马桶盖上。当时跟着哄抢这些东西为什么不仔细看看呢？可当时就是想看也不允许呀，一个挤一个，怎么可能？再说日本怎么还骗人呢？太辜负我们的信任了。话再说回来，日本又怎么骗你了？你也没有要求说明产地，他们只负责卖东西，并没有主动说明产地的义务。日本卖的东西不一定是日本产的，有许多是在中国、越南等国家生产、然后运往日本的。中国不是也卖外国生产的东西吗？这一点你不是不知道。

这件事真是窝囊。

这几天越想越窝囊。

不仅马桶盖和电饭锅都堆在家里，送不出去，而且都是在中国制造的。她这时又想起了去日本的初心，又想起了女儿的事情，真想抽自己几个耳刮子。怪就怪在自己没有经验，而实质上是自己太迷信外国、太崇洋媚外了。日本确实有不少好的地方，空气清新，服务态度好，商品超前，质量放心无假货，但那些是日本的，不是中国的。买一两件自己使用就行，为何又买那么多？真是犯贱。教训，深刻的教训，八嘎呀路！好在那天从机场回来有许多人看见，行李也是司机师傅亲自从行李处取回的，从日本买回来是没有人怀疑的，反正不是自己故意骗人的。

第 30 章　瞬间崩溃

1. 县长失踪

晚上，8 点 30 分。南江机场。

扬苹苹从广州回来了。

有个十来年前认识的外教从美国过来了，约扬苹苹在广州见一面。扬苹苹从广州回到南江机场时已经是晚上 8 点多了。

扬苹苹取了行李到了机场出口处已近 9 点，可并没有见到常德益，也没有见到其他来接站的人。见此情景，扬苹苹满腔愤怒直冲头顶。她手里拖着一个拉杆箱，怀揣着一肚子的火气上了一辆出租车。心想到家再问你是怎么回事，怎么连个短信都不回我？手机开着，你就是不接，这是几个意思？谁给你的胆子？

扬苹苹给常德益发了具体的航班信息，登机前又发一次。可满怀期待的丈夫并没有出现在机场，电话不通，家里没人。扬苹苹的怒气一直处在最高点，只待有个爆发的机会，便冲出头皮直向蓝天。因为这是几十年从没有过的事情。

她自己开了门，进了客厅，叫了两声，没人答应。她便自己拿起暖瓶，但倒出来的水是凉的。她的心里咯噔了一下，一种莫名的感觉产生了。她赶忙打开家里所有的灯光，里里外外寻找，发现手机在床头柜上，下面压着一封短信，落款的时间是她去广州的第二天。她傻眼了！怎么这样？怎么办？她赶忙拨打常德益的另一个手机号码，这是他们约定在紧急情况时才使用的号码，关机。

她想起女儿也去北京出差了，明天才能回来。但现在还不能和她联系，不能把这件事情告诉她。怎么会这样呢？现在怎么办？

扬苹苹一下子变得六神无主，不知所措，在客厅里、卧室里来来回回地走动，近乎失控。惶恐无措之间她想起了董玉荷，这个人是经过考验、值得信任的朋友，而且现在也只能找她了。

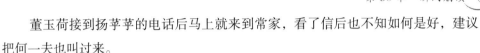

董玉荷接到扬莘莘的电话后马上就来到常家，看了信后也不知如何是好，建议把何一夫也叫过来。

何一夫过来了，看到的是一份离婚申请。并另纸给扬莘莘留有短信，无非感谢、缘分已尽、不要寻找之类。一个处级干部怎么突然会失踪了？这不是一件小事情。何一夫建议立即报告学校。

学校告诉他们，下午接到上级通知，称常德益做县长期间的贪腐事情又有新发现，估计他已逃离中国。叫扬莘莘最近几天不要外出，等候来人调查。

听到这个消息，扬莘莘立马崩溃，昏了过去。数叫不醒，董玉荷只好打了 120，把她连夜送进了医院。董玉荷在医院照顾着，并立即给常菲菲打了电话。

扬莘莘醒了，但没有立即睁开眼睛。她知道自己是在医院里，并知道边上有董玉荷陪着。她想不通为什么会突然出现这种事情，常德益为什么会这样，还有她不知道以后该怎么办。她觉得天都塌了。家里的顶梁柱没了，自己好像被压在坍塌的房子下面，怎么也动不了身。自己是个女汉子，强大了一辈子，可男人真的走了，自己怎么就不行了呢？刚才何一夫来了，她似乎看到了一丝依靠，可那个依靠不是自己的。但他毕竟在自己最需要的时候还能出现在自己的面前，总比没有的强，更何况何一夫在自己心目中是有相当地位的。

董玉荷知道她醒了，赶忙替她擦去泪水。

2. 心神恍惚

第二天上午，常菲菲回来了。她连家都没有回，直奔医院。

扬莘莘的弟弟也从老家赶来了。

今天是扬莘莘住进医院第三天了。

扬莘莘依旧不吃不喝。女儿和她说话，她不理；她弟弟和她说话，她不理；董玉荷和她说话，她也不理。她只是流泪。

校纪委来人了，一是看望一下，二是告诉她大致的情况，因为上级有关部门又将情况的进展通报学校了。常德益和一个女子同往东南亚，涉及千万元巨款，定性是外逃。事情发生在他任职县长期间，与扬莘莘没有任何关系。当然，扬莘莘如果有什么需要报告的，也请不要有顾虑，随时和纪委取得联系。

携带千万元巨款？一听此话，扬莘莘惊若木鸡：这怎么可能？自己怎么一点儿

都不知道？甚至连感觉都没有？家里存款并无异常，就是买了一套房子，那也是把所有存款都提出来的。不过手续是由他的秘书具体办理的，自己并未参与全过程。听说还有一个女人一起前往，她由惊呆变成生气、转而变成愤怒了。难怪他回来后要分床睡，说什么要提高睡眠质量。扬苹苹牙齿咬得咯吱吱响，随即又昏了过去。

扬苹苹昏了过去，自然是抢救。一直到第五天凌晨，扬苹苹突然睁开眼睛，让她弟弟回去，免得老父亲担心。同时她对守候在边上的常菲菲说："马上办理出院手续。"常菲菲马上给董玉荷打了个电话，请她来帮帮忙。

董玉荷给她们带来了早餐。扬苹苹喝了半碗稀饭，跌跌撞撞地被扶着上了出租车，回家了。扬苹苹似乎有点儿想明白了。她是一个女强人，岂能被这种事情吓倒？

一路上，她都靠在车子里座位的靠背上，闭着双眼。她无颜也无法面对车外及周围的一切。

扬苹苹进了家门就斜靠在沙发上，叫女儿去买菜。中午好好吃一顿恢复一下元气，同时也谢谢何一夫夫妇。扬苹苹没有说把茅家人也叫来。在医院这几天里，除了自己家里人就是何一夫夫妻俩，同事及朋友没有一个来看望她，就连茅时夫妇也没有出现过。她不知道她们三家处得这么好，为什么几天来连茅家的人影都没有见到？就是自尊心也不允许她首先提到宫怡芳一家。当然由于菲菲工作的事情，两家的来往已经少了许多。不过事情已经过去一段时间，扬苹苹在内心里已经给予了谅解。

还有那些自己教过的学生呢？且不说本科生，硕士、博士也有二三十个吧？在南江市工作的就有十几个，竟然一个都没有来过。她清楚地记得，自己刚评上教授时，20多个在读和已经毕业的研究生们特地在饭店举行了一个庆祝活动。现在呢？好像都从地球上蒸发了。不过她又安慰自己，他们不知道我住院了吧？知道了一定会来的。

从医院回到家里，扬苹苹的精气神好像也回来了一些，但还是很虚弱，似乎还要有一段时间才能恢复到事情发生之前的样子。

董玉荷并没有在扬苹苹家吃饭，她帮助菲菲做好饭就回去了。扬苹苹吃得并不多，饭后便回到卧室，躺在床上。

迷迷糊糊地不知几点了，就听董玉荷和菲菲在客厅隐隐约约地好像说到宫怡芳，似乎茅家也出事了。而且她们好像在纠结不知道什么时候把这件事情告诉自己才好。扬苹苹支撑着拉开了房门，常菲菲赶忙过来扶她到沙发上坐着。

"快说说是什么情况，你们说的我都听见了。"

董玉荷和常菲菲尴尬地望了望，她已经知道了吗？不过她迟早都会知道的。董玉荷跟她简单地说了一下情况。

茅时知道宫怡芳报名旅游团去东南亚旅游，他根本不会想到宫怡芳会失踪，茅

家也正在着急呢。事实是常德益和宫怡芳他们俩坐同一班飞机离开中国的。

难怪宫怡芳一直没有露面，扬芊芊似乎感觉到了什么，只是"噢"了一声便起来要去里屋。

扬芊芊的反应出乎董玉荷和常菲菲的意料，这个举动让人感觉到常德益和宫怡芳在一起这件事情扬芊芊以前不是不知道。董玉荷和常菲菲她们俩只是觉得不能一下子把全部情况都直截了当地告诉扬芊芊，拐弯抹角地暗示一下先看看她的反应。

扬芊芊到了里屋就关上了房门，扶着墙走到床边，顺势躺在了床上。这个时候她真的崩溃了，一扫昔日的傲气和英气，她感到从来没有过的无助。

不知过了多久，扬芊芊觉得自己恢复了知觉。她开始恨常德益，为什么这些事情对自己隐瞒得如此严密，一点儿风都不透？一点儿迹象都没有？你为什么不能考虑一下家庭？现在你的外语倒是派上用场了，不过你也被钉在耻辱柱上了。她又开始恨宫怡芳，白和你相处这么多年了。自己以前只知道她和常德益曾经谈过恋爱，没想到在这里等着呢，真是应了"知人知面不知心"那句话了。

突然，她想起了被自己一直忽视的当初的一个细节。

在准备毕业论文答辩和寻找工作的时候，扬芊芊和常德益正在办公室的沙发上做功课，被宫怡芳开门进来撞见了。宫怡芳怎么有常德益办公室钥匙的？宫怡芳已经于前一年毕业留校，而且和茅时准备结婚了。而当时的自己只顾整理衣服根本没有想到这一点。宫怡芳也很知趣地迅速退了出去。

扬芊芊和常德益在此前就发展到没有底线了。说句良心话，扬芊芊对常德益的许诺是动心的，大学教师这个职位是很有吸引力的。至于宫怡芳，不管她和常德益发展到什么地步，现在都快要和别人结婚，应该不会再有关系了。真没想到，他们的感情会延续到今天，而且都延续到国外了。

扬芊芊恨常德益，恨宫怡芳。恨来恨去，恨恨这个又恨恨那个，轮流恨，反复恨，越恨越气，越恨越伤心。最终扬芊芊便恨到自己了：他们两个的事情为什么自己连一点防备之心都没有？忽而她又在反思自己：丈夫遗弃，女儿不顺，好像近几年所有不如意的事情都涌上来了。难道是自己对老公太严厉？太霸道？不讲理？对外人高调、狂妄、势利？难道真是有轮回报应？

她陷在反思的旋涡里不能自拔，不过她马上又否定了这些。自己已经有几十年的党龄，可以说是一个老党员了，是共产党员就不应该迷信这些，就应该是一个彻底的唯物主义者。她从内心里瞧不起缝庙必拜、定期烧香磕头的那些人，不管他是中干还是高干，也不管他是土豪还是教授，她统统瞧不起。有不少贪官被抓起来以后才知道自己去烧香磕头也是没有用的。常德益的司机说常德益每次回家途中都要

绕道去一个庙宇烧香，回来一次，回去一次，没有一次落下的。这下倒好，不知东南亚有无庙宇？还能去烧香吗？唯物主义者不信这些，自己就是一个唯物主义者。

想到这里，扬芊芊似乎精神又好了一些。她睁开了眼睛，才知道自己是躺在床上，才又回到现实里。这时她清醒多了，还是从自己身上找找原因吧。自己前半生太顺利，太过招摇，高傲、霸气布满五官，什么人都不放在眼里。不与一般人交往，与自己交往的一定要上档次，至少和自己是同档次的。说穿了就是势利。评上教授以后更是不可一世，可以说是真正做到目中无人、目空一切了。如果谁要是对自己有过点儿什么，惹不起的便不屑一顾，还自我陶醉：道不同不相为谋，不予理睬就是最大的蔑视。现在轮到自己被蔑视了，才感觉到当初自己真是幼稚、浅薄！

这几年的不顺利与这些有关系吗？从唯物主义角度讲，有些似乎没有直接联系，有些是有着明显的因果关系。如常德益和宫怡芳的事情，不仅有基础而且是有蛛丝马迹的。还有菲菲的不顺，本来是可以在国内找一个理想的工作、建设一个美满家庭的，可偏偏自己的虚荣心作怪，英语好就非要去外国吗？非要嫁给外国男人干什么？难道吃穿不够吗？外国是有不少值得中国学习的地方，也有不少中国没有的东西，但那些不是中国人的。中国不是也有不少外国没有的吗？你为什么就看不到？你嫁给外国人那些就是你的了吗？许多中国人拿了绿卡甚至改变了国籍，但并不是在所有国家都受到所有外国人欢迎的。在有些外国人的心目中你永远都是中国人，与当地人还是有区别的，甚至被歧视。菲菲就是一个例子。该死，真该死，是我害了菲菲，我对不起孩子。到了后来，国内的生活水平明显有了很大改善，几乎和发达国家持平了，可为什么还非要吊在外国这棵树上呢？真是鬼迷心窍。自己竟然也变成了外国的宣传机器，不允许谁说外国不好。谁要是说外国不好，自己就跟人家急，总要找出外国的长处来和中国的短处比。当时自己一味地钻牛角尖，周围有很多人拿了美国、澳洲等外国的绿卡，我一个英语教授就做不到让孩子拿个外国的绿卡吗？孩子从美国回来后硬叫她嫁给日本人，结果又如何？丢人啊！一个大学教授做出这种不靠谱的事情，不仅自己大失脸面，也害了孩子。孩子的坎坷，自己有不可推卸的责任。对于孩子的成长，应该是正确引导，而不是包办一切。包办等于扼杀，至少是抑制了孩子个性的发展。话又说回来，两个人培养一个孩子，包办和引导的界限实在难以把握，但至少要考虑一下孩子的意见吧？出国留学只是培养孩子独立生活能力的途径之一。让其独立、精神上富有比什么都重要。自己包办了孩子的一切，不仅是孩子的个性没有得到最好的发展，就是婚姻问题都成了悲剧。自己真是该死。

不过让扬芊芊稍微有点儿安慰的是，菲菲从国外安全地回来了，这是值得庆幸的事情。常德益的侄女儿从这里回到上海后就被安全部门叫去问话，至今没有准信，

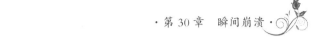

有关部门前一段时间还专门到学校来了解她在培训中心学习日语时的情况。谁遇到这种情况就真是糟糕透了。谁又能保证孩子出国后不会遇到呢？

还有，子女脱离父母的视线，国外无亲无友，即使有同学或者朋友但情况不一。如果遇到事情和家里商议不仅不及时，有的甚至都来不及。孩子刚去外国时，全家都沉浸在喜悦之中，一旦熟悉情况了，家人便又格外担心，甚至天天担心。国内情况尚不可全知，国外更有许多未知，甚至不可知因素，难道非要付出代价然后悔之？这样的例子少吗？菲菲还不够典型的吗？

这几年的不顺利太伤人了，都是在关键问题上。难道冥冥之中真有什么在主导因果轮回吗？再说了，即使有，自己够级别吗？你说每一个人在冥冥之中都有一个主导，全世界几十亿人口，千万年累积起来你说得有多少人，需要多少主导？它们都住在哪里？宇宙住得下吗？

扬芋芋就这么躺在床上，迷糊迷糊的，颠颠倒倒的，东一下西一下地想着，得不出结论。她什么结论也不需要，已经这样了，结论有什么用！

明天会怎样？她不知道。明天应该怎样？她不知道。

3. 漏屋连阴

过了一个暑假，又开始了一个新的学期。

常德益的事情让扬芋芋崩溃了好些日子，但她也不能总躺在床上吧？她没有忘掉让孩子给学院里打声招呼，同时让孩子去办理退休的有关手续。一是现在的身体及精神状态都不佳，二是发生了这种情况如何面对同事和学生？提前退了吧，反正快到退休年龄了。

开学后，扬芋芋不再去办公室了，但她做了另外一件事情，事后她都不知道做得有没有意义。

扬芋芋自己开车去银山寺烧香了。早上去，下午回，连菲菲都没有告诉。她不相信这些，但她想去烧一次，就去了，反正自己也没有什么损失。且远离南江市，碰到熟人的概率应该是没有的。银山寺位于常德益曾经为官、发达的地方，自己也去过一次，将烧香和常德益联系得紧密一些，潜意识中是否有保佑常德益平安归来的希冀，扬芋芋不知道。

时已深秋。梧桐树叶一夜之间洒满了校园里的几条马路。虽然有清洁工人每天

都在不停地清扫，但依稀不断地还有树叶落下。在这萧瑟秋风之中，有一条大红的颜色从铺满浅黄色梧桐树叶的马路上飘然而来。那是一缕残阳之下的血红色的飘逸，格外引人注目。它被隔壁紫云山深紫红色的火焰一般的枫叶所映衬，显得尤其孤单。

人们望着全身被大红颜色包裹着的扬苹苹，熟悉地笑一笑，大多数人头一扭，或直视前方而不见。

扬苹苹的心态自认为已经调整过来了。以前是自己对路人不理不睬的，现在是路人对她不理不睬。这种情况有好些日子了，世态炎凉的体会冷彻骨髓。今天穿着大红颜色的超长的风衣出现在校园里，就是要告诉你们，我扬苹苹虽然退休但依然青春荡漾，不管你理睬与否，我都照样火红如初。

日子就这样在过去。常德益依然无消息。扬苹苹退休了。常菲菲上班下班。

转眼翻过一个年头，到了初夏。这天早晨，天刚刚亮扬苹苹就起来了，好像夜里也睡得并不好。

扬苹苹往菜场走去，她想去买点儿菜，出了学校大门不远处就是菜场。她一边走一边还在酝酿着未来，已经有些眉目了。

路上的人还不多。轻车熟路，她只是依旧路习惯性地向前走去。至于校门口的交通灯是绿的还是红的，路上是否有人打招呼，她好像都不想知道，只觉得自己恍恍惚惚地已经走到了菜场的门口。突然一辆电瓶车从后面过来，将她带倒在地，她又压在一个老太太身上。老太太的头碰在水泥台阶上，瞬间有鲜血流出。

真是"屋漏偏逢连阴雨"。扬苹苹彻底清醒了。

虽然天刚亮，许多人都还在梦中。但毕竟是夏天，菜场门口人还是有不少的，转眼之间就都围了过来，都嚷嚷说赶紧送医院。周围有热心人打了110和120的电话。

董玉荷正好今天早上也出来买菜，老远就看见扬苹苹在前面已经跨出校门了。她知道扬苹苹的情绪还没有彻底恢复过来，便加快速度大步追她。就在相距只有十几米的时候，前面所述一幕出现了。她看得清清楚楚。后来董玉荷回忆这件事情时只后悔当时没有喊她一声，让她等等一起走。可谁又会想到在人很多的菜场门口会发生这种事情呢？

老太太的家就在菜场对面的楼上，她的儿子看见下面乱哄哄的也跑了下来。见此情景，不停地问："怎么回事？谁撞的？"有人告诉他说看见扬苹苹压在了老太太的身上。

扬苹苹不知所措，只是傻呆呆地站着。

董玉荷说："救人要紧，赶忙先送医院。"

120来了。110也来了。

老太太的家人知道她们是边上南江农林大学的，便要了她们的电话号码。菲菲接到董玉荷的电话这时也赶到了，随着救护车去了医院。董玉荷陪着扬苹苹回家了。

老太太的家人很是通情达理。事情的处理说顺利也顺利，说不顺利也不顺利。

老太太在医院里对身体进行了全面的、最先进的检查，又观察、治疗了一个多星期，并没有发现什么大问题，只是医疗费用等花去了 3 万多元。有好几个人都证明说亲眼看见扬苹苹压在老太太的身上，老太太的家人也表态说只要付了医疗费这件事就算了结了。如此爽快的原因恰恰证明如今正直的人还是多数，像媒体报道的专门讹人的人毕竟是人渣，肯定很少很少，为社会所不齿。也许他们是考虑到都住在附近，抬头不见低头见，处理不好以后不好见面，还遭周围的人议论。也许……不要再君子般或小人般地推测、分析了，不管怎么说，老太太一家人还是非常通情达理的。

3 万多元的医疗费扬苹苹是付得起的。可起因不在扬苹苹，有董玉荷挺身出来证明，110 已经录了口供。董玉荷还指出当时有好几个南江农林大学的熟面孔也在场，只是名字和人对不上号。最后找到其中的两个，他们承认目睹此事的经过，扬苹苹求他们做证，可他们死活不肯出面。倒是有一个外教早晨出来锻炼身体，恰巧路过现场，挺身做了证明。

事情的处理最终只剩下医疗费用，问题简单多了。请了律师，董玉荷做证，那个外教正在旅游，也回来坐在证人席上。法庭调解的结论是：医疗费扬苹苹付 100%，直接因素是扬苹苹压在老太太身上所致。肇事的电瓶车跑了，暂时无法追究。

这件事情总算过去了。虽说窝囊，扬苹苹的心里很不痛快，但毕竟还要等肇事的电瓶车司机出现才行，个人是没有办法的。退一步讲，认栽吧，好在经济损失也不算多。

慢慢的，扬苹苹的心情也就平静了下来，生活逐渐趋于正常。买菜做饭什么的都交给了女儿，自己不想再去菜场了，也不想操什么心了。早上去公园里走走，晚饭后女儿陪自己散散步，当然也经常叫着董玉荷他们，白天在家里则看看电视什么的。对于明天怎么办，扬苹苹已经基本思考成熟，抽个时间和菲菲商议一下就行。

夏天的早上，公园里空气极好，位于紫云山脚下面，温度也明显感觉到比校园里要低一些。早上在公园里锻炼的主要是一些老人，偶尔也有年轻人出现。扬苹苹不记得自己有多长时间没有在早上来过公园了，现在来这里明显感觉放松、清新了不少。要说公园与以前有明显不同的，除了晨练的人多了，还有的是多了不少宠物狗。

一个老太太牵着一只齐腰高的宠物狗在公园里晨走，哪里是走，就是跟在狗的后面小跑。前面有个老先生也牵着一只差不多高大的宠物狗，两个人相距大概有

二三十米吧。老太太突然一个趔趄，差点儿摔倒，手中的狗趁机就挣脱继续向前跑。

俗话说：人倒霉了喝凉水都塞牙。也许活该扬苹苹倒霉吧，她正好走在两个老人的中间，那条狗路过扬苹苹身边时毫不犹豫地就是一口，然后若无其事地追上同类就磨蹭了起来。老头子自然停住脚步，老太太也迅速赶了过来。话不多说，扬苹苹进了医院采取了必要措施。扬苹苹气呼呼地对菲菲说："你明天去买一只更大的宠物来。气死我了。"菲菲知道她母亲是慌不择言而已，不过感觉到她母亲刚刚略微平静的心情好像又落入了谷底。

4. 梦在脚下

扬苹苹又在床上躺了几天。狗伤好了，可她就是不想下床，懒得动弹。或者说连门都不想出，也是不敢出。怎么一出门就倒霉？还是不出去的好。

电话铃响了半天，响个不停。扬苹苹不得不下床来接一下，估计肯定有什么重要的事情。女儿在家的话，她决不会去接的。她什么事情都不想做。

是扬苹苹的弟弟打来的，老父亲突然因病离世了。扬苹苹这时反倒冷静了下来，"是福不是祸，是祸躲不过"。老人并不知道具体情况，只知道和常德益失去了联系。凭他的人生经历猜测，肯定是出了大事情，这么大的人怎么会失踪了呢？子女不说也不好问，这就像一块大石头压在心里，最终他还是被压垮了。

扬苹苹和女儿赶回老家参加葬礼。

扬苹苹感到分外孤独。追悼会只有兄弟姐妹及重要亲戚参加，远房的一个叔叔主持整个过程，朋友中间唯有何一夫夫妇专程从省城赶来。这让扬苹苹又想起母亲离世时的场面，丧事的所有程序都无需自己操心。吊唁者一个接一个，光常德益工作的县里就来了二三十辆小车，而且专门派人和当地政府组成了十几个人的治丧小组，整个过程都是他们操办的。可这次呢？曾跟当地某些部门联系付费借辆车子使用都遭到婉言谢绝，更不要说其他的了。此时此刻，此情此景，扬苹苹真是除了伤心就是更加伤心，真是再次濒临彻底崩溃的边缘。她望着远道而来的何一夫夫妇，他们真是自己的依靠。这份依靠出现在自己最需要帮助的时候，出现在自己情绪最低沉的时候。扬苹苹又想起了自己对他们家曾经有过的言与行，两家相处过程中的磕磕碰碰，感激和愧疚之心再次油然而生。

扬苹苹母女参加完老人的葬礼，安排好其他事宜，又回到了学校。

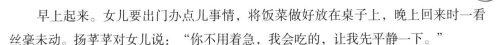

　　早上起来。女儿要出门办点儿事情，将饭菜做好放在桌子上，晚上回来时一看丝毫未动。扬苹苹对女儿说："你不用着急，我会吃的，让我先平静一下。"

　　这个"平静"一下子就是两天粒米未进，简单洗漱后又躺在了床上。这是怎么一回事儿？运气怎么这么不好？是报应吗？自己到底错在哪里了？是自己错了吗？

　　丈夫离弃，闺密抢夫，"门庭若市"转眼间变成"门可罗雀"。又想到女儿的前前后后，扬苹苹痛恨自己不已。女儿的工作多亏了何一夫一家，这种大胸怀、不恩怨的人可敬，但毕竟太少了。想到这里她又痛恨自己以前的种种行为，俗气，虚荣，张狂，势利，专结识有用者，对外国盲目崇拜，有损人格。自己是共产党员，不相信报应之说，但应该相信因果：因产生果，果必有因，因果关系不是迷信。

　　扬苹苹又沉溺于以前的种种往事，一次次地陷入后悔之中，一次次地对自己痛恨不已。

　　看到扬苹苹躺在床上两天，不吃，不喝，不动，菲菲有点儿急了，但又没有办法。她只好再去求助董玉荷阿姨了。

　　董玉荷来了。

　　扬苹苹从床上起来了。不是她要强，而是她觉得自己似乎是想通了，也应该想通了。她下决心决不在床上继续躺着了，也有要事和菲菲商议。董玉荷来得正好，也听听她的意见。

　　扬苹苹下定决心要移居国外，避开这个伤心地。刚提起这个话题就遭到女儿的坚决反对。

　　外国再好也不是你的。况且国外非国人所想象的那么好，也有不如意之处。遇到事情叫天天不应叫地地不灵，还得依靠中国驻外机构。再说母女两人的工作、地位在国内已经很高，国外工作难找，且多为零时工，体力活。外国并不是避风港。常德益的事情与你无关，无须在名义上替他顶着。离婚在国内已经是平常事，不要再有压力。至于朋友嘛，国外中国人本来就少，更难找到像董玉荷这样的挚友，国内还有其他至亲们。

　　常菲菲一口气说了这么多理由，最后说出国旅游一下可以，但坚决反对移居国外。

　　扬苹苹真没想到女儿会如此激烈地反对。说穿了她就想找个避风港，躲避这个曾让她骄傲和自豪的地方。最近她一直在考虑这个问题。回老家肯定不行，无颜见家乡亲戚朋友；去别的地方也不行，无亲无友；最佳去处就是国外。可以彻底躲开这个让自己不能抬头走路的地方，同时也可以捞回一点儿面子：国内不能待，她扬苹苹还可以到国外去。至于去了以后怎么办呢，扬苹苹也有考虑。自己老了，已经

退休，讲学、访问什么的估计都不行，而且自己在国际上还没达到那种水平和影响。投资移民根本不用想，没有那个实力。看来靠女儿读博是唯一的途径。听说外国读博是没有年龄限制的，经济方面也还是可以承受得起的。自己近乎一辈子的积蓄，加上以前常德益按月交回来的工资，日常生活又几乎无开支，都在这里了。虽然最近用了一些，但剩下的足够两个人在国外待上一两年。孩子一边读书一边打工，自己找点儿力所能及的零时工做做，坚持到孩子拿到博士学位再说吧。听说澳洲在公园等场所捡捡碎纸屑什么的一个小时就20多澳元，自己一天可以干八个小时，还可以再干长一点儿时间。还有自己外语是特长，不会因语言问题而失去打工机会的。不管怎样，赶快离开南江农林大学，离开南江市吧。

菲菲反对，怎么办？董玉荷和何一夫应菲菲所求都来了。他们和扬苹苹交谈了两三次。扬苹苹又纠结了好几天时间，思想似乎也有了根本性的变化。她毕竟是一个高级知识分子，高智商，高悟性，加上多少年的坎坎坷坷，如果再没有什么变化那就真是脑子进水了。

对于何一夫，扬苹苹最近也常常想起他们。自从常德益出走以后，多少天来，她不止一次地把何一夫同常德益进行比较，把董玉荷和宫怡芳比较，把何一夫夫妻和茅时夫妻比较。她又把自己对何一夫感情的前前后后做了比较，突然她觉得在不知不觉中自己的想法似乎起了一些变化。她对何一夫的感情中似乎已经没有了男女之情，取而代之的是一种信赖和敬慕之情，是一种纯洁的依赖之情。

扬苹苹走在通往菜场的路上，清晨的新鲜空气，东方蓬勃欲出的太阳，都让她的心情有了不同。边上一位同往菜场的妇女正和同行者讲述斯里兰卡之行的所见所闻，底气颇足，声音洪亮，可就是没有引起路人的侧目，同行者也只是应答而已。扬苹苹对她们笑了笑，什么也没有说。想起当初因为美元而吸引人们围观的场景，顿时感慨万千。如今中国人出国已是常态，说得夸张一点儿就像去市里新街口一样容易，人们对国外的好奇心已经大大减少。不要说去美国、加拿大这些大国旅游、读书，就是斯里兰卡、安提瓜、圣基茨、塞浦路斯这些不大的国家，中国人也是想去就去，想移民就移民。万千世界，中国人已经是无处不可到。偌大乾坤，随处可见中国人的身影。谁要是再说起外国如何如何，除了相关者外，不会再有好奇的人了，因出国而嘚瑟者不会再引起人们的注意了。

从菜场回来，扬苹苹躺在沙发上，这两天思考的另一个问题又从脑海里跳了出来。中国人在外国被人瞧不起，这类情况无须多说。但是，中国人对外国人的态度友好却丝毫未减。不仅在国外，就是在国内，外国人也是备受宠爱。最典型的发生在身边的一个例子是，外教的工资除了国家规定以外，学校还要以奖金、补助等名义额外增加可观的数目，学院一级也要补贴。外国人在中国的土地上也不乏为所欲为而无人干涉的例子。扬苧苧就曾碰到过。两个白皮肤、黄头发的外国人在南江车站因为票已卖完而毫无顾忌地将拳头砸向了售票窗口。学校的草坪边上竖着"小草有生命，君子足留情""青青小草，踏之何忍"的提示牌，一个皮肤比黄种人黑得多的外国女人毫不迟疑地行走在草坪之上。她还听市外办的人说，曾经因为地点搞错而迟到了十来分钟，那个来投资的外国人就大发雷霆，大拍桌子，言称不投资了。忍无可忍，翻译便说了句："什么时候回去？我马上安排车子送你到机场。"为什么？这些都是为什么？

等到什么时候，来中国的外国人特别多了，中国人去国外亦如国内旅行，日子久了，也许中国人就不会特别地对待外国人了。最主要的是中国人如果没有退休养老、子女教育、医疗等后顾之忧，就不会再无止境地追逐名利、地位、利益，就会过着一个正常人原本应该有的生活，也许每个人都会把自己的言行和国家联系在一起，就会理智地对待"爆买日本"这类事情了。等到中国特别强大了，也许就不会出现以侮辱祖国为先、谄媚外国的事情发生了。也许……

还有非常重要的一点是，扬苧苧能够比较客观地来看待外国了，知道外国并不是一切都是最好的。因而关于外国的一些不太好的现象她也能听进去了，也能看进去了，也能和外国的优点、长处结合到一起来全面分析和判断了。

说到这里，扬苧苧这几天也在心里不停地责备自己另外一件事情。她想起了一次小聚时何一夫说过的一句话："女人什么时候谦虚了什么时候就成熟了。"自己当时并没有听进去，现在想想可能说的就是自己。不管他是不是说自己，自己为什么就一直高调做人，不能谦虚一点儿呢？如果自己能谦虚一点儿，恐怕就不全是现在这个样子了。

扬苧苧最终决定不移民了。在哪里跌倒就在哪里爬起来。祖国是自己的诞生地，也应该是自己的最终归宿处。对于中国人来说，中国就是最好的地方，就是中国人实现梦想最安全、最可靠、独一无二的地方。虽然自己退休了，但做人还有几十年，自己要做好！

扬苧苧的情绪似乎彻底改变过来了。她从柜子里把印有星条旗的沙发套和太阳旗的 T 恤全都找了出来，扔到垃圾桶里了。女儿从美国回来后，她就把印有星条旗的沙发套换下了。可惜那件 T 恤了，好贵的，但一次都没有穿过。当初是买给常德益穿的，可恰逢常德益卸任回到学校，他怎么都不肯穿，就这样一直放在柜子里，说等以后去日本时再穿。

扬苧苧和董玉荷他们谈了自己的最终想法，董玉荷这才敢说出来一句没有丝毫

顾虑的痛快话："这才是正常的扬芋芋。"两个女人在茶社里又聊了半天。何一夫先回去了，菲菲也走了。

董玉荷听菲菲说她母亲已经彻底想通了，便立即安排两家四人去茶社坐坐。她并没有通知振华小两口子。

第 31 章　茅日学校成立

茅茅回国了，娶了一个日本籍女子为老婆一起回来了。今非昔比，不仅中国人嫁给外国人日趋理性，而且嫁给中国人的外国人也多了起来。

"茅日学校"正式挂牌成立了。茅茅任校长，茅夫人任董事长，常菲菲辞去现有工作，任校长助理。

"茅日学校"的成立大会借用南江农林大学日语培训中心的地方举行。何一夫全家、扬苹苹还有茅茅的父亲茅时教授都应邀出席了。外教艾米莉在会前赶来表示祝贺，然后就转身回国了。据说艾米莉不再续聘学校的外教职务了。

时间过得太快！茅茅坐在主席台上，望望台下和周围，思绪不能自控，翻滚不已。

当初茅茅因数学和英语的成绩拉了后腿未过高考线。父亲建议再复读一年，母亲却不同意，怕茅茅复读一年后再考不上。受当时出国大潮的影响，她提出要让茅茅出国留学。无高考压力，又是留学，茅茅自然同意这种考虑。所以茅茅在日语培训中心学习一年半日语后留学日本学习经贸专业，后因数学实在是个短板，本科毕业后便改读教育专业，先后取得教育学硕士学位和博士学位。再后来他和一个日本女孩子结了婚，所以没有立即回国。结婚后他就在岳父开的公司里就职。他岳父是董事长，他任董事长助理，负责员工培训，其实就是不定期地教员工学学汉语什么的。一个教育学博士怎么能成天教授入门汉语呢？他认为这是大材小用，最终他决心回国一展抱负。他的这种想法得到了夫人的大力支持。他的岳父母不同意他们这么做，主要原因是两国关系已经发生了微妙的变化。"一衣带水"已经不平静了，波纹迭起，忽高忽低，不知何日才能平静下来。茅茅对他们说：不管如何风生水起，如何波涛汹涌，都不会把双方或任何一方淹没，只要两个国家还在，交流和往来就是必需的。自从两个国家在地球上出现以后，就已经充分证明了这一点。越是国内日语培训处于低潮就越是一个好时机。这大概就是他茅茅异于常人的思路，这是一种买跌不买涨的炒股思路。

茅茅的岳父同意了他们的做法。他的岳父母没有和女儿断绝关系的勇气，而且

据说是很通情达理的。孩子闯荡天下，父母应该支持，也没有断绝关系的必要。他们不在乎这点支出，用于培养半边儿子值得。于是便有了"茅日学校"的正式挂牌。挂牌仪式上并没有见到茅茅岳父的影子，恐怕也有这个原因吧。后来夫人告诉他说，他的岳母想来参加挂牌仪式，遭到了岳父的反对，理由是让孩子们自己独立去闯世界，何况是回到了自己的祖国，无须担心。

南江农林大学的日语培训中心今年已经停止招生，只待年底最后一期学生离开便宣告结束。虽然茅茅的岳父支援了茅茅他们一笔钱，但只够租房子而不够盖房子的。茅茅听说日语培训中心即将解散，房子尚未有安排，便想抓住这个机会租用一下。他动用了父亲和何一夫教授、扬苹苹阿姨等所有的关系，最终谈妥租期三年，从现在开始。租金按学校提出的标准支付，因为他的岳父说过不要讨价还价，学校不会多要你的。茅茅也想通了，起点不同，事业的进展和未来就不同。岳父不是外人，支持多少就收多少，反正打了借条，利息照付。

不知何日何时起，已经"破冰、融冰"的"一衣带水"的中日两国之间开始有波纹出现了。

有专家考证："一衣带水"出自《南史·陈后主本纪》，喻指长江好比"一条衣带"那样宽窄的河流。《宋史·潘美传》、明代袁宏道的《戏作三星行·送曹子野归楚时予亦将归里》、清代黄钧宰的《金壶浪墨·质儿行》里皆有此"一衣带水"的说法，分别比喻汉水、沔水、湘江、黄河等江面间隔狭窄。后被用来泛指地域相近，仅一条河道之遥。

我国著名文学家鲁迅先生在《而已集·略谈香港》里用过这个词语："香港地方，同中国大陆相离，仅仅隔一衣带水。"也是说大陆与香港间的距离之近。

1972年中日两国邦交正常化之后，冰心在《樱花和友谊》中写到中日恢复邦交时说："消息传来，隔着一衣带水的中日两国人民都感到非常高兴。"同年夏天她又在《中日友谊源远流长》一文中写道："现在中日两国的青年们，正在这一衣带水之间，穿梭般地来往……"足可见中国人民将中日之间的辽阔无垠的黄海东海之隔比作"一衣带水"般的狭窄的河道，心胸是何等的宽大，对中日两国人民的友谊是何等的看重！

茅茅是对的！不管一衣带水般的黄海东海海面是风平浪静还是风生水起，都不会将两岸吞没。两岸尚存，来往自不可免，语言翻译这座桥梁自不会消失，日语培训自会有活力！

图书在版编目（ＣＩＰ）数据

梦回脚下 / 千里著 . — 长春 : 吉林文史出版社，
2018.7
ISBN 978-7-5472-5180-5

Ⅰ . ①梦… Ⅱ . ①千… Ⅲ . ①长篇小说—中国—当代
Ⅳ . ① I247.5

中国版本图书馆 CIP 数据核字 (2018) 第 141466 号

梦回脚下

MENGHUI JIAOXIA

作　　者 / 千　里
策划编辑 / 董满强
责任编辑 / 王明智
封面设计 / 陈丽维
出版发行 / 吉林文史出版社
地　　址 / 长春市人民大街 4646 号　　　邮　　编 / 130021
网　　址 / www.jlws.com.cn
电　　话 / 0431—86037501
印　　刷 / 北京市金星印务有限公司
开　　本 / 710mm×1000mm　　　16 开
字　　数 / 270 千
印　　张 / 15
版　　次 / 2018 年 8 月第 1 版　　　2018 年 8 月第 1 次印刷
书　　号 / ISBN 978-7-5472-5180-5
定　　价 / 45.00 元